AF210047

Nekrophagus

von Norman Nufer

Thriller

Für Gerhard

Cover: Perry Payne
Lektorat: Sigrid Wohlgemuth
Korrektorat und Satz: Petra Liermann
Portraitfoto: Fabio Quirini
Verantwortlich für den Inhalt des Textes ist
der Autor Norman Nufer

Verlag: BoD · Books on Demand GmbH, In de Tarpen 42,
22848 Norderstedt, bod@bod.de
Druck: Libri Plureos GmbH, Friedensallee 273,
22763 Hamburg

© 2025 Norman Nufer
ISBN: 978-3-7693-5042-5

Die Deutsche Nationalbibliothek verzeichnet diese Publikation in der Deutschen
Nationalbibliografie; detaillierte bibliografische Daten sind im Internet über
http://dnb.dnb.de abrufbar.

Erzählen Sie weiter, Melvin«, fordert ihn Frau Doktor Tondra auf. Doch sein Blick geht durch das vergitterte Fenster, hinauf zum aschgrauen Himmel, der sich durch die Blätter und Äste unaufdringlich abzeichnet.

Frau Doktor Tondra, die ihm gegenübersitzt, spricht Melvin erneut an, wohl in der Hoffnung, er würde mit seiner Geschichte fortfahren. Seine Gedanken und Erinnerungen verlieren sich, lösen sich auf und finden sich wieder zusammen, während er die Baumzweige anstarrt, die im Wind wie Tentakeln um sich greifen.

Der tief vergrabene Sarg der Erinnerungen legt sich langsam frei und öffnet seinen Deckel, zeigt seine Innereien, die grausamer und dunkler sind als jeder Albtraum, aus dem es kein Erwachen gibt. Die Erinnerungen flackern auf.

Der August brannte rot an jenem Sommertag vor zwanzig Jahren. Die Kornfelder schimmerten in einem glänzenden Rostbraun, welches an getrocknetes Blut erinnerte. Die Schmeißfliegen kamen plötzlich in Scharen und saßen lauernd draußen auf der Fensterbank, als wollten sie ihn in den Wald locken und ihm das Grauen zeigen, welches er später dort draußen vorfinden würde.

»Möchten Sie nun weiter darüber reden?« Frau Dr. Tondra beugt sich nach vorne und löst Melvin aus seinen Gedanken.

Er bleibt mit dem Blick Richtung Fenster, die Vergangenheit spult sich im Kopf ab und hinterlässt Spuren wie geschliffener, rasiermesserscharfer Stacheldraht.

Melvin stößt einen tiefen Seufzer aus. Sein abgemagertes Gesicht verzerrt zu einer leidvollen Fassade, hinter der der alte Schmerz wie ein Höllenfeuer lodert.

Kurz treffen sich ihre Blicke. Dann schaut er wieder hinaus in die aufkommende Dunkelheit und fährt mit seiner Erzählung fort.

»Ich war sieben Jahre alt. Wir wohnten noch nicht lange dort. Es war der dritte Sommer in unserem neuen Zuhause.«

»Haben Sie sich dort wohlgefühlt?«

»Das weiß ich nicht mehr genau. Aber dieser Ort - und auch dieses Haus, hinter dem sich das weite Maisfeld mit einem angrenzenden Waldstück befand - hatte irgendwie etwas Bedrohliches.«

»Bedrohliches?«

»Das Haus mündete an die Friedhofsmauer und es war ein besonders altes Gemäuer. Mein Vater und meine Mutter waren angetan, da sie endlich aus der Stadt aufs Land konnten und diese Einsamkeit in dem Haus genießen konnten. Es lag weit abseits von Monastrea, dem nächsten Dorf, und war nur über einen schmalen asphaltierten Feldweg zu erreichen. Direkt daneben lag halt der alte Friedhof von Monastrea. Mein Vater ging oft mit mir ins Waldstück hinter unserem Haus, zum Holz- und zum Pilzesammeln oder zum Kräuterpflücken, die uns dann abends Mutter zubereitete.«

»Sie hatten ihren Vater bestimmt sehr lieb?«, unterbricht Dr. Tondra.

Melvin nimmt den Blick vom Fenster und schaut ihr streng entgegen. »Was ist das für eine Frage, Frau Doktor. Natürlich hatte ich das.« Ehe sich die Psychologin entschuldigen kann, fährt Melvin fort. »Oft spielte ich allein in dem Waldstück, was meinen Eltern weniger gefiel.«

»Sie waren ein kleiner Junge«, sagt Frau Dr. Tondra mit einem zurückhaltenden Lächeln, welches Melvin nicht erwidert.

»Nun, eines Tages entdeckte ich Fußspuren auf dem torfigen Waldboden. Spuren, die nicht von uns waren. Und andere Leute habe ich in diesem abgelegenen Waldstück hinter unserem Haus nie gesehen.«

»Haben Sie Ihre Eltern darauf angesprochen?«

»Kann mich nicht daran erinnern. Aber es waren eindeutig große Fußabdrücke von einem Stiefel, das weiß ich. Einen Tag bevor das Grauen passierte, entdeckte ich noch etwas.«

Dr. Tondra verzieht das Gesicht und lehnt sich nach vorne.

»An einigen Bäumen entdeckte ich eingeschnitzte Symbole, die ich vorher nie gesehen hatte.«

»Was für Symbole, Melvin?«

»Eine Art Pentagramm, dessen Schenkel aber unterschiedlich lang waren. In der Mitte war ein Zeichen, eine Art Symbol eingeschnitzt. Es war der siebenundzwanzigste August. Alles schien an diesem Tag gewöhnlich, bis auf mein Gefühl, das von Panik und Angst beherrscht war, und das schon, bevor ich die Spuren draußen im Wald entdeckte. Ich schaute mit meinen Eltern Fernsehen, bevor mein Vater mich zu Bett brachte. Meine Mutter war Krankenschwester und hatte ihren letzten Arbeitstag. Mein Vater hatte ein paar Ortschaften weiter einen neuen Job bekommen. Er hatte sich freigenommen und wollte am folgenden Tag wandern gehen und zum Mittagessen wieder zurück sein. Eigentlich sollte ich mitgehen, aber ich blieb zu

Hause, was wohl auch das Beste war und mein Leben gerettet hat.«

Melvin sieht in Dr. Tondras Augen die Einkehr der Angst und des Bösen, welches von der alten Geschichte entfesselt wird und von ihr Besitz ergreifen will. Sie legt ihre feuchten Hände ineinander und versucht wohl damit vergebens, ihre aufkommende Nervosität zu verbergen.

Er hebt seinen Kopf in den Nacken und schaut zur Decke. »Es war ein ungewöhnlich heißer Tag. Die Augustsonne brannte blutrot und die Kornfelder schienen in Flammen zu stehen und knisterten vor Hitze. Der Mais hing leblos an der Pflanze. Die Luft war schwer. Tage zuvor hatte es unaufhörlich geregnet. Es war seltsam, dass zu diesem Zeitpunkt noch alle Felder in Ernte standen und das Korn und der Mais noch nicht abgeerntet worden waren. Aber das hatte einen Grund. Es war der erste Tag nach dem Regen. Wochenlang hatte es Sturzbäche geschüttet. Das Maisfeld hinter unserem Haus war bedrohlich hoch und der Weizen faulte vor sich hin. Wir warteten ungefähr eine Stunde bis zum Sonnenuntergang und wollten dann hinaus, um Vater zu suchen. Ich stand oben an meinem Fenster und schaute auf die Felder, auf das Grün des kleinen Waldgebietes. Dieser eine Tag, der meine Seele ermordete und mich mit in die Hölle nahm.«

»Ganz ruhig, Melvin, ich weiß, wie schwer das für Sie ist, darüber zu reden.«

Melvins neigt den Kopf und demonstriert damit, dass Frau Doktor nicht den Hauch einer Vorstellung hat, was in seinem Inneren vor sich geht.

»Mein Vater war in den frühen Morgenstunden rausgegangen und kam nicht mehr zurück. Ungewöhnlich für ihn, dass er zum Nachmittag nicht zurückgekommen war. Wahrscheinlich hatte er sich entschlossen, seinen Spaziergang zu verlängern, und würde pünktlich zum Abendessen da sein, dachten wir uns. Ich stand am Küchenfenster, während meine Mutter neben mir den Abwasch machte und sich damit wohl von den Sorgen ablenken wollte. Sie erhaschte hin und wieder einen Blick auf die Uhr über dem Küchenschrank und in mir stieg die Angst auf, wo Vater so lange blieb.«

Für einen Moment hält er inne. »Er wird sicher vor Sonnenuntergang zurück sein«, beruhigte mich Mutter, kam zu mir an die Fensterbank, hielt meine Hand und schaute hinaus Richtung Wald. Immer wieder wurde mein Blick von den metallenen Schmeißfliegen eingefangen, welche auf dem verblichenen Plastik der Fensterbank herumkrabbelten, auf der Suche nach Fleisch, und erweckten eine tiefe Angst in mir. An jenem Tag waren sie die Vorboten, dass das Böse seinen Weg zu uns und unserem Haus gefunden hatte.«

»Was geschah dann, Melvin?«

»Der Tag verging und der Abend näherte sich. Mutter stand mit mir hinter unserem Garten am Feldrand und schaute besorgt in die Ferne. Sie hoffte, mein Vater würde gleich aus dem Blätterdickicht der grünen Wand des Waldes kommen und die Sorgen könnten endlich verschwinden.«

»Sie waren bei Ihrer Mutter?«

»Ja, ich stand ganz nah bei ihr und hielt ihre zittrige Hand, denn ich wusste, dass dieser Tag alles Leid und Grauen dieser Erde in sich trug. Das abgrundtief Böse war unmittelbar zu uns gekommen, zu unserem verlassenen Häuschen in der Nähe der Friedhofsmauer.

Es war kurz vor Sonnenuntergang, als Mutter das Gartentor schloss und sich auf den Weg machte zu dem kleinen Birkenwald am Ende des Maisfeldes. Ich war dicht hinter ihr und ließ ihre Hand nicht los. Die blutrote Abendsonne lugte über die Baumkronen und tauchte die Felder in eine surreale Farbe und das Kornfeld wirkte wie eine rohe Fleischmasse im bizarren Licht der Abendsonne. Der Eingang in den inzwischen dunklen Wald, das schwarze Loch in der Blätterwand, hieß uns willkommen zum schlimmsten Albtraum. Grausamer, unmenschlicher als jeder hasserfüllte Vergeltungswunsch. Es war still - bis auf die Kornhalme am Waldesrand, die noch unter der Hitze knackten und knisterten, als würden Schwärme von Insekten durch die Felder streifen. Wir betraten den Wald und gingen den schmalen Pfad entlang. Die Stille wurde plötzlich abgelöst von dem rhythmischen Trommeln, welches immer näherkam, je weiter wir in den Wald gingen. Von diesem Geräusch, diesem Trommeln, werde ich heute noch aus den Träumen gerissen.«

Dr. Tondra fasst sich an den Hals und schaut fragend zu Melvin herüber, der weiter apathisch aus dem Fenster schaut.

»Das Flügelrascheln der großen Sarkophaga, welche sich an einem rohen Stück Fleisch labt.«

»Die große Sarkophaga?«

»Wir hörten das Brummen der unzähligen Fleischfliegen, je weiter und tiefer wir in das Waldstück eindrangen. Der schmale Fußpfad war von beiden Seiten von Schlingpflanzen und Brennnesseln eingenommen, die gegen meine nackten Beine peitschten. Aber ich spürte das Stechen und Brennen nicht, da ich schon längst von einer Todesangst eingenommen worden war und meine Mutter immer wieder anflehte: »Wir müssen umkehren, wir müssen umkehren.« Plötzlich hörte ich ihren grausamen Schrei, der mir durch Mark und Bein fuhr.«

»Ich verstehe nicht …« Dr. Tondra schaut irritiert zu ihm herüber.

»Sie sah meinen Vater, noch bevor ich ihn sah.«

»Verstehe.« Dr. Tondra ringt um Worte und fährt fort. »Warum … nahm Ihre Mutter Sie überhaupt mit? Obwohl sie spürte, dass etwas nicht in Ordnung war?«

»Sie hat damals wie ich gespürt, dass etwas unvorstellbar Böses in der Luft lag. Sie konnte mich nicht allein im Haus zurücklassen.«

»Warum hat sie nicht die Polizei gerufen?«

Melvin wirft Dr. Tondra einen finsteren Blick entgegen.

»Das weiß ich nicht. Und selbst wenn … Ihm ist niemand gewachsen.«

»Ihm?«

Melvins Blick verliert sich in der Dunkelheit hinter dem Fenster.

»Zudem war Vater nur einige Stunden weg, kein Grund, direkt die Polizei zu rufen.«

»Ist okay, Melvin«, beruhigt sie ihn, als er erregt die Stimme hebt.

»Nun, jedenfalls … Mutter zog mich hinter sich her, während mein Herz bis in den Kopf hämmerte und jede Zelle in meinem Körper schrie: Kehrt um.«

Melvin hört auf weiterzuerzählen und schaut zu Frau Dr. Tondra, die ihm gegenüber in der dunklen Ecke des Raumes sitzt, die Tischlampe anknipst, die den Raum in ein zartes Orange taucht.

Nervös pflückt er an seinem blutigen Nagelbett der linken Hand herum und spürt diesen eiskalten Deckmantel der Angst, der ihn umgibt, der sich wie eine toxische Wolke bis zu Dr. Tondras Ecke ausbreitet.

»Melvin, bleiben Sie ganz ruhig. Erzählen Sie mir nur dann weiter, wenn Sie möchten.«

Er gibt ihr ein Handzeichen, dass er nur einen Moment braucht, und lässt apathisch seinen leeren Blick in der Dunkelheit haften.

»Der Pfad machte einen Bogen und führte leicht bergab. Als wir die Böschung umgingen, blieb meine Mutter plötzlich stehen und ich spürte ihre zuckende Hand. Ein tiefes Schluchzen, gefolgt von einem schrillen Schrei, der an ein gequältes Tier erinnerte. Sie drückte meine Hand, bis meine Knöchel knackten. Ich schaute hoch zu ihr, aber nicht nach vorne, und ich hörte das grässliche Flattern der Insekten und vernahm nun auch einen Geruch. Den Geruch von Eingeweiden und Blut. Ich sprach meine Mutter an und fing an zu weinen. Der Schock lähmte sie und sie erstarrte in einem Schrei, der so laut war, als sollte er uns beide aus diesem Albtraum aufwecken. Ich habe an diesen Moment nur noch schemenhafte Erinnerungen. Ja, manchmal glaube ich, ich hätte das alles tatsächlich nur geträumt. Ich stand hinter meiner Mutter und konnte nicht sehen, was vor uns lag, und damit auf den ersten Blick das Grauen nicht sehen.«

»Ihr Vater?«

»Er war mit den Armen über Kopf an eine Birke genagelt worden. Völlig entkleidet und in Blut getränkt. Sein Körper war eine Masse aus rohem Fleisch und hellen Knorpel- und Knochenteilen, die aus den Wunden hervortraten. Er lag mit dem Hinterkopf an den Baumstamm gelehnt. Sein Mund war offen und legte eine dunkle Höhle frei. Das ganze Gesicht war zertrümmert und faustdick angeschwollen. Ein Auge baumelte am Faden des Sehnervs an seinem Gesicht hinunter.«

Frau Dr. Tondra legt beide Hände gefaltet vor den Mund und hält den Atem an. Melvin schaut zu ihr hinüber und fährt fort. »Die Leiche war so schlimm zugerichtet, dass wir schwer erkennen konnten, ob es Vater war. Aber er war es. Dieser Mensch, der dort eines brutalen und gewaltsamen Todes gestorben war, war mein Vater. Mein Blick blieb an der blutüberströmten Leiche vor uns hängen. Es waren wohl nur wenige Sekunden, als wir dort vor Vaters Leiche standen. Wir waren in der Hölle angekommen, als wir ihn dort hängen sahen. Er muss Unvorstellbares mitgemacht haben.«

»Sie konnten wahrscheinlich nicht weglaufen, nicht fliehen bei dem schlimmen Schock.«

»Ein Schock ist untertrieben, Frau Doktor. Wir waren in dem Moment selbst zu Leichen geworden, als wir das sehen mussten. Ich wünschte mir damals sogar, mein kleines Herz sollte abrupt aufhören zu schlagen. Aber es blieb auch keine Zeit zur Flucht. Ich hörte plötzlich ein dumpfes Knirschen, das den anhaltenden Todesschrei meiner Mutter beendete. Einen kurzen Ruck spürte ich anschließend in ihrer Hand. Ich schaute hoch zu ihr und sah nur von der Seite, wie eine metallene Spitze aus ihrem Mund ragte. Ein Messer oder eine Schere. Sie sackte leblos zusammen, so als wäre eine Puppe umgestoßen worden. Und dann sah ich ihn …«

»Den Mörder?«

»Ich schaute hoch zu ihm, in diese leblosen kalten Augen, ein Abgrund, in dem ich nichts Menschliches sah. Jenseits des Vorstellbaren. Sein blasses, schmales Gesicht … Keine Regung, keine Emotion war darin zu erkennen. Diese Gleichgültigkeit in seinen blutunterlaufenen Augen spiegelte alle Grauen und

Dämonen dieser Erde wider. Noch heute schaue ich in die Dunkelheit und sehe für einen kurzen Moment seine Augen aufleuchten - oder spüre, wie sein Blick mich sucht, um auch mich mit in die Hölle zu nehmen, in die er auch meine Eltern hingebracht hat.«

Weitere Worte, welche die dunklen Erinnerungen an jenen Tag vor zwanzig Jahren wiedergeben wollen, kommen nicht mehr über seine Lippen.

Hysterisches Geschrei hallt aus einem der gegenüberliegenden Zimmer in den Klinikflur und setzt auch den Schlusspunkt des Gesprächs zwischen der Psychiaterin und dem Patienten.

Melvin blickt flüchtig zu der Doktorin hinüber. »Jetzt lassen Sie mich bitte allein, Frau Doktor. Eine weitere Nacht der Angst wartet auf mich und ein weiterer Morgen, an dem ich aufwache und mich frage, ob das alles überhaupt noch Sinn macht ... dieses eine Menschenleben.« Melvin lehnt sich nach vorne und knipst die Tischlampe aus und der Raum wird erfüllt von einer umgreifenden Dunkelheit.

Ioan Ann Parker, spreche ich das richtig aus?«

Die junge Frau lässt ihren Blick durch das geräumige Arbeitszimmer des Professors wandern, schaut über den großen Eichenholzschreibtisch zu ihrem Gegenüber und fängt seinen strengen Blick ein.

»Ganz genau, Professor Reczak«, antwortet die junge Frau, die dem Chefarzt und Klinikleiter gegenüber sitzt.

Prof. Dr. Samuel Aleksandr Reczak. Chefarzt und Leiter des Klinikums der forensischen Psychiatrie. Ein kleiner gedrungener Mann. Achtundsiebzig Jahre alt, weiße gescheitelte Haare, mit einem durchdringenden Blick hinter der fingerdicken Hornbrille. Reczak hat vom Rasieren gerötete Wangen und einen Gesichtsausdruck, als würde ihn ständig etwas beunruhigen. Er trägt Businessschuhe, die wahrscheinlich vor dreißig Jahren in Mode waren. Eine Hose mit großen Bügelfalten, dunkelblaues Hemd mit der passenden Krawatte, darüber ein Cord-Sakko und einen knielangen weißen Arztkittel.

»Sie sind Britin?«

»Ja, ich komme aus Manchester und habe dort viele Jahre als Pflegekraft und im sozialen Bereich gearbeitet.«

»Wie kommt es, dass Sie unsere Sprache so gut und akzentfrei sprechen?«

»Meine Mutter stammt aus Rumänien und so wurde ich zweisprachig erzogen. Aufgewachsen bin ich aber in England.«

Prof. Reczak nickt grummelnd mit dem Kopf und wechselt den Blick auf die Akte, die vor ihm auf dem Schreibtisch liegt.

»Okay, Sie haben ausreichende Erfahrungen mit straffälligen psychisch erkrankten Menschen, lese ich das hier richtig?« Prof. Reczak wirft Joan Ann Parker einen unmissverständlich ernsten Blick über den Rand seiner Hornbrille zu.

»Ansonsten wäre ich nicht den weiten Weg bis hierhin gekommen, Professor. Ich habe einschlägige Erfahrungen in Rehabilitationsprojekten in London als auch in den Staaten gemacht, wo ich Menschen begleitet und betreut habe, um ihnen einen guten Start in die Zivilisation zu ermöglichen.«

»Projekte nennen Sie das? Nun, ihr Menschen da drüben in der westlichen Welt habt immer solche lieblichen und modernen Ausdrücke für harte Arbeit, die einem den Schweiß ins Angesicht treibt. Bei diesen Projekten, wie Sie es nennen, da waren Sie erfolgreich?« Der Professor hebt eine seiner buschigen Augenbrauen in die Höhe.

»Es ist kein einfacher Job, das wissen wir beide, Herr Professor, aber ich habe Erfahrung und tue stets mein Bestes.«

»Wissen Sie, Frau Parker ... wir sind hier nicht im gutorganisierten, strukturierten und reichen Westeuropa. Hier fehlt es an allem. Besonders aber an finanziellen Mitteln und auch an erfahrenen Mitarbeitern, deshalb haben wir eine Anfrage gestellt, um Unterstützung zu erhalten. Wir haben hier natürlich die gleichen Probleme mit Kriminalität und kranken Menschen wie alle anderen Nationen auf der Welt. Und auch wir sind daran interessiert, Menschen zu heilen und ihnen eine Sozialisierung zu ermöglichen.«

»Möchten Sie mir nun etwas zu der Person sagen, die ich betreuen soll?«

»Durchaus, aber vorweg wollte ich noch etwas zu dieser Klinik sagen.«

Verwirrt schaut Joan den Professor an. »›Klinik‹ sagten Sie?«

»Ich bevorzuge ganz bewusst den Ausdruck ›Klinik‹ und nicht ›Anstalt‹, da ich mich als Mediziner und fachkundigen Professor verstehe, der die Menschen heilen möchte. Und ich finde, das Wort ›Anstalt‹ klingt sehr … äh … verächtlich und respektlos. Ich bin kein Misanthrop, ich liebe den Menschen, und von daher bin ich bei der Wortwahl besonders pingelig.«

»Dieses Haus, diese Klinik ist wirklich ein beeindruckendes Gebäude«, sagt Joan und schaut an den eichenholzgetäfelten Wänden hoch zu den hohen Stuckdecken.

»Das ist es, Frau Parker. Das ist es. Ein uraltes Haus mit einer besonderen Geschichte. Zeduri Pace. Erbaut wurde das alte Gemäuer 1732 von einer traditionellen Adelsfamilie aus Siebenbürgen. Prachtvolle Herrenhäuser in diesem Stil findet man heute nur noch selten. Lange Zeit stand dieses Prachtstück leer, nachdem - Anfang des 19. Jahrhunderts - der letzte Nachkomme der Familie dort im hohen Alter gestorben war. Gegen Ende der Achtzigerjahre des letzten Jahrhunderts fand das Haus eine neue Bestimmung und wurde zu einem Heim für verwaiste Kinder eingerichtet.«

»Kurz nach der Diktatur«, wirft Joan dazwischen und ein Aufflackern aus den Erzählungen ihrer Mutter lässt sie kurz erzittern.

»Ganz genau. Viele Waisenkinder, die nicht den Massenmorden zum Opfer fielen. Zahlreiche unter ihnen waren körperlich und geistig beeinträchtigt, wurden in diesem Haus untergebracht und die Heimmitarbeiter versuchten damals ihr Bestes.«

Der Professor nimmt die Brille ab und schaut für einen Augenblick über seine Schulter zu dem rauschenden Blattwerk der Kastanien vor dem Fenster. Eine bedrohliche Stille nimmt den Raum ein, und auch Joan weiß um den Schmerz, welchen die Menschen zur damaligen Zeit erleben mussten.

Der Professor setzt nach dieser kurzen Andacht wieder seine Brille auf und fährt fort. »Wissen Sie, manchmal, wenn ich hier ganz allein zur späten Stunde in meinem Arbeitszimmer sitze und es ganz still ist, bilde ich mir ein, die Schmerzensschreie der verwahrlosten und zum Teil verstümmelten Kinder des Zeduri Pace zu hören, so als würden die Kinder heute noch aus den alten Steinen des Gemäuers schreien. Es ist nun schon über dreißig Jahre her, aber die gequälten Seelen der Verstorbenen kennen keine Zeitrechnung, es ist ihnen gleichgültig, wenn sie ihre Höllenqualen nochmals zum Ausdruck bringen möchten. Damit wir Sterblichen es niemals vergessen.«

»Meine Mutter erzählte mir oft von dieser schlimmen Zeit, es muss furchtbar gewesen sein.«

»›Furchtbar‹ ist milde ausgedrückt, geehrte Frau Parker. Kinder wurden damals zum Sterben hierher gebracht. Ich war selber noch ein junger Arzt und tat in dem Haus mein Bestes, mit der Unterstützung von zwei weiteren tapferen Menschen, die alles versuchten, um diesen kleinen hilflosen Geschöpfen zu helfen. Viele schlimme Tragödien haben sich abgespielt und ich habe Furchtbares gesehen, glauben Sie mir das. Aber dennoch glaube ich, dass ein guter Geist in diesen Wänden steckt. Dies ist ein guter Ort, der nach wie vor Menschen helfen möchte.« Der ansonsten gefasste

Professor reibt sich eine Träne aus seinen wässrigen Augen, räuspert sich und fährt fort. »Etwa zwanzig Jahre später habe ich dann diese forensische psychiatrische Klinik errichten lassen.«

»Ist Zeduri Pace vergleichbar mit einer Psychiatrie?«

»Wie ich bereits sagte, bin ich streng, was die Begrifflichkeit angeht. Nun, lassen Sie es mich einmal so definieren: Dies ist schon ein Maßregelvollzug, aber es ist eine alternative zum Gefängnis. Hier kommt niemand freiwillig hin, sondern es wird durch eine Zwangseinweisung eines Haftrichters angeordnet. Ich glaube, bei Ihnen im Westen nennt man das eine ›geschlossene Psychiatrie‹ - oder Irrenanstalt, so wie es viele Unbedarfte betiteln.«

»Wer kommt genau zu Ihnen, Professor?«

»Ganz einfach, Frau Parker, hier leben Männer und Frauen, die eine Straftat begangen haben und als psychisch krank gelten.«

»Und welchen Schwerpunkt haben die Menschen, die zu Ihnen kommen?«

»Es gibt keinen genauen Schwerpunkt, die Ursache kann unterschiedlicher Natur sein. Traumatisierungen verschiedenster Art, Depressionen, Bipolarität, Angststörungen, Schizophrenien oder eine Borderline Pathologie. Zu uns kommt keiner, der nur eine Bagatelle begangen hat. Viele Patienten sind wegen sexueller Übergriffe verurteilt worden, andere wegen Delikten der schweren Körperverletzung oder gar Patienten, die einen Mord begangen haben. Des Weiteren kommen Menschen zu uns, die aufgrund massiven Drogen- und Alkoholmissbrauchs straffällig geworden sind und auch massive Verwahrlosungstendenzen zeigen und sich und das

Leben anderer gefährden. Aber da liegt die Ursache oft in den oben genannten Bereichen.«

»Die meisten Patienten, denen ich zur Seite stand, litten unter Schizophrenie«, antwortet Joan.

»Diese ist auch in unserem Haus die verbreitete Form der Geisteskrankheit bei den Patienten. Die meisten leiden unter diesem Krankheitsbild, bei etwa einem Drittel liegt eine sogenannte Persönlichkeitsstörung vor. Der geringere Teil der Männer und Frauen hat eine starke Intelligenzminderung, ist also geistig schwer beeinträchtigt.«

»Traumatisierung erwähnten Sie?«

Der Professor faltet die Hände ineinander, schaut konzentriert durch seine starken Brillengläser zu Joan und lässt sich etwas Zeit mit der Antwort.

»Diese sind nach meinen Forschungen und Studien die Wurzel aller menschlichen Unarten und Boshaftigkeiten. Jeder wird zu dem, was ihn geformt hat. Sogar pränatale Ereignisse können schon erheblichen Einfluss auf das bevorstehende Leben des noch nicht geborenen Menschen haben.«

»Haben alle Menschen, die hier leben, ein Recht auf Freiheit nach dem Verbüßen der Strafe?«

»Selbstverständlich. Sie werden es sehen, an dem Patienten, den Sie betreuen, auf den ich gleich noch komme. Allerdings sind wir besonders vorsichtig, da die Rückfallquote bei psychisch erkrankten Straftätern mehr als doppelt so hoch ist wie bei normalen Straftätern. Wenn es um die Entlassung geht, sind wir hier sehr vorsichtig. Gute therapeutische Arbeit muss geleistet werden. Diese leitet Frau Dr. Tondra bei uns im Haus. Sie ist eine exzellente Psychologin. Nach der Therapiephase wird ein psychiatrisches Gutachten erstellt, welches dem Richter vorgelegt wird. Er entscheidet dann über die Entlassung. Dieses Gutachten muss einwandfrei sein und dabei dürfen keine Fehldiagnosen erstellt werden. Die meisten Patienten in der Forensik werden als hochgefährlich eingestuft.«

Joan will gerade etwas sagen, als Professor Reczak sie mit einem Handzeichen stoppt.

»Noch mal zu Ihrer Frage: Straftäter, die gesundet sind, haben nach Verbüßung der Strafe ein Recht auf Freiheit und werden in einem begleiteten Programm in die Alltagswelt eingegliedert, in der sie zuerst eine Zeit in ein betreutes Wohnen untergebracht werden. Jede Klinik hat ihr eigenes Programm der Resozialisierung, unser Haus hat ein gutgegliedertes Konzept und einen Rückfall habe ich in meinen zwanzig Jahren als Klinikleiter noch nicht erfahren.«

»Die Eingliederung in das bürgerliche Leben da draußen ist ein extrem wichtiger Schritt im Heilungsprozess, das unterschätzen die meisten, Herr Professor Reczak.«

»Meine Kollegen und ich machen das nicht. Aus diesem Grund habe ich Sie den weiten Weg hergeholt, sehr geehrte Frau Parker.« Ein kurzes Lächeln zuckt über die gefassten Gesichtszüge des Klinikleiters, um sofort wieder in einen bitterernsten Ausdruck zurückzufallen. Joan würde dies auch gerne mit einem Lächeln erwidern, bleibt aber gefasst und gibt sich vor dem Professor weiterhin souverän.

Der Professor streift über seine Krawatte und richtet den Kragen seines Cordsakkos unter dem weißen Kittel. Schaut in Gedanken zu dem großen Bücherschrank zu seiner Rechten und zitiert, als würde er gerade aus einem der dicken Wälzer ablesen: »Die

Menschlichkeit einer Gesellschaft zeigt sich bekanntlich nicht zuletzt daran, wie sie mit ihren schwächsten Mitgliedern umgeht. Auch hier umgehe ich bewusst das Wort ›böse‹. Um der Stigmatisierung der Zwangseingewiesenen entgegenzuwirken und damit die Wiedereingliederung von Patienten zu vereinfachen, braucht es auch die Akzeptanz der Gesellschaft, psychische Störungen als das anzuerkennen, was sie sind: Krankheiten, die jeden befallen können.«

Joan beobachtet Reczak, der nun wieder seinen Blick zu ihr richtet, und sie fragt sich, ob er die gleiche Toleranz und das Verständnis hätte, wenn ein Straftäter einen Menschen aus seiner Familie bestialisch ermorden würde, so gerne sie ihm zustimmen möchte, da diese Ethik auch ein grundlegender Kern ihrer Arbeit ist.

»Melvin Aronovski heißt der junge Mann, den Sie begleiten werden.«

Joan legt eine Hand auf ihre Aktentasche, die am Stuhlbein angelehnt steht.

»Ich habe seine Akte gelesen. Siebenundzwanzig Jahre alt und seit sechs Jahren bei Ihnen untergebracht.«

»Genau. Die letzten Monate haben wir ihn auf die Entlassungsstation verlegt. Dort hat der Patient etwas mehr Freiheiten - weiterhin unter Beaufsichtigung, versteht sich. Dann wissen Sie ja alles über sein Störungsbild und sein Persönlichkeitsprofil und auch, warum er bei uns zu Gast ist.« Der Professor legt sein Kinn in die gefalteten Hände.

»Rezeptive Depressionen, paranoide Wahnvorstellungen, Drogenmissbrauch, Suizidalität und verurteilt wegen eines versuchten Totschlags vor ungefähr acht Jahren«, führt Joan kühl und sachlich aus.

»Melvin Aronovski. Ein wirklich tragischer Fall, die Geschichte dieses jungen Mannes«, bekundet der Professor, wippt mit dem Kopf auf und ab und drückt sich aus dem Ledersessel nach oben. »Ich würde vorschlagen, wir gehen zu seinem Patientenzimmer und ich stelle Sie beide vor.«

Joan steht ebenfalls auf, nimmt den Parka von der Stuhllehne und hängt sich die Aktentasche über die Schulter. Beide gehen um den großen Eichenholztisch herum, während Reczak sich den Kittel zuknöpft.

Sie kommen an der langen Bücherwand vorbei, als plötzlich der Professor kurz vor der Tür stehen bleibt, den Knauf umfasst und Joan fest in ihre dunkelgrünen Augen schaut.

»Kennen Sie seine Geschichte? Ich meine, seine ganze Geschichte?« Reczak hält inne und sieht an Joans plötzlich auftauchenden fahlen Blässe, dass sie die Antwort kennt.

»Natürlich, Herr Professor«, erwidert sie etwas zögerlich.

»Kinderaugen, die so etwas sehen, erholen sich niemals so ganz von solch einem Trauma.«

Joan macht einen Schritt auf den Professor zu.

»Ein kleines Kind, das mitansehen musste, wie seine Eltern von einer Bestie ermordet wurden, ist in ein Geschehen verwickelt, welches man als Hölle bezeichnen könnte.«

»Ganz recht, Frau Parker. Vor zwanzig Jahren, als Melvin gerade einmal sieben Jahre alt war. Aber es war keine Bestie oder ein Monstrum. Nein. Es war ein kranker Mensch … Frau Parker … Es war ein Mensch.«

Mit einem Knarzen öffnet er die Tür und beide betreten den Flur des obersten Stockwerks.

Das Dorf Saramas Baletu liegt einen Steinwurf von Monastrea entfernt, in dem das Elternhaus der Aronovski-Familie stand. Ein von den Karpaten umgebenes Dorf im Süden der Region Siebenbürgen. Eingebettet in sanfte Hügellandschaften, dichte und dunkle Wälder, die zu jeder Jahreszeit bedrohlich und verwunschen erscheinen.

Am nördlichen Teil des Dorfes steht Zeduri Pace, ganz abgelegen entlang einer einsamen und schmalen Landstraße. Hinter einer sechs Meter hohen Mauer mit Stacheldraht ragt es wie ein Fels der Hoffnung in den trostlosen grauen Himmel. Tiefe vergitterte Fenster zeichnen sich in dem alten Klinker ab, die wie offene Münder von verstorbenen Seelen in die Kälte des Herbstes schreien wollen, umgeben von uralten verkrüppelten Kastanienbäumen und einer Trauerweide mit einer alten Holzbank davor.

Im unteren Stockwerk, durch eines der mit sieben Gitterstäben gesicherten Fenster - drei Stäbe vertikal, vier Stäbe horizontal - zeichnen sich die Umrisse eines traurigen farblosen Gesichts ab, dessen Augen ihren verlorenen Blick nach draußen verlieren.

Ein Stockwerk darüber sind zwei Besucher auf dem Weg und durchlaufen das Obergeschoß.

Die alten Holzdielen schlucken die Schritte des Professors Reczak und Joan Ann Parkers, als sie den weiten Flur entlangschreiten.

»Jetzt betreten wir die Sicherungsstation, auf der die Patienten untergebracht sind«, sagt Professor Reczak und sie passieren eine schwere Stahltür mit Plexiglasbeschichtung, die sie erneut in einen langen Korridor führt. Schwere Gittertüren, an denen sie vorbeikommen, trennen weiße Flure voneinander.

Von innen führen massive Stahltüren in die Einzel- und Doppelzimmer der Patienten. Antike Bilder, Vasen, Einrichtungsgegenstände oder sonstiges Dekor, welches zu dem ehemaligen Herrenhaus passen würde, findet sich aus Sicherheitsgründen nicht.

Joan schaut zu ihrer Rechten an den tiefen Fenstergittern vorbei, hinaus auf den großen Hof, der durch die Mauer abgetrennt ist. Die großen Stacheldrahtkugeln auf dem Mauerkamm ähneln dem wirren Geäst der umliegenden Bäume zur herbstlichen Jahreszeit.

»Übrigens, Herr Aronovski ist auf der unteren Etage untergebracht. Sein Zimmer liegt am Ende des Treppenhauses im Ostflügel. Er ist die meiste Zeit auf seinem Zimmer, während die anderen Insassen den Gemeinschaftsraum bevorzugen.«

»Sie sagten, er befindet sich auf der Entlassungsstation.«

»Ja, ganz recht. Patienten, die ihre letzten sechs bis zwölf Monate verbringen, kommen auf eine Entlassungsstation. Dort dürfen Patienten sogar das Klinikgelände in Begleitung des Pflegepersonals für ein paar Stunden verlassen.«

Joan lauscht dem Stöhnen und Wimmern, das aus einem der Zimmer dringt, welches sie passieren. »Sagen Sie, dürfen die Insassen der anderen Stationen ihre Zimmer selbstständig verlassen?«

»Ganz recht. Anders als in einer Justizvollzugsanstalt dürfen die Patienten selbstständig ihr Zimmer verlassen und den Gemeinschaftsraum aufsuchen, natürlich nicht unbegleitet. Dort haben sie unter anderem die Möglichkeit fernzusehen, was viele gerne machen.« Mit seiner Hand zeigt der Professor auf eines der vergitterten Fenster. »Draußen auf dem Hof ist der Ausgang auch gestattet, allerdings nur zu festgelegten Zeiten. Aber alles natürlich nur unter Aufsicht und in Begleitung des Sicherheits- und Pflegepersonals, versteht sich.«

Joan zuckt erschrocken zusammen und dreht sich um, als ein schriller Schrei ertönt und durch den langen Flur hallt. Genau kann sie die Richtung des Schreis nicht ausmachen.

Reczak schaut über seine Schulter und wirft Joan einen beruhigenden Blick zu.

»Wir sind gerade am Krisenraum vorbei, aus dem dieser Schrei zu hören war.«

»Ah okay, eine Art Isolationszimmer?«, fragt Joan nach, dreht sich nochmals um und schaut auf die grüne Stahltür.

»Ganz recht. Wenn Patienten psychisch dekompensiert sind, weil sie Drogen konsumiert haben, und als akut gewalttätig eingestuft werden. Sicherheitsstufe Nummer Eins für diesen Raum, in dem der Patient durch eine Luke mit Lebensmitteln und Medikamenten versorgt wird.« Der Professor spürt Joans fragenden Blick und fährt fort. »Wenn jemand sich auf irgendeinem Weg Drogen besorgt hat und wir erfahren davon, dann wird er auch in diesem Krisenraum isoliert. Eine Strafmaßnahme mit einer Aufenthaltsdauer von bis zu drei Tagen. Ein leeres kleines Zimmer mit einer Kloschüssel und einer Matratze kann zur Züchtigung Wunder wirken.«

»Ist dies kein massiver Eingriff in das Freiheitsrecht, Herr Professor?«

Reczak bleibt an der oberen Stufe des Treppenhauses stehen, umfasst den Geländerknauf und schaut kritisch zu Joan.

»Frau Parker, auch wir müssen hier Grenzen setzen. Ihre westliche Moralität in allen Ehren, aber ich bin achtundsiebzig Jahre alt und habe als Arzt und Psychologe schon ganz andere Maßnahmen erlebt und weiß diesen Fortschritt in der Behandlung von psychischen Krankheiten zu schätzen.«

»Sie reden von den großen Psychiatriereformen der Siebzigerjahre?« Joan stellt sich neben ihn.

»Genau davon rede ich. Als junger Arzt habe ich noch den Einsatz von Zwangsjacken, Deckelbädern, Lobotomien sowie die Verabreichung nicht zugelassener Medikamente erlebt.«

»Das war mehr als menschenverachtend«, merkt Joan an und schaut betroffen hinunter auf das Mosaikmuster der kobaltblauen Fliesen des Treppenhauses.

»Nun, dies fußte auf der falschen Annahme, dass es sich bei psychischen Krankheiten um Gehirnerkrankungen rein biologischen Ursprungs handle, die unter anderem medikamentös geheilt werden konnten. Mittlerweile wurde diese Ansicht etwas relativiert. Wie Sie auch wissen, geht die Medizin heute davon aus, dass auch Faktoren wie die Lebenserfahrung, gesellschaftliche Konventionen, soziale Bedingungen und persönliche Schicksalsschläge psychische Krankheiten verursachen, auslösen und aufrechterhalten können.«

Beide gehen das breite Treppenhaus hinunter in den untersten Stock, auf dem ihnen gelegentlich ein Therapeut oder ein Pfleger in grüner oder weißer Arbeitskleidung grüßend entgegenkommt.

Sie betreten wieder einen weiten Flur, an dessen Ende eine große Doppelglastür zu sehen ist mit der Aufschrift *Entlassungsstation.*

Leichte Nervosität macht sich bei Joan breit. Verlegen knetet sie die Hände, während Professor Reczak die Station betritt und sie ihm folgt.

Die Akte über Melvin Aronovski wurde von der jungen Sozialarbeiterin gründlich studiert, darin hat sie den alten Psychiater nicht angelogen, aber eine Angespanntheit und Aufregung wie jetzt hat sie bisher noch nie erlebt und sie versucht, sich Reczak weiterhin souverän und selbstbewusst zu präsentieren.

»Ich möchte noch etwas anmerken, Frau Parker, und bitte verstehen Sie dies nicht als Kritik, sondern als Hinweis. Bisher haben Sie Menschen in den Alltag begleitet und zurückgeführt, die leichte Störungsmuster hatten oder straffällig geworden sind durch kleine Delikte wie Diebstahl oder Alkoholsucht. Melvin Aronovski ist allerdings ein ganz anderes Kaliber. Ein garantiert schwerwiegender Fall. Wie Sie wissen, ein Mann mit einer schwerbelasteten Kindheitserfahrung und das schon im Alter von sieben Jahren, als er Augenzeuge geworden ist, wie seine Eltern ermordet wurden. Es folgten Aufenthalte in Heimen und Jugendanstalten bis Herr Aronovski floh, obdachlos und heroinabhängig wurde, bis sich alles zu einer Straftat zuspitzte, die laut Urteilsspruch von damals einem Mordanschlag gleichkam.«

Joan denkt unwillkürlich an den zertrümmerten Schädel von Melvins damaligem Opfer, dessen Gesicht nur noch aus einer rohen Fleischmasse und herausstehenden Knochen bestand. Sie hat Bericht und Fotos von der Tat in den Akten gesehen, in die sie durch Beziehungen Einsicht bekommen hat.

»Da wären wir.« Professor Reczak bleibt vor der weißen Tür mit dem Schild *Raum 012* stehen und schaut hinüber zu Joan. Er hebt die Hand zum Anklopfen, hält inne.

»Sind Sie nervös Frau Parker?«, fragt er zögerlich. Ihre Körpersprache ist dem erfahrenen Psychiater nicht entgangen.

Joan zieht die Schultern hoch und lässt sie beim lauten Ausatmen erleichternd fallen.

»Ein wenig, Herr Professor, ein wenig. Aber es ist eher der Respekt vor der Aufgabe.«

»Den sollen Sie auch haben«, antwortet der Alte gefasst, mit ruhiger Stimme und schlägt die Faust zu einem Türklopfen zweimal an.

»Ja bitte«, ertönt es wenige Sekunden später, worauf Reczak die Türklinke drückt und die beiden einen etwa sechzehn Quadratmeter großen Raum betreten.

Ein breiter grüner Schrank steht seitlich an der Wand. Am Ende des Zimmers ein ansehnliches Bett, auf dem ein abgemagerter, blasser junger Mann in Trainingshose und einem weißen T-Shirt sitzt und dem Besuch wenig Aufmerksamkeit schenkt. Er versucht, an dem überklebten Sichtschutz vor dem Panzerglasfenster einen Blick nach draußen zu erhaschen, wo er wohl etwas zu beobachten scheint.

Der Professor nähert sich ihm, dicht gefolgt von Joan, die von der bedrückenden Atmosphäre in dem Zimmer eingenommen wird wie von einem Eisschauer.

»Hallo Melvin, ich möchte dir, wie angekündigt, jemanden vorstellen. Wie gehts dir heute?« Er folgt dem Blick des jungen Mannes. Der beobachtet eine Schmeißfliege, welche von außen an der Scheibe hängt, ihre Mundwerkzeuge auf- und abwetzt und von ihrer letzten Mahlzeit reinigt.

»Melvin?«, spricht Reczak ihn erneut an und tauscht einen flüchtigen Blick mit Joan aus.

Melvin lässt die Faszination des Insekts wohl nicht los, denkt Joan, denn er schaut ihr weiterhin geduldig bei ihrer Prozedur zu. Der Professor räuspert sich im Hintergrund. Joan beobachtet Melvin, wie er mit einem Augenzwinkern den kleinen Fleischfresser gebührend verabschiedet. Sicher hofft er auf ein baldiges Wiedersehen. Sie blickt auf die Fliege. In dem Bruchteil einer Sekunde verschwindet sie von der Fensterscheibe und schwirrt davon, wohl auf der Suche nach dem nächsten Kadaver, von dem sie fressen wird.

Langsam dreht Melvin den Kopf zur Seite und schaut aus desinteressierten Augen hoch zu Reczak.

»Wie geht es dir?«, fragt Reczak erneut.

»Besser als gestern. Aber bitte machen Sie es kurz, Herr Professor.«

lso, Melvin, darf ich vorstellen: Das ist Frau Joan Ann Parker, die dich ab sofort unterstützen wird bei der Entlassung und Wiedereingliederung. Sie wird mit dir alles besprechen und steht dir von nun an zur Seite.«

Melvins freudlose Augen bekommen ein wenig Glanz und einen Funken Faszination, als Professor Reczak zur Seite tritt und er Joan sieht, die sich einen Schritt nach vorn wagt. Stille breitet sich im Raum aus.

Joan Ann Parkers athletische Figur, die schlanken muskulösen Arme, die aus den ausgefransten Ärmeln des verwaschenen Shirts ragen, und ihre kantigen Gesichtszüge, auf denen er keine Spuren von Make-up oder Schminke entdeckt, haben etwas unübersehbar Maskulines. Ihre dunklen Haare trägt sie zu einem Pferdeschwanz gebunden, der über ihre Schulter fällt. Lediglich glaubt er, dass sie Lidschatten aufgetragen hat, um ihre dunkelgrünen Augen hervorzuheben. Melvin ist sich allerdings nicht sicher, da er sich schwer daran erinnern kann, wann er das letzte Mal einer jungen Frau begegnet ist. Schon gar keiner weiblichen Person, die etwas derart Hartes und Männliches ausdrückt. Die fingerbreite Narbe, die eine Augenbraue teilt, ein verkrüppeltes Ohr und die platte krumme Nase verleihen ihr den Charme einer Amazone.

Verlegen blickt Melvin ihr entgegen und mustert sie weiterhin in der figurbetonten Jeans und dem kurzärmeligen Shirt, unter dem sich kleine spitze Pyramiden abzeichnen und keinen Büstenhalter vermuten lassen. Sie trägt auch keinen Nagellack an ihren kurz geschnittenen Fingernägeln und ihre stark geäderten Arme und Hände wecken einen Impuls, wobei Melvin längst dachte, dieser sei wie vieles andere in ihm abgestorben.

»Hallo Melvin, ich bin Joan, freut mich, dich kennenzulernen. Ich hoffe, das in Ordnung für dich?« Ihre Stimme, so sanft wie geträufelter Honig und wohlklingend wie ein Nebelhorn, welches einen von der gefährlichen See an ein sicheres Ufer führt.

Sie streckt ihm die Hand entgegen, worauf ihr Melvin langsam und schüchtern seine reicht. Natürlich hat Melvin ihren besorgten Blick gesehen und er hofft, darin keinen Ekel oder gar etwas Abstoßendes erkannt zu haben, als sie sein vernarbtes Handgelenk und seinen Unterarm wahrgenommen hat. Die Schnittverletzungen durch die Versuche, mit einer Glasflaschenscherbe sein Leben zu beenden, oder die zerstörten und vernarbten Venen, als er noch täglich eine Fixe brauchte, um den Tag zu überstehen. Diese alten Relikte, als er noch einen Kampf gegen sich selbst geführt hat.

Ihre Blicke treffen sich warm und freundlich, aber dennoch so unergründlich und besorgt. Melvin kann ihren Ausdruck nicht deuten. Seine schweren Gedanken, die zerstörerischen Gefühle und die Last der Vergangenheit lässt sich überall an ihm ablesen. Seine müden und traurigen Augen, die tief in den dunklen Höhlen sitzen, sprechen alles Leid und jeden Schmerz der vergangenen siebenundzwanzig Jahre aus.

Der Händedruck fühlt sich so vertraut an und vermittelt eine Energie der Wärme und Geborgenheit, aber gleichzeitig auch eine beschützende Kraft und Stärke.

Drei, vier Sekunden sind es, die er ihre Hand schüttelt, ihre Haut berühren darf. Und wie er diesen Augenblick genießt. Ihre starken und rauen Hände.

Würde Melvin noch, wie vor ein paar Jahren, den Wunsch haben, den Freitod wählen zu wollen, so sollten es die Hände dieses kraftvollen weiblichen Geschöpfes sein, die ihn lustvoll zu Tode drosseln und einen ehrwürdigen Abdruck ihrer Knöchel an seinem Kehlkopf hinterlassen.

»Hi«, erwidert Melvin eingeschüchtert, zieht die Hand zurück und starrt verlegen zur Seite.

Joan und Professor Reczak tauschen einen flüchtigen Blick aus, in dem er ihr mit seinem Kopf aufmunternd zunickt.

Joan geht einen Schritt zurück und betrachtet fast schon mitleidig Melvin, der wegschaut und verletzlich wirkt wie ein angeschossenes Tier.

Reczak räuspert sich und zieht Melvins Aufmerksamkeit damit auf sich, der den Blick hebt und aus unschuldigen Augen zu ihm aufschaut.

»Nun, Melvin, Frau Parker ist gleich wieder weg und würde am Freitag wieder vorbeischauen, um mit dir ein paar Dinge im Voraus zu besprechen. Ist das okay für dich?«

Melvin rauft über seinen kurz geschorenen Kopf und grübelt einen Augenblick, welcher Tag heute ist, bevor er sich äußert, denn Zeit hat für ihn keine Bedeutung mehr, trotz der terminlichen Abläufe in der Klinik.

»Das wäre übermorgen gegen dreizehn Uhr. In Ordnung, Melvin?«, antwortet Joan.

»Alles klar«, erwidert Melvin und rutscht von der Bettkante zurück in die Ecke am Fenster.

Beide verlassen Zimmer 012 und Melvin schaut zur Tür, als sie von außen geschlossen wird.

Draußen vor der Tür steckt der Professor seine Hände in die Taschen des Kittels, geht ein paar Schritte und bleibt stehen.

»Und? Wie ist Ihr erster Eindruck?«

»Nun, es ist natürlich schwierig, jetzt etwas zu sagen. Aber nachdem ich seine Akte gelesen habe, habe ich jemand anderen erwartet.«

»So, hatten Sie das?«, fragt Reczak neugierig und hebt seine buschigen Brauen in die Höhe.

»Ein fragiler, schüchterner junger Mann. Er wirkt so verletzlich.«

»In der Tat, er ist ein sehr introvertierter junger Mann, dieser Melvin.«

»Sagen Sie, hat er jemals mit jemandem über seine Vergangenheit geredet? Ich meine, wurde das in den Therapiestunden behandelt und aufgearbeitet?« Joan stemmt die Hände in ihre schmale Taille.

»Es bereitet ihm keine Schwierigkeiten, über die Straftat, die er begangen hat, zu reden. Oder gar über seine Heroinabhängigkeit, sein Straßenleben oder auch die Torturen und Hänseleien in den Kinderheimen.« Reczak rückt seine klobige Brille zurecht.

»Was ist mit dem Tod seiner Eltern? Mit dem Mord?«

»Nun, diese belastende und schwer traumatisierende Kindheitserfahrung ließ Melvin viele Jahre schweigen und er konnte erst vor Kurzem darüber sprechen. Er teilte sich unserer Frau Doktor Tondra mit, die ich Ihnen bald vorstellen werde.«

»Wahrscheinlich hat seine Psyche das als Schutzfunktion über die vielen Jahre verdrängt, da er es ansonsten nicht hätte verarbeiten können.«

»Das ist ein ganz natürlicher Mechanismus nach derartigen frühkindlichen Erlebnissen. Frau Dr. Tondra, unsere Psychologin, hat intensiv mit ihm gearbeitet. Ihr hat er erst vor wenigen Tagen seine grausame Kindheitserinnerung mitgeteilt. Als er die Leiche seines Vaters fand und Zeuge der Ermordung an seiner Mutter wurde. Er konnte dem Mörder damals mit viel Glück entkommen.«

»Mein Gott, wie furchtbar.« Joan fasst sich an den Mund und sackt leicht in sich zusammen.

Der Professor wirft einen Blick auf seine Uhr und streckt Joan die Hand entgegen.

»Ich will nicht unhöflich sein, Frau Parker, aber ich habe noch einen Termin.«

»Schon gut, ich muss auch weiter. Es sollte heute ja nur ein kurzes Kennenlernen sein.«

»Ich wünsche Ihnen noch einen schönen Tag. Und sagen Sie mal, wo haben Sie Ihre Unterkunft?«

»Drüben in Pelistea.«

»Ah, direkt am Marktplatz neben der alten Mühle gibts ein unglaublich gutes Wirtshaus, ›Zur alten Eiche‹, das ich Ihnen empfehlen kann. Der Sauerbraten ist der beste in ganz Siebenbürgen.«

»Danke, Herr Professor, das werde ich in Anspruch nehmen, obwohl ich eher einen Salat bevorzuge.«

»Einen Salat, okay. Ich werde alt, Frau Parker. Diese jungen und modernen Menschen und ihr Rebellentum gegenüber den guten alten Traditionen.« Der Professor lächelt amüsant.

»Herr Professor, ich habe noch eine Frage.«

Er will gerade losgehen und hält inne.

»Der Mörder von Melvins Eltern wurde damals gefasst? Richtig?«

Der Professor zögert ein wenig mit der Antwort.

»Ja, allerdings. Soviel ich weiß, ist er tot. Es war ein bekannter Triebtäter hier aus der Gegend. Er wurde verhaftet und erhängte sich in der Zelle. Sonst noch etwas, Frau Parker?«

Er erhascht noch mal einen Blick über seine Schulter auf Joan.

»Dankeschön, Herr Professor. Einen schönen Tag noch.«

Joan tritt in Begleitung eines Pflegers durch die große schwere Eingangstür aus massivem dunkeln Holz mit Eisenbeschlag nach draußen und schaut hoch zu dem prunkvollen Torbogen, als die Tür laut ins Schloss kracht. Sie bewundert die prachtvolle Stuckateurkunst, die den Eingang ziert, zwei adonische Engel, umspielt von prachtvollen Blüten und Ornamenten, die eine Banderole halten, in deren Mitte der Name des Hauses eingraviert ist: *Zeduri Pace, gegründet 1732.*

»Herrliche Arbeit, was?«, merkt der junge Mann neben ihr an.

»Allerdings.«

»Haus des Friedens«, flüstert Joan vor sich hin und betrachtet die riesigen schmiedeeisernen Käfige, die sich um die großen Fenster legen wie gigantische Spinnen, die eine Beute ergriffen haben.

Eine Windböe fegt über den mit Rasen bewachsenen Innenhof und heult durch die kahlen Äste der mächtigen Kastanienbäume wie ein hungriger Wolf und lässt selbst die schweren Äste der großen Trauerweide aufwehen wie Vorhänge.

Der Pfleger begleitet Joan zum Ausgangstor, welches sich öffnet und einen Ambulanzwagen in den Hof einfahren lässt, gefolgt von einem Polizeifahrzeug mit flackerndem Blaulicht.

Joan bleibt kurz stehen und beobachtet, wie beide Fahrzeuge vor der Eingangstür zum Stehen kommen, zwei uniformierte Polizisten aussteigen und sich vor dem Krankenwagen positionieren.

Zwei Männer in weißer Kleidung steigen aus dem Transporter und öffnen die Heckklappe, ziehen eine Rampe heraus und befördern eine Trage nach draußen, auf der ein Mann festgeschnallt ist.

Mit einem Spuckschutz vor dem Mund tobt, brüllt und schreit er wie eine wilde Ratte, welche befreit werden möchte, um anschließend dem Nächstmöglichen die Kehle durchzubeißen. Er wehrt sich gegen die Fixierung auf der Liege und verkrampft am ganzen Körper, während die Männer in Weiß, gefolgt von den Polizisten, ihn durch einen Seiteneingang des Gebäudes auf die Isolierstation bringen, auf der die Ärzte ihn herunterspritzen und ihn in einem schaumstoffausgekleideten Raum abliefern werden. Genauso wird es vor sich gehen, denkt Joan.

»Alles okay?«, fragt der junge Pfleger Joan und reißt sie aus den Gedanken, die weiterhin in die Richtung der Männer schaut, die die Trage über den Hof schieben.

»Äh ja, Dankeschön, alles bestens«, erwidert Joan und braucht einen Moment, um die rot glühenden, hasserfüllten Augen des eingelieferten Mannes aus ihrem Kopf zu bekommen.

Sie lässt sich zum Eingangstor begleiten und geht zu dem Parkplatz am Rande der Mauer, die das Haus umfasst.

Oben im ersten Stock zeichnet sich an einem der Fenster erneut die schmale Silhouette von Melvins knochigem Schädel ab. Seine Augen nicht mehr als zwei kleine aufblitzende Irrlichter, die aus dunklen Augenhöhlen dem Kleinwagen hinterherschauen, wie er die einsame Landstraße entlangfährt und die Klinik hinter sich lässt.

Mit einem lauten metallischen Knarren schließt sich das schmiedeeiserne Tor und der Pfleger geht schnellen Schrittes mit verschränkten Armen gegen den eisigen Wind zurück zum Eingang, während sich langsam Melvins Gesichtsumrisse in der Dunkelheit des Zimmers auflösen und er sich vom Fenster entfernt wie ein Schatten bei Einfall des Sonnenlichts.

H ast du heute schon deine Medikamente genommen?«

»Ich glaube schon.«

Der Mann in dem weißen Poloshirt schaut von der Notizkladde in seinen Händen zu Melvin und lässt ein paar kritische Falten über seine Stirn wandern.

»Aha, du glaubst ... Ich weiß, dass du sie heute noch nicht genommen hast, deshalb bitte ich dich, sie zu nehmen. Dr. Tondra hat mich extra noch mal darauf hingewiesen.«

»Und warum fragst du mich, wenn du es weißt?« Melvin wirft ihm einen genervten Blick zu.

»Bitte, Mel, ich habe keine Lust auf diese Diskussionen mit dir«, antwortet er genervt und dreht sich weg.

Verwirrte Blicke aus matten und aufgedunsenen Gesichtern fangen Melvin ein, als er sich an den Tisch setzt. Die Endstation der Verlorenen und Kaputten, hinter Mauern und Stacheldraht. ›Nicht mehr lange und ich bin von dem Ganzen hier erlöst‹, denkt Melvin in Anbetracht seiner baldigen Entlassung, spürt die Last von jedem einzelnen verschwendeten Tag nach über sechs langen Jahren hinter Stahl und Beton.

Die Augen lassen von ihm ab und alle am Tisch langen gleichzeitig zu, füllen ihre Teller, während Melvin den lieblos eingerichteten Speisesaal betrachtet, der ihn immer wieder an ein Klischee aus Knastfilmen erinnert.

Ein Haufen zurückgebliebener Gestalten, ihn miteingeschlossen, unter Beobachtung von autoritären Wärtern, die irgendwelchen Schlangenfraß in sich hineinschlingen. Tagein, tagaus dieses monotone

Schauspiel

›Wahrscheinlich kann man sich hier sein Ende aussuchen‹, denkt Melvin. Entweder man stirbt vor Langeweile oder das miese Essen inklusive dem Medikamentencocktail, den jeder der Hausbewohner becherweise frisst, bringt einen unter die Erde. Aber vielleicht bleibt das zähe und lange Ende einem erspart und man hat das Glück und fällt einer spitzen Gabel von einem der verrückten Häftlinge zum Opfer, wird liegend in einer Blutlache vom Personal aufgefunden, welches mal nicht anwesend oder zu spät ist. Jedenfalls droht einem hinter diesen Mauern kein ehrenvoller Heldentod, aber ein schneller und schmerzfreier Abgang ist einer der Hauptpreise, die es zu gewinnen gibt.

Melvin schaut in die Runde. Alle lassen das Geschirr klappern und füllen sich mit einer breiigen Masse die Teller auf, die aussieht, als wäre sie schon einmal verstoffwechselt worden. Wie eine ausgehungerte Meute, die gerade noch dem Hungertod entgangen ist und einen tagelangen Fußmarsch durch die Karpaten hinter sich hat, wird gefressen und geschmatzt.

Melvin verzieht das Gesicht und findet es mehr als abstoßend, etwas, woran er sich in all den Jahren nie gewöhnen konnte. Gestern gab es Pizza - jedenfalls so etwas ähnliches, das aussah wie Pizza, aber schmeckte wie eine vollgepisste Wolldecke.

Melvin schaut über den Tisch und betrachtet den Fraß, der aus den Töpfen quilt, und entscheidet, heute nüchtern zu bleiben, bevor er wie gestern mit Magenschmerzen zu Bett gehen und die halbe Nacht auf dem Klo verbringen muss.

Melvin lässt seinen Blick kreisen und die Runde gibt ihre Hauptteilnehmer preis.

Vargas, ein hundertfünfzig Kilo schwerer Koloss mit einem Kindergesicht, hat den Teller so hochgestapelt mit der lehmigen Masse und Soße und einer fettigen Schweinshaxe obendrauf, als müsste das für die nächsten Wochen ausreichen. Er legt Tischmanieren an den Tag wie das Tier, das er gerade selber verspeist.

Er war tatsächlich einmal eine Größe in der Unterwelt. Professioneller Drogenschmuggel und Kopf von einem Kartell eines arabischen Clans. Er war vermögend und lebte ein Leben in Saus und Braus, welches er mit seinen Heroingeschäften finanzierte. Damals auf der Straße hat Melvin Stoff von seinen Laufburschen gekauft und kannte ihn. Letztendlich war es der eigene unstillbare Drogenkonsum, der aus dem angesehenen Oberhaupt der Drogenmafia einen Verrückten gemacht hat. Der nun Windeln tragen muss und kaum noch einen Satz herausbekommt und irgendwelche unverständlichen Silben in einer Fantasiesprache vor sich hin nuschelt. Seinen Villenwohnsitz in einem Nobelviertel in Bukarest durfte er gegen ein Dasein in einer Irrenanstalt eintauschen.

Jemand hat Melvin erzählt, dass die Polizei ihn in seinem Haus gefunden hat, das er seit Wochen nicht verlassen hatte. Derart mit Hero abgeschossen, dass er nicht mal mehr in der Lage war, die Toilette zu benutzen, zwischen seinen Exkrementen auf dem Wohnzimmerteppich liegend und Scarface in einer Endlosschleife auf seiner XXL-Glotze anschauend.

Neben ihm sitzt Mateuz, ein vierzig Jahre altes Muttersöhnchen, Typ Computernerd, Pferdeschwanz und zerrüttetes Elternhaus. Bei ihm schien alles so weit in Ordnung zu sein bis zu dem Tag, als er mit dem

Küchenmesser auf seine Mutter losging und sie in Einzelteile zerlegte.

Die meisten der Bewohner sind hier, weil ein Schicksalsschlag ihnen den Verstand geraubt hat - außer vielleicht ein oder zwei Ausnahmen.

Melvin lauscht dem Geklapper um sich herum und schaut weiter angewidert der Meute bei ihren abstoßenden Tischmanieren zu.

»Was ist? Keinen Hunger?«, fragt Ewa und schaut ihn argwöhnisch von gegenüber an.

Melvin schüttelt den Kopf und sieht, wie sie divenhaft eine Augenbraue hebt und anschließend in der Pampe auf ihrem Teller rumstochert.

Ewa hatte schon immer mit Depressionen und negativen Gefühlen zu kämpfen, wie sie einst Melvin erzählte. Eigentlich eine toughe Frau, die anscheinend fest im Leben stand. Gutbezahlter Job, sportliche Figur, sehr attraktiv, aber psychisch krank. Welch ein Pech. So richtig bergab ging es mit ihr, als der Freund sie wegen einer anderen verließ. Die Depressionen fanden ihren Höhepunkt und auch ihre Tablettensucht konnte diesen psychischen Crash nicht mehr kompensieren. Eine Freundin fand sie mit geöffneten Pulsadern im Badezimmer ihres schicken Appartements. Zu ihrem Pech hatte sie die Bedienungsanleitung für Selbstmord mit der Rasierklinge nicht richtig gelesen und sich nur quer in die Adern und nicht diagonal geschnitten. Aber vor ihrem Selbstmordversuch hatte sie ihrem Ex einen Föhn in die Badewanne geworfen - als Abschiedsgeschenk - und anschließend die Leiche mit einer Gartenschere kastriert, bevor sie sich zu ihm in die Wanne legte. Jedenfalls hat sie diesen Mord mit furchterregender Kompetenz erledigt und damit die Eintrittskarte für einen zehnjährigen Ausflug in

Professors Reczaks Welt des gesellschaftlichen Abschaums gelöst, vor dem jeder außerhalb der sechs Meter hohen Mauer gewarnt sein sollte.

Von da an kam Ewa nie wieder richtig auf die Beine und sieht heute aus wie ein verwester Schrumpfkopf mit zerzausten Haaren und hervorstehenden Glupschaugen. Eine Frau, die nur noch aus Haut und Knochen besteht.

Ewa teilt wahrscheinlich das gleiche Schicksal wie Vargas: einmal in der Gesellschaft ganz oben und nun ganz unten. Einmal das Rampenlicht genießen und alles haben. Begleitet von der Freiheit, ein aufrichtiger Mensch zu sein und diese Illusion vor den Augen platzen zu sehen. Den tiefen Fall erleben, den Rest des Lebens den Dreck vom Kellerboden fressen und einsam sterben als Wesen ohne jegliche Anerkennung.

Neben Ewa sitzt Georghe, von allen Joschi genannt. Vielleicht der einzige Mensch am Tisch, mit dem Melvin eine Unterhaltung führen kann, auch wenn Joschi der wahrscheinlich einfältigste Mensch auf der Erde ist.

Er sieht ziemlich übel und fertig aus und ist der eindrucksvolle Beweis, wie vage die Pflegekräfte ihren Job ausführen. Joschi ist die Blaupause eines Menschen, der sein ganzes Leben an die Wand gefahren hat. Seine Eltern haben ihn als Kind grün und blau geschlagen und er landete sehr früh in einem Heim. Versagte in allen Lebensbereichen, besuchte nie eine Schule, kann bis zu seinem heutigen vierundsiebzigsten Lebensjahr noch immer nicht schreiben und lesen. Seinen Berufswunsch als Taxifahrer konnte er daher nie ausüben. Er wurde eine Zeit lang weggesperrt, da er sich wiederholt vor Kindern entblößt hat, denen er vor der Schule auflauerte.

Und nun sitzt er Melvin gegenüber und lächelt ihn mit seinem Blick der endlosen Hoffnungslosigkeit an. Eine Aussicht in seine karieszerfurchte Mundhöhle, in der die Anzahl von drei Zähnen nicht als Gebiss bezeichnet werden kann. Das nimmt Melvin das letzte bisschen Appetit.

Joschis weißen Haare haben eine gelbe Farbe angenommen, da er die letzten zwei Jahrzehnte damit verbracht hat, auf seinem Zimmer zu sitzen und in einer Nikotinwolke dem hektischen Treiben im TV zuzuschauen. Melvin hat ihn mal gefragt, ob er etwas vermissen würde. Da er mit seinem zehnjährigen Aufenthalt in dieser Anstalt so etwas wie ein Allstar ist.

Joschi zuckte mit der Schulter und meinte, dass er nur den Alkohol vermisse, und das nach so vielen Jahren der Trockenheit. Aber gut, dass ihm wenigstens die Zigaretten gelassen würden und er den ganzen Tag Fernsehgucken könne, fügte er hinzu mit einer unüberhörbaren Dankbarkeit, als hätte das Personal ihm die größten Schätze und Tempel der Welt vermacht.

»Hast du Lust auf eine Runde ›Schwarzer Kater‹ gleich nach dem Essen?« Joschi zwinkert ihm zu.

»Na, warum nicht«, antwortet Melvin. Eines dieser Kartenspiele, die für Kinder unter zehn Jahren geeignet sind, aber Melvin findet es trotzdem immer sehr nett, mit Joschi zu spielen. Es lenkt Melvin ab und bringt ihn auf andere Gedanken.

Der Pfleger setzt sich ebenfalls zu ihnen an den Tisch und spielt mit seinem Handy herum, während Pfleger Nummer Zwei den Speisesaal hereinkommt. Ein kantiger Typ mit Stiernacken und launischem Blick.

Er ist einer von der Sorte Mitarbeiter, die in dem Haus eher eine Funktion als Security haben statt als

Sozialarbeiter oder Pfleger. Falls einer der Mitbewohner durchdrehen sollte und jemand benötigt wird, der für Ruhe und Frieden sorgen kann, ist er genau der Richtige, um dem Patienten den Arm zu verdrehen und ihn auf dem Boden zu fixieren.

Melvin schräg gegenüber sitzt Milan, ein schmaler Typ, der unter einer seltenen Form von Autismus leidet und zu fast gar nichts imstande ist, außer die Wand anzustarren, und gelegentlich einen explosionsartigen Wutausbruch bekommt und wie ein kreischender Pavian durch die Gegend springt.

Milan hat es sich zuvor zur Angewohnheit gemacht, Menschen vor die Straßenbahn zu schubsen, bis zu dem Tag, als es einen Toten gab und er verurteilt wurde.

Er war lange Zeit obdachlos und aufgrund seiner Schuldunfähigkeit kam er in diese Anstalt, in der er dreimal warmes Essen, ein Bett und Verpflegung bekommt, was wahrscheinlich für eine tragische Figur wie ihm ein Segen ist.

Und da wäre noch Jaroslav, der abseits am Tischende hockt. Dieser unscheinbare alte Mann mit dem krausen Haarkranz, der unentwegt irgendeinen Schwachsinn vor sich hin brabbelt und den ganzen Tag Kreuzworträtsel löst oder mit seinen Zimmerpflanzen spricht, sitzt hier als Massenmörder ein. Er hat ein Familienhaus angezündet und das Ende von vier Menschen besiegelt. Er erhoffte sich, damit eine sektenähnliche Verschwörung zu beseitigen, die die Welt zerstören will, was seine Schizophrenie ihm einredete.

Außer Joschi hat Melvin einen weiteren Freund, der jedoch nie zur gemeinsamen Runde mit am Tisch sitzt. Basil Ioannidis, von allen nur »der alte Grieche« genannt. Er hält nicht viel von Gesellschaft und vertraut nur der Einsamkeit und seinen stillen Gedanken, wie er es einst zu Melvin gesagt hat.

Beim gemeinsamen Ausgang zur Pausenzeit wird er draußen auf der Bank sitzen und dem Wind lauschen. Vielleicht wird Melvin nach dem Essen zu ihm gehen und Basil ein wenig Gesellschaft leisten.

Jeder in diesem alten Gebäude ist ein gescheitertes Wesen, das versucht, ein Leben als Mensch in einer unvollkommenen Welt zu führen, und so hat auch jeder seine eigene Geschichte, warum er an diesem Ort gelandet ist.

Diese Klinik - oder Anstalt, wie es Melvin manchmal rausrutscht - ist für ihn wie ein großer verriegelter Koffer, der in einer tiefen finsteren Höhle in den verschneiten Bergen versteckt ist, von Moos und Spinnenweben umhüllt. Bewacht von gefräßigen Ratten mit rot glühenden Augen und messerscharfen gelben Zähnen. Melvin und alle anderen sind eingeschlossen in dieser endlosen Dunkelheit und Hoffnungslosigkeit. Sie haben schon längst das Wünschen und Träumen eingestellt, wie es sein könnte, außerhalb von diesem dunklen Gefängnis zu leben - oder zumindest das Licht zu erspähen am oberen Rand der Höhle.

Ein Ort, an dem Zeit keine Rolle spielt.

Ein Tag wie der andere und diese schlimme Perspektivlosigkeit. Vom Leben verflucht, vom Schicksal getroffen und die Langeweile frisst langsam die Seelen auf, während sich der Körper unter den Massen an Medikamenten langsam zersetzt.

»Also, ich bin so weit und wenn du magst, dann komm auf meine Stube. Ich habe Lust auf ›Schwarzer Kater‹«, sagt Joschi und wischt sich mit der Serviette über seinen gelblichen Bart.

Melvin schiebt den Teller weg, schaut zu ihm rüber und zuckt erschrocken zusammen.

»Was ist?«, fragt Joschi und schaut in Melvins aufgelösten Blick. Doch da wird er keine Antwort finden.

Melvin verschlägt es die Sprache und er schweigt, denn seine Aufmerksamkeit verliert sich im Hintergrund, in dem sich eine dezente Nebelwand bildet und vom Boden aufsteigt.

Sein Blick zieht über Joschis Schulter hinweg in Richtung der offenen Tür in den Flur, in dem er etwas sieht, was allen anderen Augen verborgen scheint. Der Nebel formiert sich und fügt sich zu einer kleinen Gestalt zusammen.

Die Gestalt eines kleinen Mädchens, ein Trauerflor in einem diffusen Weiß, das vor Unschuld und Kummer jedes erblickende Herz zerreißen könnte. In ihrem weißen Nachthemd steht sie dort, das bis auf den Boden reicht und vom Saum bis zu ihren zierlichen Hüften getränkt ist in ihrem Blut.

Wie ihr unschuldiger Blick Melvin wieder einfängt … So wie sie es immer macht, wenn sie ihn besucht. Ihre sanften Augen erzählen ihre tragische Geschichte, ihr furchtbares Ende zu Lebzeiten, nehmen jeden, der sie anschaut, mit auf eine Reise in eine schmerzvolle Welt. Erzählen das Klagelied der endlosen Trauer und lassen eine Form von Krieg erahnen. Ja, es ist Krieg, den dieses Kind in sich trägt. Niemals Ruhe zu finden und umherzuirren in dieser Welt, welche sie schon längst verlassen hat.

Lea heißt sie. Ihren Namen hat sie Melvin verraten, gleich beim ersten Mal, als sie ihm erschienen ist. Das war damals, vor vielen Jahren, als Melvin frisch in diese Anstalt eingewiesen wurde. Da sah er sie zum ersten

Mal. Melvin erinnert sich. Er schaute nachts aus seinem Fenster: Sie stand draußen in einer klaren Vollmondnacht auf dem Hof und schaute zu ihm herauf. Ein Mädchen in Geistergestalt. Ein zarter, lichter Schein in einem leuchtenden Weiß. Eingehüllt in ein blutiges Gewand mit langen, losen herabfallenden Ärmeln.

Später kam sie zu ihm ins Zimmer, stand plötzlich an seinem Bett und sprach ihn an. »Hallo Melvin, ich bin Lea.«

Ihre Stimme raunte wie das leidvolle Flüstern des eisigen Winterwindes, der den Beginn der dunklen Jahreszeit ankündigt und alles Leben in einen tiefen Schlaf legen möchte. Leas erster Besuch, ihre erste Erscheinung, erfüllte Melvin damals mit Angst. Er schrie um Hilfe und machte das Licht an. Überall war Blut. An ihrem Kleid, ihre langen hellen Haare waren verklebt und eingeschwärzt von ihrem eigenen Blut. Als die Pflegekräfte durch seine Schreie ins Zimmer kamen, war Lea verschwunden. Auch die blutigen Fußabdrücke, welche quer durch den Raum bis zu seinem Bett gingen, waren nicht mehr zu erkennen. Dabei hatte Melvin sie doch ganz deutlich gesehen.

Nun ist Lea wieder da, um Melvin zu besuchen. Sie steht im Flur und hebt die Hand. Melvin begrüßt sie ebenfalls. Georghe als auch einer der Pfleger schauen Melvin verdutzt an und folgen dann seinem Blick.

»Mel?« Georghe spricht ihn an, aber er ignoriert den Kumpel und lässt seinen ratlosen Blick an ihm unbeeindruckt haften.

Melvin steht auf und geht langsam zur Tür auf Lea zu. Noch bevor er das Mädchen erreicht, stellt sich der kantige Pfleger ihm in den Weg.

»Melvin? Alles okay?«

»Was soll das? Lass mich vorbei«, herrscht Melvin ihn an und schaut auf dessen Hand, die er gegen seine Brust hält.

»Hey, ist okay«, ruft der andere Pfleger und kommt zu ihnen herüber.

Melvin schaut an dem breiten Oberkörper des Pflegers vorbei und sieht, dass Lea verschwunden ist.

»Mel, wirklich alles okay?«, fragt der andere Pfleger, der nun neben Melvin steht und mit Sicherheit seinen enttäuschten Blick nicht deuten kann, der zum Flur hinausgerichtet ist. Melvin nickt daraufhin stillschweigend.

»Komm, Sportsfreund, lass uns was essen und danach eine Runde Karten spielen«, meint Georghe, der nun auch dazustößt.

Sie werden von den beiden Aufsichtspersonen zum Tisch begleitet, während sich Melvin umdreht und hofft, Lea noch mal einen warmen Blick zuwerfen zu können.

D r. Tondra sitzt Melvin in seinem Zimmer gegenüber und hält seinem Blick nicht länger stand. Auf ihre letzten Fragen scheut er sich, eine Antwort zu geben, und zuckt nicht mal mit den Schultern.

Sie schaut auf den Block, der auf ihrem Schoß liegt, und kritzelt darauf herum oder macht sich irgendwelche Notizen, was Melvin auch einerlei und ziemlich egal ist.

»Und wie läuft es sonst so bei Ihnen?«, fragt sie, während Melvin ihr beim Schreiben zusieht.

»Was meinen Sie, Frau Doktor?«

»Nun, geht es Ihnen momentan gut?« Sie schaut ihn über den Brillenrand an.

Davon abgesehen, dass sie diese Frage schon zum dritten Mal stellt, ist Melvin klar, worauf sie hinaus möchte. Sie will wieder einen Zugang zu einer bestimmten Art von Gespräch mit ihrem Patienten bekommen.

»Bald werden Sie entlassen, Herr Aronovski.«

»Ja.«

»Wie denken Sie darüber?«

»Weiß nicht … Bin schon eine ganze Zeit hier drin und habe vergessen, wie es sein kann … draußen zu sein.«

»Natürlich, aber Sie wissen ja auch, dass es …«

»Bitte, Frau Doktor«, fällt Melvin ihr ins Wort, »können wir das lassen? Ich will nicht mit Ihnen über Dinge reden, auf die ich selber noch keine Antwort gefunden habe. Vielleicht werde ich sogar einiges von hier vermissen …«

»Jetzt machen Sie mich doch neugierig.« Dr. Tondra lächelt aus einem Mundwinkel und rutscht auf dem Stuhl nach vorne.

Melvin zuckt die Schultern.

»Ich werde zum Beispiel Joschi vermissen.«

»Sie meinen Georghe?«

»Ja, genau ihn.«

»Ein netter Kerl.« Sie setzt ein Lächeln auf, das so falsch ist, dass sogar der schwachsinnigste Anstaltsmitbewohner dies entlarven würde. Melvin lässt sich schon lange nicht mehr von ihrem überheblichen Blick beeindrucken und nun fällt ihm auch wieder ein, wie sehr er diese Frau Dr. Tondra all die Jahre gehasst hat. Und was versteht eine dekadente Ärztin wie sie schon unter einem netten Kerl?

Ein zahnloser Ex-Alkoholiker, der unter anderem schon wegen des Missbrauchs von Schutzbefohlenen sein Leben in Zuchthäusern oder Irrenanstalten verbracht hat.

Für jemanden aus der gesellschaftlichen Oberschicht wie die Frau Doktor nichts weiter als Abschaum, genau wie Melvin selber. Aber Melvin mag Joschi, egal wie krank und unbrauchbar er für die Leute da draußen ist.

Vielleicht noch eine von den Personen, mit denen er so halbwegs ein Gespräch führen kann, wenn man wie Melvin noch zum Denken und Schlussfolgern im Stande ist. Joschi ist zwar dumm wie ein Mufflon in den Bergen und unbeholfen wie ein Kleinkind, aber mit ihm kann Melvin wunderbar über die kleinen und großen Nichtigkeiten dieser Welt reden. Die restlichen Bewohner sind in Melvins Augen ein Haufen medikamentensüchtiger Verrückter, die sich selbst schon längst verloren und jegliche Hoffnung in den verschlossenen Räumen aufgelöst haben.

Dabei ist die Hoffnung das Einzige, was einen in dieser Anstalt am Leben hält. Ein aufflackerndes Leuchtturmfeuer auf weiter See. Ja, oft fühlt Melvin sich wie ein Schiffbrüchiger, der auf einem Rettungsboot gelandet ist, auf das er nicht gehört, der aber dieses Feuer in der Ferne nicht aus den Augen verliert.

Die adrett angezogene Frau Doktor arbeitet weiter ihr Programm ab und nachdem sie über Georghe das Gespräch eröffnet hat, probiert sie es erneut mit der eigentlichen, für sie wohl wichtigen Frage.

»Sagen Sie, Herr Aronovski, haben Sie wieder eine Begegnung mit Lea gehabt?«

Melvin nimmt den Blick von ihrem inzwischen ernsten Gesicht und schaut zur Seite.

»Was soll diese Frage, Frau Doktor?«, fragt er genervt und ist ein wenig fassungslos, dass sie dies erneut von ihm wissen will, und er weiß genau, warum sie ihn mit dieser Frage quält. Denn die Anwesenheit von Lea ist ein Indiz für seinen Wahnsinn in den Gedanken der feinen Frau Doktor. Ganz abgesehen von dem eigentlichen Grund, weshalb er in diesem Haus seine Zeit mit den anderen verlorenen Seelen absitzen muss.

»Erzählen Sie mir von Lea.«

»Lea. Ein kleines unschuldiges Mädchen. Letztens war sie ...« Melvin legt die Arme um den Kopf und beugt den Oberkörper nach unten.

»Sie war wieder bei Ihnen?«

»Ja, Frau Doktor ...«

Melvin erinnert sich an gestern, als er ihr begegnet ist, und die vielen anderen Male, als sie dort in der Ecke seines Zimmers saß und das Mondlicht ihr durch das Fenster einen bläulichen Schimmer auf ihr liebliches Gesicht gemalt hat. In ihrer Verletzlichkeit, Sanftheit und der reinen Unschuld, wie sie nur ein kleines Mädchen haben kann.

»… meistens kommt Lea, wenn es dunkel ist, oft bei Vollmond. Dann sitzt sie dort in der Ecke und schaut mich an.«

»Wer ist Lea?«

Langsam richtet sich Melvin auf und lehnt sich zurück. »Sie ist … bezaubernd, Frau Doktor. Bezaubernd. Wie sie dort sitzt, mir Gesellschaft leistet und der Einsamkeit versucht zu entfliehen.«

»Einsamkeit?«

»Ja, dort, wo sie herkommt, aus der Einsamkeit … aus der endlosen Leere.«

»Und deshalb kommt sie zu Ihnen?«

»Ich weiß es nicht, warum sie zu mir kommt, ich versuche, es noch herauszufinden …«

»Haben Sie Angst vor Lea? «

»Nein. Ganz im Gegenteil. Ich würde sie gerne in den Arm nehmen. Aber …«

Dr. Tondra legt den Notizblock auf den Tisch neben sich. »Aber es geht nicht?«

Melvin ringt um die Antwort, kann nicht schlucken, sein Hals wie ausgetrocknet. Sie sieht es ihm wohl an und reicht ihm das Glas Wasser von der Tischplatte. Melvin nimmt einen Schluck und schaut zu ihr hinüber.

»An ihrem weißen Kleidchen … an ihren zarten Händen … Überall ist Blut …«

»Ist es ihr eigenes Blut?«

Melvin haucht ein stilles »Ja« und fühlt diesen Schmerz, den er empfindet, wenn Lea ihn besucht. Wenn sie mit einem Lächeln versucht, Melvin aufzuheitern.

»Ich betrete mein Zimmer und noch bevor ich mich umgucke, weiß ich, sie ist wieder da. Ich fühle es einfach.«

»Woher kommt dieses Mädchen? Sie muss doch einen Grund haben, Sie zu besuchen?«

Nachdenklich reibt Melvin seine Stirn, die Antwort möchte nur zögerlich über seine unsicheren Lippen.

»Ich glaube …«

»Was glauben Sie?«

»… dieses Mädchen hat eine Botschaft für mich, aber ich kann sie nicht entschlüsseln … Noch nicht entschlüsseln.«

Dr. Tondra nimmt wieder den Block vom Tisch, macht ein paar Notizen und tangiert Melvin mit einem flüchtigen Blick, der von Mitleid und Fragwürdigkeit getränkt ist. Während sie weiterschreibt, steht Melvin auf und streckt den Rücken durch.

»War es das, Frau Doktor?«

Sie blickt auf die Armbanduhr und schaut anschließend erstaunt zu ihm herauf.

»Ich habe eigentlich eine Stunde für heute mit Ihnen eingeplant und bin noch nicht ganz fertig.«

Noch nicht ganz fertig, denkt Melvin und schaut zu dem Sonnenstrahl, der durchs Dachfenster in den Raum hineinfällt.

»Ich möchte jetzt aber Schluss machen und draußen ein wenig frische Luft schnappen, Frau Doktor.«

Sie schlägt mit einem lauten Schnappen ihren Block zu, streicht eine Falte aus dem Kostüm und steht auf.

»Okay, Herr Aronovski. Nun gut, wir sehen uns dann nächsten Donnerstag.«

Melvin möchte zügig das Zimmer verlassen, aber ehe er durch die Tür verschwinden kann, spricht sie ihn nochmals an.

»Herr Aronovski?«

»Ja?«

»Machen Sie sich keine Sorgen, es wird alles gut.«

Die Antwort auf diese dünne Routinefloskel erspart er sich, da sie ihm in diesem Moment so oberflächlich und absurd erscheint wie ein erstickender Hilferuf aus einer verschütteten Gruft.

Harte Kombinationen lassen den Boxsack in dem kleinen Trainingsraum hin und her schwingen. Fäuste, Ellbogen, Knie und Tritte regnen im Dauerbeschuss auf das abgewetzte Leder nieder. Der Schweiß spritzt mit jedem Schwinger, mit jeder Führhand und jedem eingedrehten Ellbogen durch die stickige Luft des Zimmers, in dem eine Hantelbank, diverse Gewichte und ein paar Medizinbälle in verschiedenen Größen im Raum verteilt sind. Aus verschiedenen Winkeln finden immer wieder brutale Schlag- und Trittsalven ihr Ziel.

Joan schaut auf den Wecker auf der Fensterbank und kämpft um jeden Atemzug, da ihr Trainingsprogramm erst in fünf Minuten beendet ist und der Boxsack noch einige Granaten zu fressen hat. Die letzten Sekunden laufen herunter und sie verteilt die nächsten Fäuste mit einem verausgabenden Stöhnen und lässt zum Abschluss noch einige Male ihren Schienbeinknochen auf Kopfhöhe an den Sandsack knallen.

Der Wecker erlöst sie von ihrer Trainingseinheit mit einem Bimmeln. Mit dem Mund öffnet sie den Klettverschluss der Boxhandschuhe. Wickelt die nassgeschwitzten Bandagen von den Händen und hängt sie über die Hantelstange zum Trocknen. Sie zieht die Sportklamotten aus, geht ins Badezimmer und stellt sich unter die kalte Brause. Noch sichtlich außer Atem lehnt sie sich an die Duschwand, während das Wasser aus der Brause auf sie herabregnet und ihre strapazierten Muskeln mit warmem Wasser entspannen lässt. Nach der Dusche stellt sie sich nackt vor den beschlagenen Spiegel und bürstet durch ihr schulterlanges pechschwarzes Haar.

Langsam klart ihr Spiegelbild auf und sie betrachtet sich. Ihr athletischer Körper ist von Disziplin,

Selbstbeherrschung, aber auch durch schmerzliche Erlebnisse zu einer fleischlichen Hülle der Kasteiung und Entfremdung geworden. Einzelne Muskelgruppen, durchzogen von großen Venen, zeichnen sich wie aufgeblasene kleine Luftpolster auf ihrem gesamten durchtrainierten Körper ab. Die Illusion ihres Selbst und der Kampf gegen ihr unterdrücktes Wesen lassen nichts Weibliches mehr erahnen. Der Leistungssport und die Einnahme von Medikamenten und Entwässerungspräparaten ließen ihre einst recht ansehnlichen Brüste schwinden unter dem Ausdehnen der Muskelgruppen, welche das letzte Weibliche an ihr verschlungen haben. Der breite kantige Unterkiefer und die von ihrer Mutter vererbten restlichen harten Gesichtszüge passen in das Bild der achtundzwanzigjährigen Joan, die von Kind an durch ihren Vater zum Leistungssport gedrillt wurde. Sie kämmt die nassen Haare herunter und versucht, irgendwie etwas Frauenähnliches im Spiegelbild wiederzuerkennen.

Sie streicht über die breite Narbe, die eine ihrer Augenbrauen in der Mitte teilt, und berührt ihr zerschlagenes Nasenbein. Joan denkt an ihren Vater und hat diesen Gedanken eben abgelegt, als sie die Handschuhe ausgezogen und ihr Puls sich wieder beruhigt hat.

Sean J. Parker, ihr Vater.

Ein bekannter Profiboxer aus Manchester, der so gerne gehabt hätte, dass sein einziges Kind, auch wenn es leider - aus seiner Sicht - nur ein Mädchen war, annähernd in seine Fußstapfen tritt.

Sie wollte immer wie ihre Mutter Amalia, die aus Rumänien stammt, Krankenschwester oder vielleicht sogar Pädagogin werden. Das war Joans Berufung, da sie das gütige Herz ihrer Mutter hatte. Ein Kämpfer war sie nie, aber bekam es schnell von ihrem Vater vorgelebt.

Diese Prägung hat sich wie ein glühendes Eisen tief in ihre sanfte Seele eingebrannt und fühlt sich noch immer so entfremdet an, diese tiefe Stempelung, die der Vater ihr schon in Kindestages verpasst hat.

Die zwanghafte Besessenheit, aus seinem Kind einen erfolgreichen Schläger im Ring zu machen, war größer, als die sanften Wesenszüge der kleinen Joan wahrzunehmen.

Seine radikalen Vorstellungen waren mehr als nur ein Vaterwunsch seinem Kind gegenüber, es war eine kranke Obsession, die ein kleines sensibles Herz unterdrückte und begrub unter der Last, es dem Vorbild eines despotischen Vaters gerecht zu machen.

Aber vielleicht hat ja doch das sensible Herz der Mutter in ihr den Kampf gewonnen, welches eher ihrem Wesen entsprach, als sie sich nach vielen zermürbenden Ringschlachten dazu entschied, anderen Menschen zu helfen und den Weg einer Sozialarbeiterin zu gehen.

Sie streichelt ihre geschwollenen und vernarbten Knöchel der rechten Hand und schaut in die sanften Augen der jungen unschuldigen Frau, die ihr im Badezimmerspiegel entgegenblickt. Dabei versucht sie, nicht die eifrigen und wilden Augen ihres Vaters zu sehen.

Joan legt sich den Bademantel über und geht ins Nebenzimmer. Es ist schon spät und draußen ist es inzwischen dunkel. Sie lässt die Rollläden herunter, setzt sich an ihren Schreibtisch und öffnet das Notebook.

Es ist Donnerstag Abend. Morgen wird sie, wie angekündigt, zu der Klinik zurückfahren und ihren Job machen.

Ein Gespräch mit Melvins Psychologin Frau Dr. Tondra und eine erste längere Unterhaltung mit ihm selbst stehen an.

Vor ihr liegt neben dem Notebook die zehn Zentimeter dicke Akte von Melvin Aronovski.

Im Flugzeug, auf dem Weg von London nach Bukarest, hat sie schon einiges darin gelesen und auch zuletzt hier in diesem Raum, an diesem Schreibtisch.

Warum Melvin straffällig geworden ist, hat sie schon zu Genüge in der Akte gelesen und möchte, sofern Melvin es zulässt, mit ihm selbst darüber reden. Und natürlich auch mit der verantwortlichen Psychologin Dr. Tondra.

Melvins Zeit in den verschiedenen Jugendheimen, seine Flucht auf die Straße. Das Leben da draußen ohne Dach über dem Kopf. Dann kamen bald die Drogen, erste Suizidversuche und folgend der versuchte Totschlag beziehungsweise Raubmord an einem wehrlosen Senior mit heimtückischer Flucht, so wie es aus den Akten des Staatsanwalts zu lesen ist.

Joan möchte wissen, mit wem sie die nächsten Wochen und Monate zu tun haben wird, wer dieser Mensch ist, dieser Melvin Aronovski, dem sie bei dem Rückführungsprogramm von Professor Samuel Reczak helfen soll.

Joan legt die Akte beiseite. Sie hat viel über das nachgedacht, was Melvin wohl als Kind zugestoßen sein muss, da das in seiner dicken Akte beiläufig erwähnt wird und keinen genauen Aufschluss gibt.

Hauptsächlich Papiere, Dokumente und medizinische Rechtsgutachten über Melvins Straftat, sein psychisches Defizit und seine Heroinabhängigkeit füllen einen Teil der Mappe.

Der zweite Teil protokolliert seine Therapiefortschritte im Zeduri Pace und die Ergebnisse einer zweijährigen Entzugsmaßnahme in einer fachspezifischen Entzugsklinik für Drogenabhängige in Brasov.

Demnach sind es insgesamt acht Jahre, die Melvin nun schon in einer geschlossenen Einrichtung verbringt. Aber dennoch braucht Joan ein tieferes Verständnis und will die Knochen aus Melvins Leben ausgraben, die ganz tief unter der Erde liegen.

Seit jenem Augusttag vor zwanzig Jahren.

Sie öffnet den Ordner, in dem sie am Tag zuvor die alten Zeitungsberichte nach langer Suche im Internet gefunden und abgespeichert hat.

Die Bestie von Monastrea ist eine Überschrift, darunter das Lichtbild eines kahlköpfigen Mannes mit einem kindlichen Lächeln.

Grausamer Familienmord in Monastrea

Joan scrollt den unscharf eingescannten Zeitungsartikel etwas näher heran. Das grobkörnige schwarz-weiß gepixelte Foto zeigt ein Haus, vor dem Uniformierte stehen und mehrere Polizeiwagen zu sehen sind. ›Wahrscheinlich das Haus der Aronovskis‹, denkt Joan.

Eine furchtbare Tragödie ereignete sich am 27. August in dem Dorf Monastrea, das zur Region Siebenbürgen gehört.

»Etwas derart Grausames und Brutales habe ich in meinen zwanzig Dienstjahren bei der Kriminalpolizei noch nicht erlebt«, so der Kommentar des Kripobeamten Inspektor Csaba, der die Ermittlungen leitet.

Eine junge Familie, die erst vor zwei Jahren in das kleine bäuerliche Dörfchen gezogen ist, wurde Opfer einer unvorstellbaren Gewalttat. Das siebenjährige Kind der Familie konnte den Fängen des Täters entkommen und schaffte es, im Dorf Hilfe zu alarmieren. Für die beiden Elternteile kam jede Hilfe zu spät.

Von den beiden Eltern, Matejan A., 35 Jahre alt, und Ekaterina A., 32 Jahre alt, konnten nur noch die Leichen geborgen werden. Die Ermittlungen der Polizei nach dem Täter laufen auf Hochtouren.

Da das Haus abgelegen am Dorfende direkt neben dem alten Friedhof liegt, gibt es keine weiteren Augenzeugen außer dem siebenjährigen Sohn Melvin A., dem die Flucht gelang.

In dem angrenzenden kleinen Waldstück, direkt hinter dem Garten des Hauses, konnte die entstellte Leiche von Matejan A. sichergestellt werden, der nach ersten Vermutungen der Kripo wahrscheinlich einem sadistischen Triebtäter zum Opfer gefallen ist. Darauf deuten starke

Misshandlungs- und Folterspuren am ganzen Körper der Leiche hin, die mit gewöhnlichen Zimmermannsnägeln an einen Baum genagelt wurde. Das Opfer war somit den Peinigungen wehrlos ausgeliefert.

Eine Tat im Rahmen von Bandenkriminalität, wie sie von Anhängern der tschetschenischen Mafia bei Hinrichtungen dieser Art praktiziert wird, schließt Kripobeamter Csaba aus.

»Die Familie führt ein gutbürgerliches Leben fernab jeglicher krimineller Struktur, hat keine Verbindungen zu Clans oder der Unterwelt. Zumal erste Spuren bestätigen, dass wir es mit nur einem Täter zu tun haben. Mehr möchte ich erst mal nicht kundtun.«

Ekaterina A. wurde ebenfalls getötet, als sie die Leiche ihres Mannes entdeckte. Im Moment deuten alle Indizien darauf hin, dass sie ihren Mann in dem Waldstück leblos vorgefunden hat und das Kind ins Haus flüchten und dem Täter entkommen konnte.

Der siebenjährige Melvin A. steht unter Schock und kann als Zeuge zum jetzigen Zeitpunkt nicht befragt werden.
Die Polizei bittet alle Bewohner in unmittelbarer Umgebung, insbesondere in Monastrea und den umliegenden Dörfern um Vorsicht, bis das Verbrechen aufgeklärt ist. Bitte bewegen Sie sich nur noch in Begleitung außerhalb der Ortschaften und meiden die umliegenden Wälder.

Die Polizei vermutet derzeit eine Verbindung zu dem getöteten Mädchen Lea F., das vor fünf Jahren auf eine ähnliche Weise wie Matejan A. ums Leben gekommen ist. Ihre Leiche wurde damals in einem an die Ortschaft Monastrea angrenzenden Waldgebiet gefunden.

Information und Beobachtungen, die zur Aufklärung der Tat führen, bitte an den zuständigen Kripobeamten Herrn Romanov Csaba, Telefonnummer 018 …

Joan lehnt sich nach hinten und wird von einem Schauer durchgeschüttelt. Weitere Artikel findet sie. *Das Monster ist zurück. Blutiger Mord in der Region Siebenbürgen …*

Sie öffnet die nächste Datei.

Der Zeitungsbericht von dem getöteten Mädchen, das vor fünfundzwanzig Jahren ermordet wurde und das der Kripobeamte Csaba erwähnte. Ein schwarz-weißes Bild von einem herzlich lächelnden Mädchen mit geflochtenem Zopf. Joan überfliegt den Artikel und muss sich fast übergeben, als sie den folgenden Artikel durchliest.

… den Polizeibeamten stockte der Atem, als sie die stark verweste Leiche der seit Wochen vermissten Lea F., 13 Jahre, in einem Waldstück fanden … Inspektor Csaba von der zuständigen Kripo konnte zu dem Fund nur eine kurze Stellungnahme geben.

Eine Tat, die uns alle in Angst und Schrecken versetzt … Das junge Mädchen wurde an einem Baum mit Nägeln fixiert und musste unglaubliche Qualen erleiden, bevor bei ihr der Tod durch die schlimmen Verletzungen eingetreten ist … Augenzeugen gibt es keine, aber es konnten Spuren von Fasern an der schlimm zugerichteten Leiche gesichert werden …

Joan öffnen nun den Artikel, den sie eben schon geöffnet hatte: *Die Bestie von Monastrea* steht in großen Lettern über einem Artikel eines Stadtblatts, in dem die Festnahme des Täters wie eine öffentliche Hexenverbrennung gefeiert wird.

Fünf Jahre nach dem grausamen Doppelmord an den Eheleuten Aronovski konnte der Täter Tibor M. überführt und verhaftet werden. Ihm wird auch der damalig begangene Mord an der 13-jährigen Lea F. zu Lasten gelegt. »Die

Beweislage ist eindeutig«, sagt Kripobeamter Inspektor Csaba.

Der 35-jährige Tibor M. ist unter anderem als pädophiler Sexualstraftäter in der Vergangenheit mehrfach auffällig geworden. Dem 150 Kilo schweren Kraftpaket mit dem dämonischen Blick konnten alle drei Morde nachgewiesen werden, welche er aber bisher abstreitet.

Es wurden Faser- und DNA-Spuren von ihm auf dem Grundstück der Aronovskis gefunden, sogar in ihrem Haus. Des Weiteren bestätigen Zeugen, sie hätten ihn öfters in der Vergangenheit auf dem Grundstück der Aronovskis gesehen oder wie er gar den siebenjährigen Melvin vom Waldrand beim Spielen beobachtete.

Zeugen sagten damals aus, ein großer schwergewichtiger glatzköpfiger Mann wurde öfters in der Nähe des Elternhauses von Lea F. gesehen.

Ein Fingerabdruck auf Leas Oberteil wurde damals sichergestellt, aber es gab keinen Verdächtigen zum Abgleich. Der damalige Abdruck wurde nochmals mit dem Fingerabdruck von Tibor M. abgeglichen. Die zuständige Gerichtsmedizin geht hier mit an Sicherheit grenzender Wahrscheinlichkeit von einer Übereinstimmung aus.

Joan schaut sich noch mal das schwarz-weiße Foto von Tibor M. an und sieht auch nicht in seinem freundlichen kindlichen Lächeln das abgrundtief Böse, welches zwei Menschen und ein Kind abgeschlachtet haben soll. Joan reibt durch ihre Augen, öffnet einen weiteren Artikel, und ihr stockt erneut der Atem.

Selbstmord in Zelle: Das Monster hat sich erlöst
Der zu lebenslanger Haft verurteilte Serienmörder Tibor M. hat sich gestern erhängt. Nur einen Monat nach der Inhaftierung in der Justizvollzugsanstalt in Cluj Napoca konnte Tibor M. mit der Schuld und den begangenen Taten

Joan klappt ihr Notebook zu. Bleibt einen Moment in dem inzwischen dunklen Raum sitzen und bringt nicht mehr als ein flüsterndes »Grundgütiger« über ihre bebenden Lippen.

Sie steht auf, geht zum Fenster und blickt durch das Fenster in die dunkle Gasse, welche im schwachen Licht der Straßenlaternen in einem gespenstischen Gelbschimmer liegt.

Welche Abgründe haben sich damals hier aufgetan? Vor über zwanzig Jahren, denkt sie. Sie geht ins Schlafzimmer und legt sich aufs Bett, denn morgen erwartet sie ein anstrengender Tag in der psychiatrischen Klinik Zeduri Pace. Dem Haus des ewigen Friedens.

Melvin verlässt sein Zimmer, Raum 012, und geht über den langen Flur zum Gemeinschaftsraum. Seine Flipflops klatschen an seine Fußsohlen und die Betonwände werfen das Echo zurück. Es ist Freitag, kurz vor Mittag. Fünfundvierzig Minuten Ausgangszeit für alle Insassen. Das Frühstück hat er verpasst, was ihm auch nicht weiter wichtig ist.

Zeit und Termine haben für ihn noch nie eine Bedeutung gehabt. Wie viele Therapiestunden hätte er in den letzte sechs Jahren verpasst, wenn Frau Doktor ihn nicht jedes Mal in seinem Zimmer abgeholt hätte.

Es war eher die körperliche Bedürftigkeit, ein gewisser Drang nach chemischen Substanzen, wonach Melvin sich in seinem Leben vor der Zeit hinter Gittern gerichtet hatte. Damals, als er auf der Straße lebte und auf Heroin war, war die Hand des Todes immer greifbarer als die Hand des Guten. Die Notwendigkeit des nächsten Schusses, das Säubern des Bestecks, einen geeigneten Platz zu finden, um die Ladung zu kochen, gaben dem Tag jedenfalls eine feste Struktur.

Sein körperliches Verlangen und die gefräßige Sucht nach Chemie verlangten von ihm täglich, eine geladene Fixe im Arm stecken zu haben, um anschließend abzuheben in eine Welt, in der es weder Schmerz noch Zweifel noch Abwägungen oder Irrtümer gab. Sondern nur eine sanfte Spaltung seiner einzelnen Fragmente, die zu einem endlosen Ozean der Hingabe und Begierde hinfließen, wo der Tod und das Leben Bruderschaft trinken.

Die zwei Jahre Entzugsanstalt, die er vor seiner Inhaftierung im Zeduri Pace erlebt hat, waren ein

Martyrium, in dem er es jeden Tag bereute, dass seine zahllosen Selbstmordversuche nie Früchte getragen hatten.

Jedenfalls sind die Drogen weg und nun sind wieder die Erinnerungen da. Die Psychotherapie von Frau Dr. Tondra hat freigelegt, was Melvin die ganzen Jahre sorgfältig betäubt und verdrängt hat.

Nicht nur seine traumatischen Kindheitserinnerungen an jenen Augusttag, die schlimmen Tage und Nächte im Kinderheim oder gar seine Straftat, als er fast einen Mann erschlagen hat im Alter von neunzehn Jahren, wurden verschüttet durch den Konsum des Stoffs, sondern auch seine Faszination und Liebe für seine Freunde, die Fliegen, war über die Jahre verloren gegangen. Denn diese Faszination war mehr als nur eine Leidenschaft oder ein bloßes Interesse an Insekten; eine enge energetische Symbiose oder Verbindung zwischen zwei verschiedenen Lebensformen, wie Melvin es erklären würde.

Er schlendert den Flur entlang und reibt sich mit dem Handballen den restlichen Schlaf aus den Augen. Er betritt den Aufenthaltsraum, in dem sich ein paar Patienten in die Polsterstühle gefläzt haben, eine Sitcom schauen und gelegentlich hysterisch auflachen. Ein Pfleger sitzt ebenfalls dabei und ist mit seinem Handy beschäftigt, während seine andere Hand mit einem Schlüsselbund spielt.

Melvin bleibt vor der Sitzgruppe stehen und schaut hinüber zu Dorinel, dessen speckiger Körper wie eine Teigmasse aus dem Sessel quilt. Er ist ein verurteilter Sexualverbrecher, ein Titel, den viele hier in dem Gemäuer auf ihrer Visitenkarte stehen haben.

Melvin hat einmal mit ihm gesprochen, dabei ist dieser Dorinel alles andere als gesprächig. Er sagte ihm, er habe viel zu viel Testosteron. Um aus der Sicherheitsverwahrung herauszukommen, hat er einer Behandlung mit antiandrogenen Spritzen zugestimmt. Sie senken den Testosteronspiegel, führen aber zu Kalziummangel und einer starken Gewichtszunahme.

»Es ist für mich eine riesige Freude, nicht mehr den Drang zu haben, Mädchen zu vergewaltigen«, erzählte er mit einem ekelhaften Lächeln.

Nun hockt dieser Fettwanst dort und schaut gackernd TV. Neben ihm sitzt Marco. Eine dürre Gestalt mit fettigen Haaren und Nerdbrille, ebenfalls ein Sexualverbrecher.

Ihn haben die Pfleger schon so oft wegspritzen müssen, dass er ständig mit den Augen zwinkert und durch die Masse an Medikamenten inkontinent ist und daher seine Ausscheidungen nicht kontrollieren kann. Ihn umgibt ständig eine penetrante Fäkalwolke, als würde man ein öffentliches Scheißhaus betreten.

Diese drei dort zu sehen, hat zum Teil etwas Makabres, fast Euphemistisches. Zwei kriminelle Verbrecher sitzen entspannt wie in einem Urlaubsresort zwischen Zimmerpflanzen und Tischkicker und schauen relaxt eine amerikanische Unterhaltungsshow, bei der die beiden Dumpfbacken synchron mit den vorgegebenen Lachern der Show mitgrölen.

Aber Melvin weiß, dass es ihm nicht zusteht, von einem moralisch hohen Ross auf diese kriminellen Elemente hinabzuschauen, da er mitten unter ihnen ist und nicht seine Zeit hier verbringt, weil er zu den Guten gehört.

Das Aufsichtspersonal, der kantige junge Pfleger mit dem modernen Haarschnitt im Stuhl gegenüber, amüsiert sich ebenfalls mit ihnen und gibt sich in seiner heuchlerischen Art, denn er legt gerne mal eine etwas gröberer Hand bei seinen Couchbuddys an, wenn einem die Nerven durchgehen. Eine total entspannte Atmosphäre bei unseren beiden Vergewaltigern und dem Patientenschläger.

Melvin weiß um seine verurteilenden Gedanken, da er selbst einer von ihnen ist. Aber wenn jemand in einer psychiatrischen Anstalt landet, dann gefälligst auch mit depressiven Tendenzen und einer geballten Portion Wut gegen sich selbst, da jeder seinen eigenen harten Richter verdient hat, der ihm Sünde und Buße einredet.

So wie Melvin. Er fühlt über seine vernarbten Handgelenke, spürt erneut die Glasscherben, die er sich damals knirschend ins eigene Fleisch geschoben hat in dem Wunsch, dieses Leben solle genommen werden, welches seit seinem siebten Lebensjahr eine Flucht vor dem eigenen Untergang ist.

Er sieht sich, während er das Gelache seiner albernen Mithäftlinge hört, in einer für Junkies bekannten versifften Bahnhofstoilette an einem eiskalten Wintermorgen in Sibiu sitzen. Wie er mit verdreckten Händen und schwarzen Nägeln eine Nadel für den finalen Schuss vorbereitet, während er zitternd in Blut und Scheiße von jemand anderem auf dem Boden sitzt.

Die beiden Fernsehgucker bemerken Melvin, sprechen ihn aber nicht an. Er redet schon seit langer Zeit nicht mehr mit ihnen, da ihre Welt des Lachens nicht seine ist und niemals sein wird. Melvin dreht sich um, verlässt den Aufenthaltsraum und geht an der

Aufnahmestation vorbei auf die große Plexiglastür zu, die zum grünen Innenhof führt.

Melvin tritt nach draußen und blinzelt in die warme Herbstsonne. Welch ein herrlicher Tag, der selbst die hartgesottensten Stubenhocker nach draußen treiben sollte.

Der Rasen des Innenhofs ist frisch bearbeitet und der bekömmliche Geruch von geschnittenem Gras steigt ihm in die Nase. Er hält die Handkante gegen die Sonne und lässt seinen Blick über das Grün und entlang der hohen Mauern wandern. Drei Pfleger flanieren mit den Händen auf dem Rücken von links nach rechts und von rechts nach links und schauen beiläufig, was Professor Reczaks Patienten in der Pause treiben. Kurz schauen sie zu Melvin herüber und gehen desinteressiert weiter. Er ist momentan der Einzige auf der Entlassungsstation und somit darf er sich mehr oder weniger frei bewegen, auch außerhalb der festgelegten Pausenzeiten.

Zu keinem der Patienten, die wie Schattengestalten über die Wiese schleichen, hat Melvin Kontakt oder gar eine Art Freundschaft aufgebaut. Mit Ausnahme von Joschi und Basil. Er sieht sich um. Joschi scheint nicht draußen zu sein und wird wie so oft in seinem Zimmer verweilen. Basil hat auf seinem Stammplatz Platz genommen, auf der Holzbank unter der großen Trauerweide. Dort sitzt er bei Wind und Wetter in einer Denkerpose und ein Bein über das andere geschlagen. Er ist schon seit fast sieben Jahren hier und wird in seinem Leben die Gitterstäbe wohl nicht mehr verlassen, wie er Melvin erzählt hat.

Nach der Klinik, wenn der Häftling sein pathologisches Defizit erfolgreich therapiert hat, darf er weitere fünf Jahre in einem Nachsorgeprogramm absitzen, wie es der Richter formulierte, was nichts anderes heißt, als dass der fünfundsiebzigjährige Basil in den Knast muss.

Melvin weiß nicht viel über seine Tat, nur dass Basil in einem psychotischen Zustand einen Mord begangen hat. Aufgrund seiner paranoiden Schizophrenie entschied der Richter erst mal auf nicht schuldfähig. Statt ins Gefängnis kam Basil in die forensische Psychiatrie zur geistigen Reparatur, bevor er zu den psychisch gesunden Messerstechern und Totschlägern in den Bau gehen darf.

Mit knirschenden Schritten geht Melvin den schmalen Kiesweg an der Wiese entlang, wobei Basil ihn längst gesehen hat. Egal ob Sommer oder Winter, Basil trägt immer eine dünne Strickmütze, aus der hinten ein dünner grauer Pferdeschwanz herausragt. Ein dichter schwarzgrauer Seemannsbart rahmt das verlebte Gesicht des alten Mannes ein. Wenn jemand ihn dort sitzen sieht, nimmt man eine gewisse Erscheinung wahr - wie ein weises uraltes Orakel, das die Gesetze der Menschheit entschlüsselt hat und jedem eine Prognose über sein eigenes Ableben geben könnte, sofern er es möchte. Dieses Bild von Basil hat sich in Melvins Kopf verankert, auch wenn es etwas übertrieben und pathetisch sein mag, wenn der Alte seine Gedanken vermittelt. Aber er ist kein Weiser oder Heiliger auf einem Thron, sondern ein verurteilter Mörder, der unter Panikschüben leidet und von Verfolgungswahn getrieben wird und seinen Tod in einer Anstalt oder einem Knast finden wird.

»Hey Junge, wie gehts heute?«

Melvin zuckt die Schultern und schaut hoch zur Baumkrone der mächtigen Trauerweide.

»Ganz okay, Basil, ganz okay. Und bei dir?«

»Der Herbst ist da. Es ist eine besondere Jahreszeit. Alles verändert sich so rasant.« Er schaut ebenfalls hoch Richtung Baumspitze.

»Sogar die Insekten ziehen sich langsam zurück und verschwinden in ihre warme Stube.« Melvin lässt seinen Blick durch die Luft wandern, als würde er etwas suchen.

»Nicht nur die, mein Junge, auch die Vögel treibt es weiter gen Süden.« Basil streift mit dem Finger durch die Luft. »Wann gehts ab nach Hause, mein Junge?«

»Ich habe kein Zuhause.«

»Jetzt machs einem alten Mann nicht so kompliziert.«

»Nur noch wenige Tage, Basil, dann werde ich entlassen.«

»Und?«

»Tzzz … Was und? Mir ist es irgendwie egal.«

»Du kommst wahrscheinlich erst mal in ein betreutes Wohnen, oder?«

»Glaube schon.« Melvin setzt sich neben den Alten.

»Ich beneide dich. Du bist bald frei.« Basils drahtige, faltige Hand tätschelt Melvins Oberschenkel.

»Was ist schon frei? Arbeiten gehen, Rechnungen und Miete zahlen, Steuern begleichen, Einkaufen und für sich selber kochen!«

»Das muss nicht dein Leben sein, auch wenn man versuchen wird, dich dahin zu sozialisieren.«

»Das war nie mein Leben und wird auch nie mein Leben sein, Basil.« Melvin schaut aus sehnsüchtigen Augen einer Schar Vögel am Himmel hinterher, die über ihnen hinwegziehen.

Basil lässt das von nun an herrschende Schweigen zu, während Melvin einen tiefen Korridor der guten und schlechten Erinnerungen durchläuft.

»Freiheit, was ist das schon? Das gutbürgerliche und situierte Leben, nicht mehr als eine ganz blasse Erinnerung in meinem Schädel, eine vage Vorstellung, die einer Verheißung nach Glückseligkeit gleicht. Ein Traum in einem Traum.«

»Du wirst deinen Weg gehen, mein Junge. Und das Wichtigste kannst du eh nicht verlieren, das kann dir niemand nehmen.« Basil klopft auf seine linke Brust.

Melvin steht auf.

»Doch, genau das wurde mir genommen, das Böse selber hat mir alles genommen, was ich einmal war oder hätte sein können.«

»Der Teufel, den du rufst, der wird dich vernichten. Der Gott, den du betrügst, wird dich verlassen.« Basil senkt den Kopf und rückt seine Strickmütze zurecht.

»Dieser Teufel, den du meinst, er kam schon recht früh in mein Leben und nahm mir meine Kindheit, meine Eltern und machte aus mir einen zerstörten Menschen, Basil.« Melvins Pupillen bewegen sich wild, als würden sie das Böse in diesem Augenblick wahrhaftig vor ihm sehen.

»Aber er ist auch immer bei dir.« Basil schaut in den Himmel und streicht über seinen dicken Bart. »Wir sind zu unwissend, um seine Pläne zu verstehen. Würden wir seine Pläne verstehen, wäre er zu klein, und würden wir seine Pläne nicht befolgen, wäre er nicht groß genug.«

»Ach Basil … weißt du, ich war mein ganzes Leben mehr tot als lebendig und ich kann an nichts mehr glauben.«

»Wir müssen es einfach nur verstehen, die ganze Tragödie des Menschseins. Es ist eine gebrochene Welt, in der wir geboren wurden, in der wir stürzen und scheitern sollen unter der Last unserer Sünden.«

Basil greift nach seiner Hand und schüttelt sie kurz.

»Du bist ein guter Junge, Melvin … ein guter Junge.«

In der Ferne sieht Melvin plötzlich einen Pfleger ihm zuwinken und neben ihm steht jemand. Es ist Joan Ann Parker. Ein sanftes und warmes Gefühl steigt in Melvin empor - wie eine zartschwingende Harfensaite, die ein Engel gezupft hat, um diesen Dämon von eben aus seinen Gedanken zu verbannen.

»Ach ja, stimmt, heute ist Freitag.« Melvin durchfährt ein kurzes Lächeln, mit dem er sich von Basil verabschiedet und hinüber zur Eingangstür geht.

Beide sitzen sich in einem der Therapieräume am Tisch gegenüber. Das Licht der Leuchtstoffröhre an der Decke taucht Melvins Gesicht in ein grelles Weiß mit einem zarten Hauch eines Blautons. Joan schaut zu ihm hinüber, in seine von violetten Ringen umzogenen unsicheren Augen, wovon eines einen roten Schimmer von einem geplatzten Äderchen hat.

Melvin mustert unsicher das Zimmer, knetet die Hände und in diesem Moment ist ihm klar, wie sehr er diesen Raum hasst. Die geschmacklosen Kunstdrucke an den Wänden, die unechten Blumen auf dem Tisch und die Erinnerungen an die vielen quälenden Therapiestunden, die er in den ganzen Jahren hier verbringen musste.

Joan folgt Melvins kritischem Blick und reißt ihn aus seinen Gedanken.

»Alles in Ordnung, Melvin?«

Er lenkt sein Augenmerk kurz auf Joan und schaut dann wieder das Bild an der Wand an, welches ein Weizenfeld in einer eigentümlichen Farbpalette zeigt, dazu eine Sonne, die einem blutenden Auge gleicht.

»Dieser Raum ist furchtbar. Können wir nicht auf mein Zimmer gehen?«

»Natürlich, warum hast du nicht sofort etwas gesagt?«

Melvin winkt ab. »Schon okay.«

»Alles klar, Melvin.«

»Mel … Nenn mich Mel.«

Joan lächelt ihm zu und er wird nervös wie ein Kind auf einem Jahrmarktkarussell, wenn sie ihn so anschaut und diese Fröhlichkeit durch ihr freundliches Gesicht strömt.

Bei ihrem ersten Treffen war Melvin begeistert von Joans männlicher Präsens und ihren harten, aber doch attraktiven Gesichtszügen. Heute sitzen sie sich gegenüber und er findet, dass sie, mit ihrer platten und leicht krummen Nase, die wahrscheinlich keinen Knorpel mehr hat, etwas Reptilienhaftes hat.

Dazu diese großen Augen, die magischer sind als jeder Vollmond in einer klaren Sommernacht, wilder als jeder Karpatenwolf im Angesicht des Todes, bevor er einem die Kehle zerfleischt.

Ob sie ihn auch so anziehend findet?

Dieser Gedanke ist neu in Melvins wirrem Kopf, in dem eigentlich nur Dunkelheit und Bitterkeit herrscht, und sorgt für eine Menge Wirbel.

Ein neues und für ihn undefinierbares Gefühl breitet sich ihn ihm aus, wenn Joan ihn anschaut. Die vielleicht wichtigste Gefühlserfahrung, die ein Mensch machen kann, ist die Liebe zwischen Mann und Frau. Eine wichtige Erfahrung zur Ergründung der zwischenmenschlichen Liebe, die Melvin bisher immer über den hinteren Gosseneingang betreten hat. Das mechanische Abarbeiten von Zärtlichkeiten durch die Dienste einer Hure waren sein Trostpflaster, um vielleicht das wunderschöne Land der Liebe zumindest auf einer Landkarte aus der Ferne zu betrachten.

Der verschlagene und kühle Blick der Bordsteinschwalben aus Brasov oder Sibiu hat nichts gemein mit dem Strahlen in Joans Augen, welches Melvins inneren Eisblock schmelzen lässt.

Aber er ist ihr Patient, sie kennt seine Akte, seine Vergangenheit und weiß, welcher menschliche Trümmerhaufen ihr dort gegenübersitzt in den abgemagerten fünfzig Kilogramm. Ein ehemaliger obdachloser Junkie und Bahnhofsfixer, verurteilter

Straftäter mit einem ganzen Koffer voller Selbstzweifel, Ängsten und Wahnvorstellungen, so wie es auch in seiner Akte steht.

Ein Schamgefühl überkommt Melvin und er hofft, das Joan nicht alles gelesen hat, was in seiner Akte drinsteht, besonders das, was sich damals in der Wohnruine abgespielt hat, als er den Alten fast umgebrachte. Seine Erinnerungen an diese Zeit muss er sofort unterdrücken, als er damals mit dem Alten zusammengewohnt hat und auf dem Höhepunkt seiner Heroinabhängigkeit angelangt war.

Nun gut. Das war einmal, denkt sich Mel in diesem Moment. Ich bin austherapiert und vielleicht doch nicht mehr so der gesellschaftliche Abschaum und demnach vielleicht doch noch nicht als Untermensch einzustufen. Aber was solls.

Melvin schaut zu der verschrumpelten Sonne des Kunstdrucks und betrachtet in der Glasspiegelung sein schmales käsiges Gesicht, die dunklen Augenhöhlen, die hängenden Schultern, die noch nie vor Selbstbewusstsein oben waren. Und da bemerkt er erst wieder, wie sehr er sich selbst hasst. Und schon immer gehasst hat. Warum sollte diese Schönheit, dieses energetische Juwel aus purer Athletik und Muskeln, welches all seine erotischen und sexuellen Begierden und Fantasien vereint, die er jemals dem anderen Geschlecht gegenüber hatte, ihn attraktiv finden?

Wahrscheinlich ist eine Irrenanstalt nicht unbedingt der geeignetste Ort für romantische Zugeständnisse.

»Mel, ist wirklich alles okay?«

Kurz und energisch schüttelt er den Kopf und nimmt den Blick von der Wand.

»Alles … in Ordnung.« Melvin räuspert sich und rauft durch seinen stoppeligen Haarschnitt.

»Also, Mel. In wenigen Wochen ist dein letzter Tag und du darfst dann das Wohnheim beziehen. Freust du dich?«

»Wohnheim? Ich dachte, ich bekomme etwas Eigenes? Was heißt hier Wohnheim? Professor Reczak sagte mir … ich …«, empört sich Mel und schaut verdutzt zu Joan.

»Es ist ein Wohnkomplex, um genauer zu sein.«

»Ein Wohnkomplex, verdammt, ich dachte …«

»Mel, bitte. Du musst mich schon ausreden lassen. Es ist ein kleiner Wohnblock mit einzelnen Wohneinheiten für Menschen, die betreut wohnen. Jeder hat aber sein eigenes Appartement - mit Dusche, WC, Küche und einen eigenen Eingang.«

Mel brummt kurz auf zur Bestätigung und lässt dennoch enttäuscht den Kopf hängen.

»Es wird dir gefallen, zudem bist du auch nur für einen kurzen Zeitraum dort. Es ist erst mal besser für dich, um wieder Fuß zu fassen, vertrau mir.«

Schweigend schaut Melvin zu ihr hinüber und würde am liebsten im Boden versinken, da ihm gerade klar wird, dass man ihm nicht mal zutraut, einkaufen zu gehen, zu kochen und das Alltägliche zu tun, was alle machen.

»Nun gut, mir bleibt ja keine andere Wahl.«

»Du hast sämtliche Freiheiten. Aber es ist eine gesetzliche Anordnung, um dich auch besser zu unterstützten und …«

»Zu beobachten, richtig?«, fällt er ihr ins Wort und lehnt sich gegen die Stuhllehne.

»Das ist Teil des Programms. Die Rückfallquote bei Suizidalität und Drogenkonsum ist …«

»Ich wills nicht hören, Joan. Ich habs verstanden.« Mel lässt seinen Blick genervt im Raum umherkreisen.

»Du fragtest, ob ich mich freue?«

Joan schaut ihn erwartungsvoll an.

»Ehrlich gesagt ist es mir egal. Ob ich hier bin oder woanders. Was solls. Die Jahre auf der Straße damals, da bin ich auch zurechtgekommen.«

»Ich glaube nicht, Mel, sonst wärst du nicht hier gelandet.«

»Du weiß gar nichts, du hast meine Akte gelesen und hältst mich für einen kaputten Psychopathen, der in der Gosse gelebt hat, auf Hero war und einen alten Sack halb tot geprügelt hat.«

Mel poltert los, bemerkt jedoch, dass Joan ruhig und beherrscht bleibt. »Ein Verlierer, der nicht mal zuverlässig in der Lage war seinen eigenen Tod klarzumachen. Ständig Stimmen hört, Dinge sieht, die es nicht gibt, nicht weiß, wo die herkommen, worüber jeder von euch Gutmenschen in Gelächter ausbricht. Perfekt für eure Freakshow, wo ihr meine Akte lest wie einen Gespenstergeschichtencomic und eigentlich einen Dreck wisst.«

»Gib mir Bescheid, wenn du fertig bist.« Joan lehnt sich zurück und verschränkt die Arme.

»Ich bin fertig.« Melvin räuspert sich laut.

Joan lehnt sich wieder nach vorne und versucht Mel mit einem verständnisvollen Blick zu ermutigen.

»Mel, ich bin hier, um dir zu helfen. Es ist auch für mich eine schwere Aufgabe und bestimmt für uns beide nicht so ganz einfach. Aber bitte vertrau mir.«

»Schon gut. Ich wollte nicht so garstig sein.« Mel macht eine entschuldigende Geste und bereut tatsächlich seinen lauten Aussetzer Joan gegenüber.

»Wir bekommen das schon hin, ganz bestimmt. Ich bin jetzt einmal wöchentlich hier, wo wir uns austauschen und den Umzug schon vorbereiten können.« Joan schaut zur Uhr über der Tür und steht auf. »Ich habe jetzt noch einen Termin mit Dr. Tondra.«

»Ist gut, komm gehen wir. Ich muss ja in die gleiche Richtung.«

Sie verlassen das Zimmer und gehen den Flur entlang zum Aufenthaltsraum, in dem Dr. Tondra bereits wartet und mit verschränkten Armen ihre Ledertasche vor sich hält.

r. Tondra, gewöhnlich gut frisiert, macht einen abgekämpften und erschöpften Eindruck auf Melvin. Müde Augen, über denen der Lidschatten etwas verlaufen ist, täuschen ein freundliches Lächeln hinter der modischen roten Brille vor.

»Guten Tag, ich bin Dr. Tondra. Sie müssen Joan Ann Parker sein. Hallo Melvin.« Die beiden Damen geben sich die Hände und Melvin lässt seine in den Trainingshosentaschen verschwinden.

»Freut mich ebenfalls, Frau Dr. Tondra.«

Die beiden starten in Melvins Beisein einen kurzen Kennenlernplausch, bevor sie sich in den Besprechungsraum verabschieden. Melvin folgt den beiden, bleibt allerdings vor dem Besprechungsraum im Flur zurück.

Die Frauen unterhalten sich und schauen gelegentlich durch die offene Tür zu Melvin, der seine Aufmerksamkeit dem laufenden Fernseher an der Wand widmet.

Mit angespannten Gesichtszügen betrachtet Melvin den Bildschirm wie das Podest eines Henkers, auf dem ein maskierter Axtschwinger auf ihn wartet.

Die beiden Frauen unterhalten sich weiter, während er den Blick nicht von dem Fernseher nehmen kann.

»Mel?«, spricht Joan ihn an und unterbricht damit das Gespräch mit der Frau Doktor.

Melvin deutet mit der Hand an, sie möge ihn in Ruhe lassen, und geht zwei Schritte näher auf den Apparat zu. Gerade laufen die Nachrichten.

Der Nachrichtensprecher im Anzug liest von seinem Blatt, während im Hintergrund ein Wohnwagen zu sehen ist, vor dem eine Gruppe Polizisten steht, darunter die Aufschrift: *Familie seit 14 Tagen in den Karpaten vermisst.*

Melvin verfolgt die Worte des Nachrichtensprechers.

»… in einem Waldgebiet in der Nähe der Ortschaften Pelistea und Monastrea, in den niedrigen Hängen des Horowagebirges, einem Ableger der Süd-Karpaten, wurde die Familie Lechtenbrink zuletzt vor vierzehn Tagen von einem Förster lebend gesehen. Die österreichische Familie war auf der Durchreise zum Schwarzen Meer und machte an besagter Stelle Rast. Jegliche Suchaktionen der Polizei waren bisher ohne Erfolg. Erst kürzlich haben die Einsatzkräfte in den Hängen des Horowagebirges nach den Vermissten gesucht. Gemeinsam mit Leichenspürhunden, Sonarbooten und Tauchern sind auch Bachläufe, Sumpfgebiete und Waldgewässer abgesucht worden. Wie ein Polizeisprecher mitteilte, habe man die junge Familie nicht gefunden.

Nachdem die Familie nicht an ihrem Urlaubsort eingetroffen und als vermisst gemeldet worden ist, hat die eingeschaltete Polizei im Wald die Papiere gefunden, woraus man schließt, dass es sich um ein Verbrechen handelt. Die Ermittler schließen ein Gewaltverbrechen nicht aus. Die Behörden rätseln über das mysteriöse Verschwinden der Familie.«

Das Video einer Einsatzkraft wird eingeblendet, der in die Kamera spricht.

»Alle Spuren deuten auf ein Gewaltverbrechen hin, da von den Eltern als auch von dem zehnjährigen Sohn jegliche Spuren fehlen. Der Wohnwagen der Familie wurde auf einem Waldparkplatz gefunden und die Spurensicherung sucht weiterhin nach Hinweisen zum Verbleib der Familie. «

Ein weiteres Video mit Untertitel wird eingeblendet. *Der ermittelnde Inspektor der Kripo, Inspektor Csaba, gibt dazu seine Stellungnahme.* Ein Kerl mit einem aknevernarbten Gesicht, geschlitzten Augen und einem kantigen Militärhaarschnitt spricht in die Kamera.

»Wir gehen allen Hinweisen aus der Öffentlichkeit nach und bitten Sie, uns sofort zu kontaktieren, falls Sie etwas gesehen haben. Es handelt sich hier um eine durchreisende Familie aus Österreich, die zum Schwarzen Meer wollte und in den Karpaten einen Zwischenstopp eingelegt hat. Von allen drei vermissten Personen fehlt jegliche Spur. Es muss erwähnt werden, dass viele Ausländer die Schönheit unserer Natur zwar zu schätzten wissen, aber die Gefahr unserer Raubtiervielfalt wie Wölfe und Bären in den Wäldern unterschätzen. Demnach wäre auch nicht auszuschließen, dass sie Wildtieren zum Opfer gefallen sind, wobei es bisher dafür keine Anhaltspunkte oder Spuren gibt. Wir können aber ganz sicher ein Verbrechen nicht ausschließen. Wir sind für alle Hinweise dankbar.«

Der Bericht ist zu Ende und es erscheint die Wetterkarte auf dem Bildschirm. Melvin geht zwei Schritte rückwärts und schaut weiterhin paralysiert zum Bildschirm. Joan spricht ihn an, er regiert nicht und spürt, wie sein Brustkorb sich zuschnürt und sein Mund so trocken wird, als hätte er eine Tüte Staub geschluckt.

»Melvin, was ist?« Joan tritt neben ihn.

»Nichts, Joan, gar nichts«, flüstert er, dreht sich um, bleibt stehen.

Joan schaut hinüber zur Frau Dr. Tondra, die mit den Schultern zuckt.

»Kommen Sie, Frau Parker, wir haben einiges zu besprechen, der junge Mann braucht vielleicht nur etwas Ruhe.«

»Sehen Sie denn nicht die panische Angst in seinen Augen und wie bleich er geworden ist?«

»Das kommt schon mal vor.«

»Das hat mit den Nachrichten zu tun. Ich glaube, ich habe eine vage Vermutung.« Sie schaut zu Melvin, der die ganze Zeit wie angewurzelt im Raum steht. Plötzlich verschwindet er schnellen Schrittes den Flur entlang in Richtung seines Zimmers.

Dr. Tondra nimmt die Glaskaraffe von der Tischmitte und füllt beide Gläser, während Joan den Besprechungsraum mustert, der im Gegensatz zu den restlichen Räumlichkeiten der Klinik etwas netter und wohnlich mit Zimmerpflanzen und himmelblauen Vorhängen vor den weißgerahmten Fenstern ausgestattet ist. Frau Tondra schaut auf die große Uhr über der Tür.

»Professor Reczak wollte sich dazusetzen. Ich hoffe, das ist in Ordnung für Sie?«

Joan bejaht mit einem Kopfnicken.

»Er verspätet sich wahrscheinlich ein wenig. Nun, Frau Parker, Sie betreuen also Herrn Aronovski beim Eingliederungsprogramm. Ich frage Sie ganz offen: Haben Sie etwas in der Art schon mal gemacht? Nicht, dass Sie mich falsch verstehen, Sie sind eine qualifizierte Fachperson in dem Job. Ich meine speziell den Umgang mit psychisch kranken Straftätern.«

Joan nimmt einen Schluck Wasser und antwortet umgehend. »Es waren eher Menschen mit weniger schwerwiegenden Delikten. Wie zum Beispiel krankhafte Kleptomanie, Alkoholsucht, Personen mit starken Verwahrlosungstendenzen oder einer leichten geistigen Beeinträchtigung. Verurteilte Straftäter waren das nicht. Macht das einen Unterschied, Frau Doktor?«

»Nun«, sie rückt die fingerdicke rote Brille zurecht, »ich möchte Sie nur noch mal ausführlich über die Umstände aufklären und Ihnen ins Bewusstsein rufen, dass Menschen mit einem Störungsbild, wie Herr Aronovski es hat, niemals unterschätzt werden sollten.«

»Ich dachte, er hätte sowohl seine Therapie als auch seine Drogenentziehungsmaßnahme erfolgreich abge-schlossen, Ihre Justiz hätte einer Entlassung zugestimmt und nun wäre er weder für sich noch für andere eine Gefahr, Frau Doktor.«

Ein seltsames Lächeln umspielt Dr. Tondras Lippen, die die gleiche knallige Farbe haben wie ihre Brille. Ein Lächeln, das alle Rechtsirrtümer, Falschdiagnosen und Rückfallquoten bei Straftätern mit einer traurigen Süffisanz umspielt.

»In der forensischen Psychiatrie werden nach offiziellen Statistiken viel weniger Straftäter rückfällig als Menschen, die ohne Behandlung und Therapie in eine Vollzugsanstalt gesteckt werden. Weniger als fünf Prozent zeigen nochmals Symptome, die zu einer Gewalttat führen könnten, wenn sie draußen sind. Wir leisten gute Arbeit, Frau Parker, dennoch ist es meine Pflicht, Sie über die Biografie Ihrer zu betreuenden Person aufmerksam zu machen.«

»Ich habe mich ausreichend über Melvin Aronovski informiert. Bevor ich nach Bukarest kam, habe ich seine Akten gelesen.«

»Das ist gut, Frau Parker. Das ist gut …« Dr. Tondra wippt leicht mit dem Kopf auf und ab.

»Jetzt frage ich Sie, Frau Doktor, wo Sie so direkt zu mir sind: Ist Melvin Aronovski vollständig geheilt? Er macht auf mich noch einen sehr abwesenden und auch zerbrochenen Eindruck. Teilweise verwirrt. Wie zum Beispiel eben seine plötzliche Flucht auf sein Zimmer.«

Ein ernster Blick von Dr. Tondra trifft Joan.

»Angelehnt an das, was ich eben gesagt habe, stellt Herr Aronovski keine Gefahr mehr für sich und seine Umwelt dar. Es gibt allerdings noch auffällige Muster, die wir aber wöchentlich ambulant behandeln können und werden.«

Dr. Tondra will gerade etwas sagen, als es an der Tür klopft und Prof. Reczak eintritt.

»Schönen guten Tag, meine Damen. Ich hoffe, es stört Sie nicht, wenn ich mich dazusetze.« Der Professor tritt an den Tisch, zurrt den weißen Kittel zurecht und gibt beiden die Hand.

»Schön, dass Sie gekommen sind, Herr Professor«, antwortet Dr. Tondra und schenkt ihm ein Glas Wasser ein.

»Besten Dank.« Reczak nimmt einen großen Schluck und fügt hinzu: »Aber lassen Sie sich nicht stören.«

»Sie kommen genau rechtzeitig, da Frau Parker die wichtigste Frage soeben gestellt hat: Ob Herr Aronvoski austherapiert und frei von Gewaltmustern ist, die ihn zu uns in die Klinik geführt haben.«

Der Professor lehnt sich nach hinten, faltet die Hände vor seinem Bauchansatz und macht es für einen Moment spannend. Selbstsicher blickt er über den Rand seiner Brille zwischen den beiden Frauen hin und her, als würde er ein Tennisspiel verfolgen.

»Der Patient Aronovski ist gesundet, das heißt, seine Therapie ist erfolgreich und er ist bereit für das Nachsorgeprogramm in einer betreuten Wohngruppe. Des Weiteren hat er soziale und emotionale Kompetenzen entwickelt. Sein psychiatrisches Gutachten hinterlässt keinen Zweifel und vom zuständigen Richter wurde die Freilassung des Patienten bewilligt.«

»Was sagten Sie eben über auffällige Muster, die ambulant behandelt werden können? Welche Muster meinen Sie?« Joan sieht zu Dr. Tondra, die einen kurzen Blick mit Reczak austauscht.

»Herr Aronovski hatte ein sehr umfassendes Krankheitsbild. Unter anderem leidet er unter paranoiden Wahnvorstellungen ...«

»Verfolgungswahn und ...«

»Bitte, Frau Parker, ich war noch nicht fertig.« Reczak hebt die Hand und redet in einer ruhigen Tonlage weiter. »Herr Aronovski erlebt hin und wieder Halluzinationen, wie er uns mitteilt. Er berichtet, dass er des Öfteren Besuch von einem kleinen Mädchen bekommt.« Er schaut hinüber zu Dr. Tondra. »Wenn Sie als seine behandelnde Ärztin bitte etwas dazu sagen könnten.«

»Als der Patient vor sechs Jahren - nach seiner Entziehungskur - zu uns kam, hatte er diese Trugbilder von diesem kleinen Mädchen sehr oft. Heute redet er nicht mehr darüber, er sagt aber, wenn ich ihn danach frage, dass dieses Kind ihm gelegentlich noch erscheint. Er nennt sie Lea.«

Der Professor klinkt sich ein. »Sinnestäuschungen wie diese können auf Nebenwirkungen der medikamentösen Behandlung zurückzuführen sein oder eine Altlast des starken Drogenkonsums des Patienten. Dennoch sind diese Scheinbilder keine Gefahr für die Gesundheit des Patienten oder anderer Personen.«

»Lea …«, flüstert Joan vor sich hin und schaut abwesend auf die klare Oberfläche in ihrem Wasserglas.

»Frau Parker?«, spricht Reczak sie an.

»Er hat die Illusion von einem kleinen Mädchen …«

»So ist es, Frau Parker.« Diesmal antwortet Dr. Tondra und sowohl sie als auch der Professor scheinen wohl verwundert, warum diese Information Joan so beschäftigt.

»Vielleicht ist es ja ein Geist?« Joan hebt ihren Blick vom Glas zum Professor.

»Wir glauben nicht an Geister, Frau Parker. Der Professor und ich sind Wissenschaftler und keine Esoteriker.« Dr. Tondra prostet Joan mit dem

Wasserglas zu, nimmt einen Schluck und gibt ihr mit entschlossenem Blick zu verstehen, wie wenig sie von Spinnereien dieser Art hält.

»Was können Sie zu dem damaligen Delikt sagen, für das er verurteilt wurde?« Joan trinkt ebenfalls.

»Ein Gewaltverbrechen, schwere Körperverletzung mit Tötungsabsicht, so steht es in den Akten. In unserer Institution wollen wir mit dem Delikt arbeiten. Strafanalyse, so nennen wir das. Das heißt, durch welche Symptome kam es zur Straftat. «

»In seinen Akten steht wenig über die Tat, was mich wundert. Hauptsächlich über sein Krankheitsbild und die Therapieverläufe.«

»Was möchten Sie denn wissen, Frau Parker?«, fragt der Professor fast schon etwas ungehalten und zurrt seinen Schlips zurecht.

»Was er getan hat und wie es zu der Tat gekommen ist.«

Des Professors Gesichtszüge verfinstern sich, so als hätte Joan gerade einen Raum geöffnet, den sie besser nicht betreten sollte.

»Denken Sie, es würde Ihnen weiterhelfen, wenn ich Ihnen Details gebe oder Ihnen das medizinische Gutachten mit dem Polizeibericht vorlese oder Ihnen gar Fotos von dem zugerichteten Opfer zeige?«

Joan will sich gerade erklären, als der Professor fortfährt wie eine verbale Dampfwalze. »Wenn ich Ihnen das entstellte Gesicht von einem sechsundfünfzigjährigen Mann zeige, dessen Kiefer und Augenhöhle eine breiige Fleischmasse aus zertrümmerten Knochen sind? Dessen Gesicht chirurgisch mit einem Haufen Klammern und Nägeln wiederhergestellt werden musste? Ich erspare Ihnen lieber weitere Einzelheiten oder gar Fotos, die vielleicht zur Folge hätten, dass Sie die Arbeit mit Herrn Aronovski ablehnen und zurück nach Manchester wollen.«

»Für Ihre Arbeit wäre dies nur hinderlich, Frau Parker«, spricht Dr. Tondra dazwischen.

»Herr Professor, ich möchte verstehen, wie es zu der Tat kam. Was waren die Umstände?«

»Herr Aronovski war zu diesem Zeitpunkt obdachlos und konsumierte exzessiv Heroin. Schizophrenie, rezeptive Depression und eine erhebliche Persönlichkeitsstörung, die wir nachträglich diagnostizieren konnten, blieben bis zu diesem Zeitpunkt unbehandelt. Er lernte Artem Emmanescu kennen, der alkoholkrank war, und lebte in einer leer stehenden Wohnung. Herr Aronovski, der keine Bleibe hatte, zog bei ihm ein. Herr Emmanescu war frühpensioniert und erhielt eine mickrige Rente, von der beide lebten. Eines Tages hat Herr Aronovski ihm in einer Auseinandersetzung mit einem stumpfen Gegenstand den Schädel eingeschlagen, sein gespartes Geld gestohlen und ist geflohen. Die Polizei fand Herrn Aronovski anschließend auf der Toilette einer Bar, in der Zeugen ihn gesehen hatten, wo er gerade dabei war, Heroin zuzubereiten, welches er von dem gestohlenen Geld erworben hatte. Reicht das für Sie als Information, Frau Parker?«

Dr. Tondra hebt die linke Augenbraue.

Joan wechselt den Blick zwischen den beiden hin und her, die auf eine bestätigende Antwort warten. Sie rollt das Glas zwischen den Händen und schaut zum Professor hinüber.

»Sein frühkindliches Trauma, als seine Eltern ermordet wurden …«

»Sehr furchtbar, sehr tragisch und sehr prägend für die Psyche und das Nervensystem eines Menschen, wie ich Ihnen bereits bei unserem ersten Treffen erläutert habe.«

»Welchen Einfluss hatte diese Erfahrung auf seine Biografie und auch auf die Behandlungsmethoden?«

Der Professor nimmt die Brille ab, kneift sich in die Nasenwurzel und atmet schwerfällig aus.

»Frau Parker, ihr Wissensdurst und Interesse in allen Ehren, aber ich glaube, das würde jetzt den zeitlichen Rahmen unserer Unterhaltung sprengen.«

Dr. Tondra tauscht einen Blick mit Reczak aus.

»Frau Dr. Tondra ist ausgebildete Psychologin auf dem Gebiet Traumatologie und besitzt eine Menge Erfahrung in der Arbeit mit Menschen, die eine Grenzerfahrung machen mussten«, fügt der Professor hinzu und setzt die Brille wieder auf. »Ich mache es kurz: Wir sprechen von einer pathologischen Introjektierung, welche im kindlichen Bewusstsein abgespeichert ist, und durch das Kind nicht verarbeiten werden konnte zum damaligen Zeitpunkt. Solange dies nicht geschieht, findet kontinuierlich eine Reinszenierung der damaligen Situation statt, in der nun die Psyche dieses Ereignis zu verarbeiten versucht. Schafft sie das nicht, können weiterer psychische Krankheiten oder gar die Flucht in die Drogenabhängigkeit folgen, um diese nicht verarbeitete traumatische Sequenz zu verarbeiten und zu kontrollieren. Das war ein Kernelement bei der psychotherapeutischen Arbeit mit Herrn Aronovski: die Behandlung des Traumas seiner Kindheit.«

Joan schaut beide an.

»Ich denke, wir haben ja noch ein wenig Zeit. Über die Nachsorge und die Unterbringung von Herrn

Aronovski reden wir beim nächsten Mal und werden schwerpunktmäßig die Strukturierung des Patienten im betreuten Wohnen besprechen, so wie wir uns das vorstellen, Frau Parker.« Der Professor steht auf, rückt den Stuhl an den Tisch und streicht die Falten aus dem Kittel. »Eine engmaschige Betreuung setze ich voraus, ebenso wie Ihre pünktlichen und ausführlichen Berichte über den Patienten.«

»Selbstverständlich, Herr Professor«, antwortet Joan etwas bestimmter und hofft, mit ihrem Tonfall die Autorität des Anstaltsleiters nicht untergraben zu haben.

»Dann ist ja gut. Meine Damen.«

Joan und Dr. Tondra stehen ebenfalls auf und reichen Reczak die Hand zum Abschied.

»Auf eine gute Zusammenarbeit«, ergänzt er beim Verlassen des Raumes.

Joan streckt den Rücken durch und hört einen Wirbel schnippen. Frau Dr. Tondra verabschiedet sich ebenfalls und will gerade den Raum verlassen, als Joan sie nochmals anspricht.

»Sagen Sie, Frau Doktor, eine Frage: Hat Melvin Aronovski jemals über den Mörder seiner Eltern gesprochen? Er hat ihn schließlich gesehen.«

Dr. Tondra kommt zwei Schritte auf Joan zu und hält kurz inne. Zögert mit der Antwort, während sich Furchen in ihrem Gesicht abzeichnen.

»Herr Aronovski ist bis heute davon überzeugt, dass es kein Mensch war. Er beschrieb ihn als leblose Gestalt ohne Mimik oder Regung in seinen leichenblassen Gesichtszügen. ›In seinen Augen sah ich das purer Böse. Die Augen eines Monsters.‹ Das waren so in etwa seine Worte.«

Joan zuckt kurz zusammen und spürt eine schneidende Kälte bei den Worten der Ärztin. Aber sie muss in diesen Abgrund schauen, so wie Melvin es auch getan hat, das spürt sie. »Nichts Menschliches, sagte er?« Joan wispert ihr entgegen, worauf sie nur ein entschlossenes und langsames Kopfschütteln von Dr. Tondra erntet.

»Er sprach von einem Monster oder einer Art Dämon. Guten Tag, Frau Parker.« Sie nickt ihr nochmals zu, öffnet die Tür, geht und lässt Joan mit dem Schrecken zurück, den sie kurzzeitig in diesen Raum platziert hat, der das alte Grauen erneut heraufbeschwört.

Melvin streift durch die leeren Gänge der Entlassungsstation auf dem Weg zum Automaten. Er möchte sich einen dritten Kaffee holen. So viel Freiheit ist nach fast acht Jahren Zwangsmaßnahmen, Isolierung, Einsamkeit in der Zelle und festgelegten Pausenzeiten recht gewöhnungsbedürftig.

Vor dem Kaffeeautomaten lungern zwei Pfleger in grüner Arbeitskleidung herum und reden privaten Kram über Frau, Kinder, All-inclusive-Urlaub und Tilgungsraten. Melvin hört beiläufig mit einem Ohr hin, während er in den heißen Kaffee pustet, und es erscheint ihm unglaublich abstrakt, welche Erlebniswelten die gutbürgerliche Mitte so pflegt. Keines dieser Themen einer stabilen sozialen Bindungskultur war je in seinem Leben präsent. Die Vorfreude auf den nächsten Urlaub wird zwischen den beiden jungen Männern als wichtig eingeschätzt und dieses Ziel gilt es zu erreichen. Mit dem vollgepackten Auto, das bis unters Dach mit zahlreichen Koffern vollgestopft ist, in den Urlaub zu tuckern, sich mit Frau und Kind in einem Hotel am Strand den Arsch nachtragen und von einem einheimischen unterbezahlten Diener gestreckte Drinks servieren zu lassen und dem Leben vorzutäuschen, das dies eine Glückserfahrung sei.

›Ist dieser gesellschaftliche Konsens, das Aufrechterhalten von Scheinwelten etwa das Ziel meiner Resozialisierungsmaßnahme?‹, denkt Melvin.

Sich sozial integrieren, was das auch immer sein mag. Einen Job, im Sommer auf dem Balkon grillen, Rechnungen bezahlen, konsumieren und ins Kino gehen? Nun, Melvin hat es noch nie ausprobiert und Vorurteile über das Bürgertum vergiften seine

Gedanken und nehmen ihm die Vorfreude auf die bevorstehende Freiheit außerhalb von Betonmauern und Gitterstäben.

Acht lange Jahre sind vergangen, und zwar nicht schnell wie für jemanden, der schöne Zeiten wahrnimmt, sondern so quälend langsam wie ein Erstickungstod unter der Erde. Dieses Gefühl der Verlorenheit, welches Melvin so oft erleben musste. Diese bösen Tage, an denen er aufwacht, die Augen aufschlägt, nur Dunkelheit sieht, die modrige Erde riecht und hofft, beim nächsten Augenaufschlag das erlösende Sonnenlicht zu sehen, aber deren Realität dann ein bleibender Schmerz in der Erinnerung an das ist, was er getan hat, wie er gelebt hat, und dem Wissen, nun seine Abwege mit dem Entzug der Menschlichkeit einzubüßen.

Die Träume und Hoffnungen, das Leben wieder hinzubekommen, weg von der Straße, weg von den Verrückten und den Drogen. Und vielleicht eines Tages mit dem ehrlich verdienten Geld eine Shoppingmall entlangzuschlendern. Mit seiner Geliebten im Arm, ihr eine sündhaft teure Halskette zu kaufen, in einem guten Restaurant zu speisen. Anschließend durch die Altstadt auf einen Kaffee und bevor es nach Hause in die gute Stube geht noch einen abschließenden romantischen Spaziergang am Flussufer entlang, im Schein der Laternen und es den anderen verliebten Pärchen gleichtun, denen man zufrieden zulächelt.

Dieses Lebensgefühl scheint in der Welt, in der Melvin sich bewegt und lebt, nicht stattzufinden oder für ihn ausgestorben zu sein.

Aber vielleicht ist die Hoffnung greifbar.

Ja, es scheint, als wenn Melvin auf einem anderen Planeten der Anständigen assimiliert werden soll, nachdem er auf dem dunklen Stern gelebt hat, auf dem der Dreck der Straße, versiffte Toiletten, in denen Heroin gedrückt wurde, die ganz Kaputten der Gesellschaft seine Welt ausstaffiert haben.

Menschen wie diese beiden Pfleger haben nicht den Hauch einer Vorstellung davon, was es heißt, wenn das Einzige, was einen rettet und erfreut, auf einem dreckigen Klodeckel liegt.

Wenn dein einziger Lichtblick kein Kinoabend mit seiner Zuckerpuppe ist, sondern drei verpackte Alulöffel, drei gelbe Tütchen Zitronensäure, drei eingeschweißte Spritzen, fünf antiseptische Tupfer, ein Röhrchen Zigarettenfilter und eine Packung Zündhölzer. Der erlösende, mit Adrenalin gedröhnte Blick auf das vollständige Besteck auf einem verschmierten Klodeckel in einem stinkenden Scheißhaus, in dem Junkies, Crackheads, Nutten, Zuhälter und Stricher ein- und ausgehen.

Und diesen Moment feierte Melvin wie eine Auferstehung, da sauberes Spritzbesteck wie ein Geschenk war und er diesmal keinen blutverschmierten Müll nach einer halbwegs geraden und durchlässigen Fixe durchforsten musste. Dazu noch vernünftiges Licht, um eine Vene zu finden, war ein Jackpot und ein Lichtblick in seiner bisherigen Welt.

Dieses Tanzen am Abgrund war sein tägliches Brot. Wenn die Wirkung nachließ und der Ruf des Todes ihn lockte, wenn die Gedanken wieder da waren, dass er sein Leben den Straßenkötern zum Fraß vorwerfen sollte.

Melvins Welt war ganz bestimmt eine andere wie die der gutfrisierten jungen Männer dort vor ihm. Eine

Welt der schmerzvollen Paranoia, in der jede Nische der Erinnerung seine Gedanken bluten ließ. In der nur die wohltuende Illusion der Unbeschwertheit durch ein Röhrchen Pulver ihn rettete.

Melvin nippt am Kaffee und wirft den Pappbecher in den Mülleimer, da die Automatenplörre nach wässriger Asche schmeckt. Er verlässt die Automatenstation, wobei die beiden Pfleger ihn nicht beachten, da sie Melvin kennen und ihnen die Freiheiten auf der Entlassungsstation vertraut sind.

Er geht den schmalen Gang entlang, schaut aus den tiefen Fenstern nach draußen und bleibt kurz stehen. Sieht er dort richtig? Es ist spät am Abend, die Dunkelheit lässt nicht mehr lange auf sich warten und draußen auf der Bank sitzt Basil. Und das außerhalb der Pausenzeit.

»Er hat mich gebeten, dass er noch mal rausgehen kann. Ihm war nicht gut, er brauchte frische Luft,« ertönt es hinter Melvin, wo plötzlich der kantige Pfleger mit dem Stiernacken mit verschränkten Armen an der Wand gelehnt steht.

»Aha«, antwortet Melvin und schaut wieder hinaus zu Basil, der in seiner üblichen Pose auf der Bank vor der Trauerweide sitzt und auf seine Füße starrt.

»Ich geh mal zu ihm, okay?«

»Nur zu.« Der kräftige Pfleger zuckt mit den breiten Schultern und beobachtet weiterhin Basil.

Melvin wirft die Kapuze der Trainingsjacke über den Kopf und lässt die Hände in den Taschen verschwinden, während er sich durch den ungemütlichen Abendwind Basil nähert.
Sachte schwingen die hängenden Äste der Trauerweide im Takt des Windes und streifen Basil sanft am Rücken.

»Hey, alles okay? Der Pfleger meinte, dir gehts nicht gut.« Melvin nickt Richtung des Hauses.

Basil rückt die Strickmütze zurecht und schaut zu Melvin auf. »Ach was, ich wollte nur noch mal an die frische Luft. Der Wind tut mir gut.«

Basil hält eine zerlesene Bibel in den Händen und schaut vertraut zu den großen Kastanienbäumen vor ihnen wie zu einem alten Freund.

»Störe ich dich?«

»Ach was, komm, setz dich.« Basil rückt eine Handbreit nach rechts. »Welch wunderbare Geschöpfe, diese alten Kameraden.«

»Wie alt mögen die sein?« Melvin schaut ebenfalls zu den verkrüppelten Kastanien.

»Ich schätze, die standen schon hier, bevor dieses Haus gebaut wurde.«

»Ich werde dich vermissen, Basil.«

»Ich dich auch, mein Freund.« Basil streicht über seinen langen Bart, durch den ein Lächeln zuckt. »Ich hoffe, ich habe dich nicht zu sehr vollgeschwafelt in den sechs Jahren, in denen wir uns kennen«, fügt der Alte hinzu und streicht über den Buchrücken der Bibel.

»Ganz im Gegenteil.« Melvin lächelt ihm zu.

»Tja, Mel, wie die Zeit vergeht. Als ich damals hier ankam, als ich verurteilt wurde, hoffte ich, das sei nur ein Albtraum.«

»Du hast mir nie gesagt, warum du hier bist …«

»Irgendwie ist es auch nicht wichtig. Das kann eine Freundschaft arg gefährden, da die meisten Menschen mit der Wahrheit nicht umgehen können, wenn man sie ihnen erzählt. Nur Gott darfst du deine Sünden bringen.«

»Ist schon okay.«

»Je älter ich werde, umso mehr leide ich unter dem, was ich getan habe. Aber es macht mich immer gläubiger. Ich bin hier drin ein alter Mann geworden. Es waren lange Jahre, die mich verändert haben.«

Eine Stille zwischen beiden tritt ein wie das Erwarten einer Welle, die gleich über beiden zusammenschlagen und die alten Geschichten und Erinnerungen von damals an Land spülen wird.

»Gott ist gerecht, die Menschen sind es nicht. Ich kann nicht verleugnen, was ich getan habe, ich kann nicht so tun, als hätte ich damals nicht den Hammer in die Hand genommen … und zugeschlagen.«

Melvin schaut ihn erschrocken an.

»Ich habe meine Frau mit einem Zimmermannshammer erschlagen, zerstückelt und in Plastiksäcken im Wald vergraben.« Basil kneift seine faltigen Augen zusammen und küsst die wellige Oberfläche der Bibel und lässt ein Flüstern vom Wind davontragen. »Der Teufel kam in Form einer Hure zu mir und führte mich in Versuchung und ich war schwach. So schwach. Das Böse nahm mich ein und ich hörte auf das Geschrei des Teufels, der mir befahl, und ich ignorierte das warnende Flüstern Gottes.«

»Was ist geschehen, Basil?«

»Ich war Fernfahrer für eine Spedition und lernte sie auf einer meiner Touren kennen. In einer Bar oben in Baia Mare, kurz vor der Grenze zur Ukraine. Ich saß erschöpft von der langen Fahrt am Tresen und sah sie plötzlich. Ich war sofort in ihrem Bann, als sie mich ansah. Lange schwarze Haare, verführerische Lippen, hohe Wangen, endlose Beine. Der fleischgewordene Traum eines jeden Mannes.«

Melvin zieht eine Augenbraue in die Höhe und sieht diesen Anflug von Bitterkeit in Basils Augen.

»Ich führte ein recht zufriedenes Leben und hatte schon meine Pensionierung im Blick. Mit Mitte fünfzig wollte ich absatteln und von meinem Ersparten leben. Ich war zu dem Zeitpunkt frisch geschieden von meiner Ex und wir haben zwei erwachsene Söhne, von denen ich auch seit vielen Jahren nichts mehr gehört habe.«

»Warum? «

»Tja, … warum … Sie halten es wohl für besser, einen verurteilten Mörder, auch wenn er ihr Vater ist, nicht zu besuchen. Ihr liebe meine Jungs, auch wenn sie mich verlassen haben. Nun, jedenfalls sprach ich Ava an, so hieß das ukrainische Mädchen. Von da an entwickelt es sich zwischen uns und wir waren ein Paar. Sie hatte nichts außer einen Sack voller Klamotten und Kosmetikzeugs bei sich und wohnte in einer Einzimmerabsteige neben der Bar. Nach kurzer Zeit zog sie bei mir ein und wir heirateten. Sie war zwanzig Jahre jünger als ich.

Innerhalb weniger Monate nach der Hochzeit zeigten sich die ersten Schatten und sie verschwendete unglaublich viel Geld. Ich weiß bis heute nicht, was sie damit angestellt hat. Es war so extrem, dass ich mich bald verschuldete. Sie fiel über mein Erspartes her wie eine Heuschreckenplage über ein reifes Maisfeld. Nun, schon bald zeigten sich weitere Schatten ihres schlechten Charakters und wir gerieten öfter aneinander, meist wegen Kleinigkeiten. Manchmal war sie tagelang weg, kam zurück, roch nach Alkohol, Zigaretten und nach anderen Männern. Ihre Ausreden und Lügen waren so offensichtlich und abscheulich, dass ich immer mehr verzweifelte.«

»Warum hast du nicht Schluss gemacht?«

»Wenn das so einfach gewesen wäre. Wenn man selber in einer Geschichte drinhängt, ist es schwierig. Es war auch eine Menge falsches Mitleid, welches ich mit ihr hatte. Zudem hatte ich noch den vagen Glauben, dass alles sich ändern würde und wir glücklich werden könnten. Dann aber geschah es …« Basil streicht über seinen Bart und schaut mit gläsernen Augen gen Himmel. »Ich war wieder beruflich mit dem Truck unterwegs und hatte aus Zufall einen alten Freund an einer Tankstelle getroffen. Auf einem Werbeprospekt, welches er zufällig in der Hand hielt, hatte er mir seine Telefonnummer aufgeschrieben.

Ich kam abends spät heim, legte meine Sachen auf die Kommode im Flur und ging ins Bad, um nach einem langen Tag eine Dusche zu nehmen. Plötzlich flog die Badezimmertür auf und Ava hielt mir den Prospekt mit der notierten Telefonnummer unter die Nase. ›Was soll das, du dreckiger Hurenbock?‹, keifte sie mir ins Gesicht und schlug mir den Zettel an den Kopf. Einen Werbeprospekt für ein Bordell. Ich hatte mir nichts dabei gedacht und mein Freund wahrscheinlich auch nicht. Die mit Kugelschreiber notierte Telefonnummer auf dem abgebildeten Hinterteil der Prostituierten auf dem Bild ließ Ava doppelte Rückschlüsse ziehen. Sie rastete vollkommen aus und beschimpfte mich auf schlimmste Art und Weise.

Ich versuchte, es ihr zu erklären, aber ich kam überhaupt nicht zu Wort in ihrem Schwall aus Beschimpfungen. Sie rannte ins Wohnzimmer, rief ihren Kumpel Boris an, quatschte irgendetwas aggressiv auf Ukrainisch und legte auf. Ich versuchte weiter, auf sie einzureden, und plötzlich hielt sie den Hammer in der Hand. Ich hatte ihn auf dem Schrank liegen gelassen, da ich am Vortag ein Bild aufgehängt hatte. Sie schlug auf mich ein. Ich konnte zwei ihrer Schwinger ausweichen und schaffte es, ehe sie zum dritten Mal ausholen konnte, ihren Arm abzufangen und sie zu entwaffnen. Was dann passiert ist, weiß ich nicht mehr im Detail, nur dass ich auf einmal ausholte und ihr die spitze Seite des Hammerkopfes in die Stirn schlug. Sie sackte sofort zusammen und eine riesige Blutlache bildete sich um ihren zuckenden Körper.

Ich stand unter Schock, war in Panik. Das ist eine Ausnahmesituation und man handelt nicht vernünftig oder moralisch, wenn man jemanden aus dem Affekt heraus tötet. Ich wusste nicht, was sie zuvor am Telefon ihrem Freund mitgeteilt hatte, ob er vielleicht auf dem Weg zu uns war. Ich packte ihre Leiche in meinen Pick-up samt dem blutdurchtränkten Teppich und fuhr mitten in der Nacht in den Wald. Auf dem Weg durch die Dunkelheit spielte ich alles durch und wusste, dass ich alles im Auto hinten auf der Ladefläche hatte, was man braucht. Klebeband, Plastikfolie, Schnur, eine Schaufel und einen Spaten. Sogar eine Taschenlampe im Handschuhfach.

Ich schrubbte die Wohnung mit Essig wie ein Verrückter und wollte alle Spuren beseitigen. Die Vermisstenmeldung ging raus und ich geriet schnell ins Visier der Ermittler, da sie durch Befragungen im Bekanntenkreis von unserer katastrophalen Ehe wussten. Mit Sichtgeräten, chemischen Hilfsmitteln und Spürhunden fanden sie einen getrockneten Blutstropfen in einer Fuge auf der Ladefläche meines Pick-ups. Dann war es vorbei.«

»Basil, das tut mir furchtbar leid.«

»Schon gut, Junge.« Basil gibt Melvin einen Klaps auf den Oberschenkel.

»Aber wie kam es, dass du hier gelandet bist? Und nicht direkt in den Knast geworfen wurdest?«

»Ich habe eine Geistesstörung vorgetäuscht, um als vermindert schuldfähig eingestuft zu werden. Na ja, gebracht hat es wenig. Vielleicht den Erlass von fünf Jahren. Jedenfalls stehen mir jetzt einige Jahre Gefängnis bevor, sobald ich aus der Anstalt entlassen werde. Aber weißt du, Melvin, ich habe keine Angst mehr. Hier an diesem Ort bin ich gläubig geworden und ich habe verstanden, dass diese Welt eine gebrochene Welt ist, in der wir sündigen müssen, um zu Gott zu finden. Nach fast sechzig Jahren meines Lebens habe ich ihn gefunden.« Basil lässt den Kopf sinken, schließt für einen Moment die Augen und flüstert in einer anmutigen Tonlage in die kalte Luft: »Oh Herr, du lässt mich wandern auf dem schmalen Felsgrat meines Lebens. Zu meiner Rechten sehe ich die Ratten, zu meiner Linken sehe ich die Schlangen. Wenn dein Schwert mich trifft und ich stürze, dann werde ich deinen Namen in Demut in der Grube loben und preisen, bevor ich zu Asche werde und endlich Frieden finde.«

»Hey Basil, das reicht jetzt, es wird langsam dunkel«, ruft der Pfleger vom Haus herüber.

Eine Schar Vögel schreckt aus dem Baum auf und fliegt in den Abendhimmel hinauf. Basil hebt den Arm zur Bestätigung und steht mit Melvin auf. Beide gehen auf die Tür zu und Melvin fällt in eine Trauer um seinen Freund Basil, der sich ihm nach Jahren anvertraut und ihm sein Schicksal mitgeteilt hat. Die Ehrlichkeit des alten Griechen, die gleichzeitig auch eine Verletzbarkeit zeigt, berührt Melvin stark und schließt das Band der Freundschaft zwischen den beiden fester zusammen.

Melvin denkt bei sich, dass niemand, der in der Anstalt gelandet ist, eine eindrucksvolle Heldengeschichte zu erzählen hat. Jeder hat seinen

Abgrund, die die Unvollkommenheit des Menschseins zeigt. An diesem Ort zeigen die Menschen, wie sie wirklich sind, und brauchen keine Maske zu tragen, die das unschöne Antlitz verdeckt.

Das ist für ihn der große Unterschied zwischen dem Zeduri Pace und der Welt da draußen. Durch eine sechs Meter hohe Betonmauer sind beide Welten voneinander getrennt.

Ein starker Wind zieht über den Klinikhof und lässt sogar die großen Kastanien wackeln und taumeln, so als wollten sie sich entwurzeln und auch diesem traurigen Ort entfliehen.

Melvin sitzt in der Ecke seines Betts und beobachtet das Insekt auf dem Handrücken. Erhascht ab und zu einen Blick nach draußen auf das tosende Unwetter.

Es klopft an der Tür, Melvin antwortet nicht, vielleicht weil er seine Ruhe haben möchte. Dann hört er ihre Stimme, ist überrascht und bittet sie herein.

»Hi Mel.« Joan tritt in den Raum und streift die Umhängetasche über die Schulter.

Verdutzt schaut er sie an. Joan stellt die Tasche an die Wand und setzt sich an den kleinen Tisch neben Melvins Bett.

»Oh, du hast unsere Verabredung für heute vergessen, nicht wahr?«

»Keineswegs … Ich habe nur die Zeit aus den Augen verloren.« Melvin fasst sich an die Stirn und bläst die Wangen auf.

»Wenn es für dich okay ist. Ich bleibe auch nicht lange. Ich habe ein paar Prospekte von der Wohnung dabei, das wird dich sicher interessieren.« Noch bevor Joan die Dokumente aus der Tasche holt, knipst sie in dem fast dunklen Raum die Lampe auf dem Tisch an. »Ich habe mit Professor Reczak und Dr. Tondra über deine Nachbetreuung gesprochen und wir haben einiges ausgearbeitet. Ein Konzept, das genau auf dich abgestimmt ist und dir helfen wird in der Zukunft, … wo du …«

Joan redet ausführlich weiter über das Nachsorgeprogramm, das betreute Wohnen. Erzählt ihm etwas von einer Gemeinschaftsküche, gemeinsamen Aktivitäten, netten Mitbewohnern und ganz tollen Hilfskräften. Doch Melvin nimmt ihre Informationen, die sie teilweise von Blättern abliest, nur noch wie das Dudeln eines Radios im Hintergrund wahr. Er widmet seine Aufmerksamkeit wieder der Fliege auf seiner Hand.

Joan hebt den Blick, unterbricht die Ausführungen und schüttelt den Kopf. »Interessiert dich das etwa nicht?«

»Ist sie nicht faszinierend? Die große Sarcophaga. Die Menschen verachten sie als Schädling und Ungeziefer. Dabei ist sie ein Wunderwerk der Schöpfung.« Melvin dreht die Hand und betrachtet den metallglänzenden Panzer, der in einem mystischen Grün schimmert. So außergewöhnlich wie ein seltener Smaragd, der - je nach Betrachtungswinkel - auch einen Blauton zu erhaschen vermag, und die glänzende Körperhülle, die zwischen verschiedenen Farbennuancen changiert.

Melvin führt die Hand näher zum Gesicht, während die große Fliege seelenruhig ihre scharfen Mundwerkzeuge putzt und er sie in seinen Gedanken bewundert. Ihren riesigen hellwachen Augen entgeht nichts. Sehorgane in der Form von Kristallen, die ein Wunder der Wahrnehmung sind, die die ganze Dominanz der Millionen Jahre alten Evolution der Insekten zum Vorschein bringt. Nichts entgeht ihnen. Weder Zeit noch Raum. Der schnellste Reflex, zu dem ein Säugetier imstande ist, ist für die schwarze Todesfliege - wie alte Kulturen sie noch nannten - nicht mehr als ein Standbild.

Melvins Gedanken verfallen in einer Bewunderung, die beinahe einer Vergötterung für das Wesen auf seiner Hand gleicht.

Totes organisches Gewebe kann sie aus kilometerweiter Entfernung ausfindig machen, mit einem Wahrnehmungsapparat, von dem Menschen nur träumen können.

Melvin schaut kurz zu Joan. Sie scheint seine Bewunderung nicht zu stören. Oder doch? Denn sie sitzt mit verschränkten Armen vor ihm. Nun lässt Melvin Joan an einer Bewunderung teilhaben, während er die Fliege weiter betrachtet.

»Ein ausgeprägtes Sozialverhalten. Meister der Fortpflanzung, Überlebenskünstler im Schaffen von neuen Lebensräumen. Anpassungsfähig. Das Fehlen eines individuellen Charakters lässt sie erstrahlen in einer dunklen Schönheit, wo weder Reue oder Schuld sie aufhalten können. Kein Moralempfinden oder die Notwendigkeit, Entscheidungen abzuwägen. Dennoch beherrscht, aber rücksichtslos im Verteidigen der eigenen Art, und das schon lange bevor es uns Menschen gab.« Melvin richtet sich auf dem Bett auf und öffnet das Fenster einen Spalt, worauf das Insekt mit einem Summen nach draußen verschwindet. Er schließt das Fenster und setzt sich auf die Bettkante.

»Sie wurde unruhig und hat draußen Nahrung gewittert.« Melvin schaut über seine Schulter zum Fenster, ehe er seinen Blick Joans rätselhaftem Gesichtsausdruck zuwendet

Beide lächeln sich an und Joan nickt bestätigend mit dem Kopf. »Hübsches Haustier. Das sagte mir die Frau Doktor bereits, dass du eine Vorliebe für Fliegen hast.«

»Die hatte ich schon immer. Besonders als Kind. Aber über die Jahre ist die Bewunderung und Fähigkeit abhandengekommen. Ich habe sie jetzt erneut entdeckt, diese Leidenschaft diesen Geschöpfen gegenüber.«

Joan schaut irritiert. »Verstehe, aber du sagtest ›Fähigkeit‹?«

»Ja«, sagt er bestimmend. »Ich kann … mit ihnen … Ach, lassen wir das. Ich weiß auch nicht, wie ich es ausdrücken soll.« Verlegen fasst er sich in den Nacken und senkt dabei den Kopf.

»Da du mir eben nicht zugehört hast, lasse ich dir die Prospekte der Wohneinrichtung hier, dann kannst du sie dir mal anschauen.«

»Wenn du acht Jahre in einem fünf Quadratmeter Betonbunker gelebt hast, in dem nur eine Kloschüssel an die Wand geschraubt ist, dann ist dir jedes Dach über dem Kopf recht.«

»Mel, sei ein kleines bisschen dankbar.«

»Dankbar … Aha. Dankbar dafür, dass die Ärzte mich über Jahre hinweg mit Chemie vollgedröhnt haben, mir bei der kleinsten Lappalie eine Betonspritze verpasst wurde, die mich…«

»Ich weiß, was Betonspritzen sind. Sie wirken direkt auf die Synapsen und machen einen rede- und laufunfähig«, ergänzt Joan, während Melvin genervt die Augen verdreht und fortfährt.

»… wie ein wildes Tier auf eine Bahre schnallen. Die harte Übergriffigkeit der sogenannten Pfleger, die arroganten Demütigungen der Anstaltsleitung, hier mit einem Haufen Irrer eingesperrt zu sein, … das letzte bisschen Ehre und Würde zu verlieren.« Ein wenig außer Atem von seiner Wutrede sackt Melvin in sich zusammen und drückt die Handflächen in seine tiefen Augenhöhlen.

»Mel, ich kann dich verstehen. Aber egal, was war, ich bin hier, um dir zu helfen. Es hätte alles viel schlimmer kommen können.«

»Was denn?« Melvins Kopf schnellt aus den Händen nach oben.

Der Satz »Du hättest tot sein können« oder eine erneute Schuldzuweisung »Du hast einen Menschen fast umgebracht« liegt Joan wahrscheinlich auf der Zunge, so wie sie Melvin anschaut, aber sie möchte es wohl zurückhalten, da diese Äußerung in ihm eine unkontrollierbare Emotion hervorrufen könnte. Sie holt tief Luft. »Du hast noch mal eine Chance bekommen und wirst bald entlassen, das ist doch alles, was zählt, oder?«

»Ja, ich weiß.« Melvin beruhigt sich zunehmend.

»Hast du Lust auf einen Kaffee?«, fragt Joan und plötzlich sieht Mel wieder diese zauberhafte Verspieltheit in ihren wilden Augen, eine Mischung aus Sinnlichkeit und Verruchtheit, die ihn jedes Mal elektrisiert.

Melvin räuspert sich. »Der Kaffee vom Automaten ist übel. Ist eine Cola auch in Ordnung?«

Joan steht auf und nickt ihm lächelnd zu. Beide verlassen Zimmer 012 und gehen in den Aufenthaltsraum.

or Kurzem war es mir noch egal, aber je mehr ich darüber nachdenke, glaube ich, dass es mir schwerfallen wird, fortzugehen.« Melvin nimmt einen Schluck und rollt die Coladose in den Händen hin und her.

»Du hast Freundschaften geschlossen, richtig?«, fragt Joan.

Melvin nickt bejahend.

»Du kannst sie jederzeit besuchen, Mel.«

»Das werde ich auch. Basil und Joschi werde ich schon vermissen. Zu den restlichen Leuten habe ich so gut wie gar keinen Kontakt. Aber sag mal, habe ich das richtig? Sobald ich rauskomme, muss ich einen Job antreten?«

»Wer hat dir das denn erzählt?«

»Doktor Tondra.«

»Nun, ich sage es dir mal ganz direkt: Dies ist wichtig, um deinem Tag eine Struktur zu geben, und auch wichtig für ein stabiles Selbstwertgefühl.«

Melvin setzt die Dose etwas kräftiger auf den Tisch, sodass einige Spritzer der braunen Flüssigkeit aus der Öffnung schwappen. »Joan, bitte komm mir jetzt nicht mit diesem pädagogischen … therapeutischen … was weiß ich Blabla. Klartext, ich soll einen Job antreten?«

»Das ist ein Teil der Wiedereingliederung.«

»Wiedereingliederung in was? In die Gesellschaft, die mich bisher nur mit Füßen getreten und mich keines Blickes gewürdigt hat, wenn ich bettelnd in einem vollgepissten Treppenhaus saß?«

»Mel, bitte mach es mir nicht so schwer. Soweit ich weiß, gehört Arbeitstherapie auch hier ins Programm. Also betrachte es einfach als das. Wöchentlich fünfzehn Stunden in einer gemeinnützigen Einrichtung.«

Melvin leert die Dose, zerdrückt sie und lässt sie lieblos auf den Tisch fallen.

»Meinetwegen«, schnaubt Melvin und wendet seinen Blick seitwärts ab.

Er grübelt. Vielleicht ist es ja tatsächlich ein Neustart für ihn, obwohl er es sich nicht vorstellen kann, den offiziellen Weg zu gehen, den alle da draußen gehen. Arbeiten, Geld verdienen, Geld ausgeben, Rechnungen bezahlen, um existieren zu können. Mit diesen Mitläufern möchte Melvin keinen Stallgeruch haben und bisher kam er ja auch mehr oder weniger gut zurecht. Sein Leben Nummer Eins hatte natürlich gewisse Risiken. Keinen Stoff zu bekommen, das quälende Geschnatter in seinem Gehirn durchzumachen, von einem Dealer nach der Geldübergabe abgestochen oder von den Jungs in Blau eingesperrt zu werden. Der Lebensinhalt war lediglich ein anderer. Von einem Araber im Hoodie mit Goldkette ein blaues Tütchen, welches er aus dem Bund seiner Jogginghose holte, einzutauschen gegen die allerletzten Scheine, die Melvin sich hart erbettelt und gestohlen hatte auf der Straße. Dabei das zusätzliche Risiko, bei dem er nie wusste, ob dieser kleine Wichser ihm Beize, Rattengift oder Baustaub verkauft hatte. Vielleicht wäre es für Melvin, wenn er seine Vergangenheit rückbetrachtet, doch nicht verkehrt, sich ein neues Lebensmodell anzuschauen. Was bleibt ihm auch anderes übrig?

Und während er starr auf die Tischplatte schaut, durchläuft eine Vision seinen verwirrten Kanal unter der aufgeweichten Schädeldecke.

Irgendetwas mit Hochzeit, mit blumengeschmückter Limousine, fliegendem Konfetti. Er in einem akkuraten Maßanzug und an seiner Hand:

Joan Ann Parker in einem weißen Kleid, für das jeder Mann sterben würde.

Ein wunderschönes Einfamilienhaus, Papa kommt von der Arbeit. Joan und die Kinder nehmen Melvin in den Arm, sie sagt ihm, er sei der tollste Ehemann und Vater, den sie sich vorstellen könne, und ihm bleibt nicht mehr, nicht weniger als zu sagen ›Ich liebe dich, Baby‹, während er ihre schwulstigen Narben im Gesicht liebkost und ihre starken Hände an seinem Körper fühlt.

Melvin schaut aus seinem Zimmerfenster und beobachtet Frau Dr. Tondra, die über den Vorhof gelaufen kommt und sich mit einem Schirm gegen ein paar Regentropfen zu schützen versucht.

Es klopft an Melvins Zimmertür.

»Ja«, ruft er genervt, worauf sich der Pfleger durch den Türspalt meldet.

»Du hast gleich einen Termin bei der Frau Doktor, denk bitte daran.«

Melvin glaubt, jeder halte ihn nicht nur für schwachsinnig, sondern auch für vergesslich, obwohl Vergesslichkeit auch ein Segen sein könnte.

»Ich komme gleich.« Er rollt sich aus dem Bett und verlässt das Zimmer, geht durch den Flur, an dessen Ende der Behandlungsraum ist, in dem Frau Dr. Tondra auf ihn wartet.

Er wird sich jetzt nicht anmerken lassen, dass er den Grund erahnt, warum er heute zum Gespräch gebeten wird. Seine Entlassung rückt immer näher und er will sie nicht gefährden, aber er hat dennoch Bedenken.

Das Eingesperrtsein und die bevorstehende Freiheit.

Die Angst vor dem Leben, welches vor diesen Mauern stattfindet, bereitet ihm genauso viel Unbehagen wie das Leben hinter Betonwänden und Gitterstäben.

Wenige Meter vor dem Behandlungsraum geht die Tür auf und Vargas kommt ihm in Begleitung von einem Pfleger entgegen. Vargas lässt die Tür hinter sich zufallen und schenkt Melvin den verwirrtesten Blick, den er seit langer Zeit gesehen hat. Er nuschelt irgendwelche unverständlichen Wörter und klingt wie ein verstopfter Staubsauger. Melvin glaubt, er flucht.

Er zuckt mit seinen hängenden Schultern, während Melvin weiterhin kein Wort versteht, und mustert diesen armen Kerl von oben bis unten. Seine tätowierten Schriftzeichen am Hals sind die letzten sichtbaren Relikte aus seiner kriminellen Vergangenheit als Pate der Bukarester Unterwelt. ›Wie doch eine Überdosis Heroin, die seinen Verstand ins Nirwana verabschiedet hat, aus einem gefürchteten Gangsterboss ein verwirrtes Riesenbaby machen kann, das nun Seniorenwindeln vollmacht‹, denkt Melvin.

Dahingegen hat er noch ein glückliches Los gezogen und konnte dem Gehirntod durch Drogen so eben noch entkommen. Melvin geht einen Schritt zur Seite und guckt weg. Vargas grummelt und nuschelt weiter vor sich hin und watschelt behäbig davon.

Melvin betritt nun das Zimmer und sieht Dr. Tondra an dem runden Tisch in der Ecke des Raumes sitzen, die ihn fröhlich anstrahlt, als würde sie ihm gleich alles Glück dieser Welt verkünden. Sie macht sich noch ein paar Notizen - wahrscheinlich zu Vargas - und schaut über ihren Brillenrand zu Melvin herüber.

»Hallo Herr Aronovski, schön, dass Sie gekommen sind. Bitte setzen Sie sich doch.«

Ratlos schaut Melvin ihr entgegen. Frau Dr. Tondra ist Melvin noch nie sehr sympathisch rübergekommen. Ebenso wie Professor Rezcak es auch nicht ist. Frau Doktors Gerede, welches Melvin als autoritäres und arrogantes Gehabe wahrnimmt, wirkt wie eine ansteckende Krankheit, deren Symptome Übelkeit und Abneigung hervorrufen.

Dr. Tondra ist eine mondäne Frau, legt Wert auf ihr Äußeres und auf gute Manieren. Sie trägt eine rotgefärbte Kurzhaarfrisur, rote Brille, welche in Kombination mit der Schminke und dem Lippenstift ihr

Alter vertuschen und eine Stilsicherheit suggerieren soll. Ein Trommelfeuer aus negativen Gedanken hagelt auf ihn ein, während er sie anschaut.

›Dieses alte Huhn hält sich für etwas Besonderes, ich glaube, ich hasse sie. Sie ist wohlhabend, hat wahrscheinlich ein schickes Haus und dazu noch einen reichen Sack zu Hause auf der Couch liegen, mit dem sie zusammen bei einem unverschämt teuren Glas Wein anmaßende Witze über ihre Patienten macht, die nicht zu dieser hochdekorierten sozialen Elite zählen und von ihnen den Stempel des Prekariats erhalten.‹

»Und wie gehts Ihnen?« Sie drückt auf den Kugelschreiber, legt ihn weg, klappt ihr Büchlein zu und schaut ihn aus ihrem faltigen Gesicht an, das mit mehr Make-up überzogen ist als jeder Rohbau mit Spachtelmasse.

»Ganz okay.«

»Bald werden Sie entlassen. Wie fühlt es sich an, Herr Aronovski?«

Melvin zuckt mit der rechten Schulter. »Entlassen … Ich komme ja erst mal da in diesen Wohnknast.«

»Das ist kein Wohnknast, Herr Aronovski, ich bitte Sie. Das ist ein betreutes Wohnen nach modernen Standards mit nettem und qualifiziertem Personal.«

»Und was ist, wenn ich das Leben da draußen nicht mag?«

Sie beantwortet die Frage nicht und kommt nochmals auf den Punkt. »Ehrlich gesagt bereiten mir Ihre Wahnvorstellung mit diesem Mädchen, dieser Lea, noch Sorgen. Die Symptomatik Ihrer Schizophrenie mit den einhergehenden Trugbildern und die suizidalen Impulse sind ja auch ein wesentlicher Teil Ihres Therapieprogrammes. Aber dass Sie halluzinieren, sehe ich nicht als kritisch, um Sie wiedereingliedern zu können.«

Melvin sagt gar nichts. Dass sie ihm nicht glaubt, findet er anmaßend und schwört sich in diesem Augenblick, ihr nichts mehr von Lea zu erzählen. Soll diese Frau Doktor doch glauben, was sie will. Die Abneigung ihr gegenüber ist wieder da und er hat Schwierigkeiten, ihrem Blick standzuhalten.

»Ich … Ich habe Lea lange nicht mehr gesehen«, antwortet Melvin mit einer unsicheren Stimme und wendet seinen Blick ab.

Ungläubig schaut die Frau Doktor ihn über den Brillenrand an. »Ich habe Ihre Ergebnisse aus den letzten Gesprächen mit uns beiden ausgewertet und denke, Sie sind bald bereit.« Ein unechtes Lächeln durchzuckt ihre geschminkte Maske.

›Das hört sich so an, als hätte sie ein Auto repariert, das jetzt wieder für die Straße zugelassen werden kann‹, denkt Melvin.

»Ich habe noch mal über einen stationären Klinikaufenthalt nachgedacht, aber ich denke, eine ambulante Therapie könnte auch zielführend sein, um dieses Störungsbild zu bearbeiten.«

»›Störungsbild‹ nennen Sie das?«

»Ja, Herr Aronovski. Diese Erscheinung ist eine Einbildung Ihres Geistes, darüber haben wir doch schon oft gesprochen«, antwortet sie sachlich und bestimmend.

»Und dass meine Eltern abgeschlachtet wurden, wollten Sie mir auch lange Zeit als Wahnvorstellung verkaufen, als Einbildung. Oder wie nannten Sie das?«

»Ich wollte Sie und Ihre Psyche schützen, Herr Aronovski.«

Melvin steht auf und umfasst die Stuhllehne.

»War es das, Frau Doktor?«

»Bitte setzen Sie sich noch mal, ein paar Dinge müssen wir noch besprechen.«

»Aber machen Sie es kurz.« Melvin nimmt wieder Platz und zählt die Minuten, bis er endlich von dem Gequatsche der Frau Doktor erlöst sein wird.

Die Kronen der Kastanien werfen durch den herrschenden Wind immer mehr Blätter ab und zwischen den Ästen pfeift die erste melancholische Herbstsinfonie. Der Himmel deckt sich in ein weites Dunkelblau, eingefärbt von einem dezenten orangenen Ton der Abendsonne.

Melvin nähert sich Basil, der betrübt den fliegenden Blättern hinterherschaut, die wie eine verlorene Hoffnung davonziehen, die nie wieder zurückkommen wird. Er richtet die Strickmütze zurecht und schaut herüber zu Melvin, der sich ihm nähert.

»Ich dachte schon, du vergisst deinen alten Freund, bevor du gehst«, sagt Basil, als Melvin neben ihm auf der Bank Platz nimmt.

»Wie könnte ich das, Basil.«

Der alte Grieche stößt ihn leicht mit dem Ellbogen an.

»Weiß ich doch, Junge.«

»Verdammt, dich werde ich echt vermissen«, bricht es aus Melvin heraus und er spürt ein leichtes Stechen in seinen Augen, welches den Abschied ankündigt.

»Ich freue mich für dich und wir werden uns ganz bestimmt wiedersehen.« Er tätschelt Melvins Knie, faltet anschließend die Hände ineinander und richtet den Blick nach vorne.

»Acht Jahre bin ich weggesperrt. Zwei Jahre davon in dieser Drogenanstalt und sechs Jahre hier. Es fühlt sich an wie ein andauernder achtjähriger Elektroschock, diese verlorene Zeit, und unter uns gesagt: Mir geht es weiterhin irgendwie beschissen.«

»Das wundert mich nicht. Was hier geschieht, ist nicht zweckdienlich.«

»Was meinst du damit, Basil?«

»Der Versuch, in einer Klinik wie dieser Menschen zu helfen. Der Mensch trägt die Sünde tief in sich, das kann man nicht einfach wegtherapieren oder wegpsychologisieren. Wir können die Frage der Schuld vor Gott nicht verleugnen. Diese Welt ist geschaffen für unreine Seelen. Ein Testgelände, auf dem wir zur Erkenntnis kommen sollen, um nichts anderes geht es hier.«

»Ich glaube auch, dass der Mensch rein gar nichts versteht.«

Basil zupft am buschigen Bart.

»Der Mensch … Wir leben heute in einer Welt, in der niemand an die Sünde oder das Jüngste Gericht glaubt. Und dennoch fragen wir uns, was nicht mit uns stimmt, und wir wissen, dass wir unrein sind. Warum wir morden, vergewaltigen, stehlen, überheblich und unbesonnen sind. Aber ich mache den ganzen Tiefschläfern und Nichtgläubigen keinen Vorwurf da draußen. Bevor ich hier hinkam und durch Leid geläutert wurde, war ich ebenfalls einer von ihnen.«

Melvin schaut in das gefasste Gesicht des alten Griechen und erinnert sich an ein Foto, welches Basil ihm einmal gezeigt hat, auf dem er aussah wie ein anderer Mensch. Glattrasiert, kurze Haare, weiche Gesichtszüge. Sein Schicksal hat Spuren hinterlassen und ihn verändert, von innen nach außen.

Melvin denkt selber oft darüber nach, ob Menschen nicht aus diesem Grund auf Erden sind, um sich zu verwandeln, oder mit Basils Worten: Um der Mensch zu werden, der er sein könnte.

»Aber Mel, kann es sein, dass dich momentan etwas bedrückt? Ich sehe dir an, dass etwas nicht stimmt.«

Melvin knetet verlegen die Hände und beißt auf seine Lippe.

»Mir machst du nichts vor, aber es ist okay, wenn du nicht darüber reden möchtest.«

»Basil … mein Freund … das ist der eigentliche Grund, weshalb ich dich unbedingt noch mal sehen wollte. Versteh mich nicht falsch, ich hätte dich eh noch mal …«

»Spuck's aus, Junge, ist schon okay. Wir sind Freunde«, unterbricht Basil und legt eine Hand auf Melvins Hände.

Ein kurzes Schweigen tritt ein und eine leichte Windböe wirbelt einige Blätter vor ihren Füßen auf.

»Basil, du bist der Einzige, mit dem ich darüber reden kann. Ich bin mir sicher … Ich meine, … Ich glaube, …«

»Ja?«

»… dass der Mörder meiner Eltern noch lebt und da draußen ist.«

B asil fasst an seinen Rücken, legt den Zopf zurecht, schnaubt aus Mund und Nase.

»Okay, … aber erinnere ich mich recht, dass der Mörder damals gefasst wurde?«

»Ich habe nie daran geglaubt. Der Mann, den die Polizei verhaftet hat, war nicht der, dem ich damals ins Gesicht gesehen habe.«

»Aber warum erzählst du es mir erst jetzt? In all den Jahren hast du nie darüber gesprochen.« Basil dreht sich auf der Bank seitwärts zu Melvin.

»Ich war ein siebenjähriges Kind und ich wurde nie befragt. Jedenfalls träume ich heute noch von diesem Mann, als ich ihn sah, nachdem er meine Eltern getötet hatte.«

»Aber Melvin, was willst du mir damit sagen? Warum erzählst du mir das?«

»Wie eine lebende dürre Leiche in einem weißen Gewand und einer blassen Haut.« Melvin schaut zu den Baumwipfeln.

»Ich frage nochmals: Was willst du mir damit sagen?«

»Das war kein Mensch …«

»Hey Junge, rede mit mir.« Basil stupst ihn an.

»Ich muss ihn finden.«

Ungläubig schüttelt Basil den Kopf.

»Und ich werde ihn finden.« Entschlossen schaut Melvin seinen Freund an.

»Du willst Rache? Ist es das?«

»Es ist mehr als das. Er hat mir meine Kindheit, meine Eltern, meine Vergangenheit und meine Zukunft genommen. Manchmal glaube ich, er hat mich damals auch getötet. Ich bin schon längst tot, Basil.« Eine Träne formt sich in Melvins geröteten Augen.

»Vergeltung, ja? Dann hast du nichts von dem verstanden, was ich dir gesagt habe in all den Jahren. Rache ist Gift. Es verseucht deinen Geist und gaukelt dir vor, du müsstest den Lauf der Dinge bestimmen. Lass das Böse nicht in dir siegen. Lass los und gib es in seine Hände.« Basil schaut auf in die grauen Wolken über ihnen.

»Ich muss es tun. Ich verspüre einen Ruf, der mich auf seine Fährte lockt. Er tötet weiterhin und niemand kann ihn aufhalten.«

Resigniert schaut Basil zu Boden und lässt die sehnigen Finger durch seinen weißen Bart gleiten.

»Nun, du weißt, auf was du dich dort einlässt? Ich sehe dort großes Unheil und mich überkommt ein Schauer, wenn du davon sprichst.«

»Er ist ein Monster. Ich glaube, er kommt direkt aus der Hölle, und ich glaube, nur ich kann ihn stoppen, nur ich.« Melvin fasst an sein Herz und schließt seine tränenden Augen.

»Melvin, ich spüre das absolut Böse, wenn du von ihm sprichst. Ein psychopathischer Killer, der keine Gnade kennt. Ich habe Angst um dich. Lass die Sache ruhen, hör auf mich.«

Melvin spürt Basils beruhigende Hand auf seiner Schulter, aber seine Mahnungen und Worte sind ihm in diesen Moment fern.

»Ich werde ihn finden … Ich muss ihn finden.«

»Ich bin bei dir und denke an dich, solltest du diesem Satan gegenüberstehen. Aber Melvin, warum hast du mir in all den Jahren nie davon erzählt?«

»Weil … weil es mir nicht leichtfällt, mit jemanden darüber zu reden. Und ich konnte natürlich nicht …«

»Ich weiß«, unterbricht ihn Basil, »mit den Weißkitteln da hinten konntest du ganz bestimmt nicht darüber reden, das ist mir klar. Sie hätten dich ansonsten niemals entlassen.«

»Niemals darf der Professor von meinen Rachegedanken erfahren. Und ich war auch erst jetzt bereit, mit dir darüber zu reden.«

»Ich danke dir für dein Vertrauen, mein Junge. Alles hat seine Zeit, dennoch möchte ich dir nochmals meine großen Bedenken mitteilen, ob dies der richtige Weg ist. Du begibst dich in Gefahr. Lass die Sache ruhen und genieße deine Freiheit … und den Frieden.«

Mit einem verneinenden Kopfschütteln steht Melvin auf und streicht Basil über die Schulter.

»Freiheit und Frieden werde ich erst dann finden, wenn diese Bestie bezahlt hat.«

Basil steht ebenfalls auf und nimmt Melvin in die Arme. Hemmungslos weint Melvin an Basils Schulter und weiß, dass er dieser Bürde nicht entgehen kann, erneut das Tor zur Hölle zu betreten und den Mörder seiner Eltern nach zwanzig Jahren wiederzusehen.

»Ich mag dich, Junge, und viel Glück bei deiner gefährlichen Odyssee.«

Der alte Grieche küsst ihn auf die Stirn und flüstert ihm gute Worte zu, die Melvin durch eine ungewisse Zeit sicher tragen sollen, während der Wind seinen eisigen Atem über sie entleert und eine Schar Blätter um ihre Häupter jagt.

Melvin steht mit Joan im Flur vor Professor Reczaks Büro. Reczak bittet sie beide in sein Arbeitszimmer.

»Schön, dass Sie sich noch mal Zeit genommen haben, Frau Parker, Herr Aronovski. Bitte sehr.«

»Guten Tag, Professor Reczak.« Joan zieht die Tür hinter sich zu.

Beide setzen sich seitlich an den Schreibtisch, der in der Mitte des Zimmers steht. Der Professor zieht an seinem Schlipsknoten und legt anschließend in erwartender Haltung die gefalteten Hände auf den Tisch.

»Guten Tag, Professor Reczak.«

»Und? Sind Sie bereit für den Auszug?«

Melvin zögert und Joan antwortet für ihn. »Alles ist vorbereitet und organisiert. Das Appartement in dem Wohnheim ist bereit für den Einzug und ich denke, es wird Melvin gefallen.« Mit strahlenden Augen schaut Joan seitlich zu Melvin, der keine Miene verzieht.

»Sehr schön, Frau Parker.«

»Wir sind ja auch so weit klar, Herr Professor.«

»Natürlich, aber bitte immer wie vereinbart pünktlich die Fortschrittsberichte mir zukommen lassen.«

»Selbstverständlich«, erwidert Joan.

Argwöhnisch schaut Melvin zu Reczak, da solche fachlichen, formalen Äußerungen ihn auf den Stellenwert eines Labortieres herunterreduzieren. Und nach seiner Einschätzung bleibt er es auch in den Augen des Mannes im weißen Kittel.

»Die Akte, die psychologischen und therapeutischen Gutachten, übergebe ich Ihnen gleich in doppelter Ausführung, Frau Parker.«

»Okay, Herr Professor.«

»Und hinsichtlich der ambulanten Therapie für Herrn Aronovski müssen wir mit Ihnen noch Termine vereinbaren.«

Melvin brummt auf zur Bestätigung, während Joan zustimmend nickt.

Der Professor und Joan reden über verschiedene Dinge und Melvin hat sich längst ausgeklinkt. Lässt seinen Blick über den großen Schreibtisch gleiten, auf dem akribische Ordnung herrscht - bis auf einen kleinen Stapel Bücher und zwei Aktenordner.

Am Tischrand rechts von Melvins Sichtfeld liegt eine zusammengefaltete Tageszeitung. Melvins Blick wird gefasster, als er die Wörter *Mord* und *Familie* in großen Lettern erkennt. Er beugt sich nach vorne, zieht die Zeitung zu sich heran und schlägt sie auf.

Sein Atem stockt und erneut jagt der Puls in die Höhe.

Mord an vermisster Familie immer wahrscheinlicher. Darunter in kleinerer Schrift: *Polizei hat noch immer keine Spur von der Familie aus Österreich.* Ein Schwarz-weiß-Foto des Wohnmobils der Familie mit den endlosen Nadelwäldern im Hintergrund. *Der leitende Kriminalkommissar Inspektor Csaba geht davon aus, dass es sich um ein Verbrechen handelt.*

Melvin liest konzentriert weiter und zieht den Bericht näher an sein Gesicht, als ihn plötzlich der Professor anspricht. »Was sagen Sie dazu?«

Melvin reagiert nicht auf Reczak und liest weiter.

… Die Suchmannschaft wurde verstärkt und auch der Radius wurde erweitert, in dem sich die Familie aufhalten könnte … Ein Augenzeuge hat sich gemeldet, der die Familie in Wanderkleidung am Stanovapass gesehen hat …

»Herr Aronovski!« Der Professor ist diesmal etwas lauter und auch Joan spricht ihn an.

Melvin hebt den Blick. »Was … Was ist?«

»Du bist total bleich im Gesicht«, sagt Joan.

Der Professor mahlt mit dem Unterkiefer und schaut genervt zur Decke.

»Legen Sie bitte die Zeitung weg und versuchen Sie wenigstens, uns zuzuhören. Es betrifft ja schließlich Sie.«

Wie ein glühendes Eisen wirft Melvin die Zeitung zurück an die Stelle, an der sie gelegen hat. Melvin spürt Joans Blick auf sich ruhen, er reagiert nicht.

Prof. Reczak und Joan unterhalten sich noch ein wenig und Melvin wartet auf die hoffentlich baldige Verabschiedung. Das Telefon klingelt und der Professor hebt ab, schiebt seinen Jackettärmel zurück und schaut auf die Armbanduhr. »Okay, bin gleich da.« Dann wendet er sich Joan zu. »Frau Parker, wir müssen leider unser Gespräch beenden. Ich würde es begrüßen, wenn wir uns morgen nochmals kurz sehen könnten, dann gebe ich Ihnen die Akte mit, okay?«

Alle drei stehen auf, der Professor knöpft den Kittel zu und reicht beiden die Hand. Die drei gehen zur Tür, als Melvin plötzlich an dem Gemälde stehen bleibt, welches gegenüber der großen Bücherwand hängt.

Unübersehbar und zentral im Raum an der Wand positioniert befindet sich ein mannsgroßes Gemälde in einem breiten rotbräunlichen Holzrahmen, auf dem verschnörkelte Verzierungen eingraviert sind. Das Gemälde fasziniert Melvin seit Beginn, als er das Arbeitszimmer des Professors zum ersten Mal betreten hat. Ein großer muskelbepackter Gigant füllt das Bild aus, wie er oft in der Mythologie oder in Sagen vorzufinden ist. Eine imposante Gestalt, die das übermächtige Männliche symbolisieren soll, steht mit erhobenen Armen vor einem tosenden See, im

Hintergrund ein Blitz, der das dunkle Wasser hell erleuchtet. Der Riese steht auf einem Felsen und unter ihm kauert eine Schar von Leuten mit angsterfüllten Gesichtern, die ehrfürchtig zu ihm hinaufschauen.

Auf Anhieb erkennt Melvin eine Frau in einem weißen Gewand, die schützend ihr Baby in den Armen hält, neben ihr ein bärtiger alter Mann mit gefalteten Händen und einem Jüngling, der ebenfalls kniend zu dem furchterregenden Koloss hinaufschaut. Melvins Blick wandert entlang der von dicken Adern durchzogenen gewaltigen Gliedmaßen, über seine Brustmuskeln, über die breiten Schultern bis zu seinem Haupt, wo Melvin erst bei genauerem Hinsehen auffällt, dass der Riese zwei Gesichter hat. Die Vorderseite des Kopfes ziert eine mit Fangzähnen bespickte Dämonenfratze, während am Hinterkopf das unschuldige, sanfte Gesicht eines Engels erkennbar ist.

Melvin streckt den Arm aus und fühlt über die poröse und unebene Oberfläche des Ölgemäldes, die durch keine Glasscheibe geschützt ist.

»Bitte nicht berühren«, ruft der Professor und kommt herbeigeeilt, als würde Melvin sich gerade an einem Tresor zu schaffen machen.

»Ich bitte Sie.« Schützend hält Reczak eine Hand vor das Kunstwerk. »Herrschaftszeiten, nicht daran rumfingern, Herr Aronovski«, wiederholt er erneut, diesmal in einem leicht ungehaltenen Tonfall. »Das ist ein Original eines spanischen Künstlers namens Ariel Ortiz. Spätes 17. Jahrhundert. Das ist ein Teil aus meiner Privatsammlung, welches ich hier aufgehängt habe.«

Joan kommt zu den beiden, stellt sich neben den Professor und schaut ebenfalls auf das Gemälde, wobei ihr Blick wohl sofort an den furchteinflößenden Kopf mit den zwei Gesichtern hängen bleibt. So kommt es Melvin vor.

»Faszinierend, oder?«, staunt Reczak vor sich hin. Er bewundert die Leinwand, als würde er das Bild zum ersten Mal sehen, und lässt seinen leidenschaftlichen Blick entlang des dunkeln Farbarrangements des Bildes wandern. Der Professor verliert sich nun ebenfalls in die funkelnden Augen des Dämon-Antlitzes, welches wutentbrannt hinunter auf die Menschen zu seinen Füßen schaut, während das unschuldige Engelsgesicht am Hinterkopf verträumt in den finsteren Himmel blickt.

»Der Januskopf«, flüstert Joan vor sich hin, worauf Professor Reczak anerkennend die Augenbrauen hebt und sie kurz mit einem Blick tangiert.

»Sie überraschen mich immer wieder, Frau Parker. Ganz recht. Dies stellt den Janus dar, den Sohn des Saturnus.«

»Eine wichtige Symbolisierung, gerade für die Psychologie«, ergänzt Joan.

Melvin beobachtet sie. Sie empfindet wohl einen Anflug von Demut vor den lebendigen Gesichtszügen des Ungetüms auf diesem prächtigen Werk vor ihr, geht ihm durch den Kopf.

»Einer der ältesten Götter der Mythologie. Der Gott mit den zwei Gesichtern, die Zwietracht von Gut und Böse. Das Ambivalent von jeglicher Essenz, sei es Materie oder die menschliche oder animalische Lebensform.«

»Licht und Schatten, Leben und Tod: Alles hat seine zwei Seiten, Herr Professor«, ergänzt Joan.

»So ist es, so wie der Mond seine beiden Seiten hat, so auch der Mensch, wenn die Nacht kommt und sein Schatten sich zeigt, den niemand leugnen kann.«

Gleichzeitig schauen Melvin und Joan zum Professor, der wie besessen seinen Blick nicht von den Augen des mächtigen Januskopfes lösen kann und dort einige Momente verweilt.

»Also, Frau Parker, nun frage ich Sie: Ist der Janus ein Mörder oder ein Friedensstifter?«

»Ich denke …« Joan schaut für einen Moment nachdenklich zu Boden »Er ist beides, Herr Professor.«

Ihre Blicke treffen sich.

Reczak antwortet bedacht und reibt die Hände aneinander. »Er ist das, für was er sich entscheidet: das abgrundtief Böse oder die himmlische Liebe. So wie wir auch entscheiden können, welcher der beiden Seiten wir dienen möchten, sehr geehrte Frau Parker.«

»Ich … habe mich gerade für eine Seite entschieden, Herr Professor.«

»Oh ja, das sollten Sie.« Reczak antwortet mit einem Lächeln, das Mühe hat, seine Augen zu erreichen. »Gut, dann wäre es das fürs Erste, ich danke Ihnen für Ihre Zeit.« Der alte Professor zurrt sein Jackett zurecht.

»Alles klar, Herr Professor, ich melde mich morgen bei Ihnen, dann gucken wir, wann es passt.«

»Dankeschön, Frau Parker, und nochmals Verzeihung, aber nun muss ich wirklich los.«

»Kein Problem, ich danke Ihnen.«

Joan verlässt mit Melvin das Zimmer des Professors, gefolgt von dessen Blick.

Der eilende Professor ist bald außer Sicht in dem holzgetäfelten Flur, da berührt Joan Melvins Arm. »Sag mal, was war eben los?«

»Was meinst du? Weil ich das Gemälde angefasst habe?«

»Nein, doch nicht das. Als wir dort saßen und du den Zeitungsbericht gesehen hast.«

»Ach nichts.« Melvin schaut verlegen weg und meidet Joans Blick.

»Nein, Mel, dich hat eben etwas besonders betroffen gemacht. War es ein bestimmter Bericht, der in der Zeitung steht? Was hat dich dort so berührt.«

»Lass mich bitte in Ruhe.«

»Und auch zuletzt bei den TV-Nachrichten im Aufenthaltsraum, da warst du auch so komisch und bist einfach weggelaufen.«

»Joan … lass mich bitte in Ruhe. Ich weiß nicht, was du meinst.«

»Rede doch einfach mit mir.«

»Es gibt nichts zu sagen.«

»Diese Familie, die vermisst wird … Ist es das? «

Melvin beugt sich nach vorne und schaut Joan gefasst in die Augen.

»Ich sagte, ich möchte nicht darüber reden, es ist nichts, Joan.«

Schnellen Schrittes geht Melvin an ihr vorbei Richtung Treppenhaus und lässt Joan ratlos im Korridor zurück.

Eine frische Böe treibt den eisigen Wind aus den Bergen in die umliegenden Dörfer und kündigt ungemütliche Tage und Nächte an. Mit einem unerbittlichen Jaulen und Heulen stürmt er über den Vorhof vom Zeduri Pace und bläst unzählige Blätter aus den alten Kastanienbäumen.

Nicht mehr lange und Melvin wird entlassen. Als psychisch stabil eingestuft, seine Haftstrafe abgesessen und bereit, am Leben der anderen da draußen in der Gesellschaft teilzunehmen. Erst mal unter Vorbehalt, dem wachenden Auge von Joan Ann Parker in der betreuten Wohneinrichtung.

Der volle Mond wirft ein helles Licht durchs Fenster in den dunklen Raum, während Melvin keinen Schlaf findet und sich seit Stunden hin und her wälzt. Eine Nacht, die einem durchgehenden Fiebertraum gleicht.

In wenigen Tagen ist es so weit und Joan wird ihn zu seinem neuen Zuhause begleiten. Die Ärzte werden ihn aus seinem alten Nest hier im Haus Zeduri Pace nach draußen in die Welt der Vorzeigebürger entlassen. Bald soll er einer von ihnen werden, wie es Professor Reczak ihm eingeredet hat.

Gelegentlich fallen Melvin die Augen zu, aber nur für wenige Minuten, bis der erste Albtraum vor seiner geistigen Leinwand einen fürchterlichen Film abspielt und ihn schweißgebadet aufschrecken lässt.

In diesen abgefahrenen Sequenzen vermischt sich alles, was grausam, quälend oder beängstigend für ihn ist. Seine eigenen Erfahrungen und auch seine Ängste.

Melvin schnellt wie eine Sprungfeder schweißnass nach vorne und sitzt aufrecht im Bett. Sein Herz jagt wie wild in der Brust. Mit zittrigen Händen durchfährt er sein verschwitztes Gesicht. Die Gedanken überschlagen sich, einzelne Traumfetzen spulen sich noch mal in seinem Schädel ab und werden sofort von der Realität abgelöst, die weniger beruhigend ist. Er hätte nie gedacht, dass die Freiheit, die Anstalt verlassen zu dürfen, zu einer Bedrängnis werden könnte.

Er schaut zum Fenster hinaus und beobachtet den Mond eine Weile, der ihn ein wenig beruhigt und seine besorgten Gedanken entschleunigt. Mit beiden Armen umklammert er die Knie und schaut auf den Tisch in der Mitte des Raumes, auf dem all seine Sachen und alles, was er benötigt, in zwei Sporttaschen, einem Rucksack und einem Koffer verstaut ist.

Als er in Richtung der Gepäckstücke schaut, bemerkt Mel etwas an der Wand, die vom Mondschein angeleuchtet wird. Einen großen Fleck, der sich in seinen dunklen Konturen dort abzeichnet. Er ruckelt sich auf dem Bett zurecht und strengt die Augen an. Dann bemerkt er rechts daneben einen weiteren dunklen Fleck. Er will gerade nach dem Lichtschalter auf seiner Kommode greifen und die Leuchte anknipsen, als eine Stimme seinen Namen aus der dunklen Ecke des Raumes ruft und er zusammenzuckt, als hätte er einen Stromschlag bekommen.

»Melvin«, flüstert die Stimme erneut.

Er wirft sich zurück Richtung Fußende des Bettes und schaut in die finstere Ecke, aus der eine Gestalt in den Mondschein hervortritt und langsam im dezenten Leuchten eines umgebenden Nebels immer sichtbarer für ihn wird. Sein Herz schlägt ihm bis zum Hals und er schreit panisch in den Raum.

»Aber nicht doch, Melvin«, entgegnet die Stimme sanft und plötzlich beruhigt er sich ein wenig, nachdem er erkennt, wer ihn dort besucht.

Ihr weißes Kleidchen wirkt im Mondschein noch weißer und strahlt so hell wie der Mond selbst. Ihr

Gesicht nicht zu erkennen unter der schwarz-roten Blutkruste, aber ihre leuchtenden freundlichen Augen funkeln wie zwei helle Sterne in der finsteren Nacht.

»Lea«, stottert Melvin und atmet erleichternd aus.

»Hab keine Angst«, flüstert sie ihm entgegen.

»Lea«, entgegnet Mel und spürt, wie ihm vor Erleichterung eine Träne die Wange hinunterläuft.

»Finde ihn … Melvin, … finde ihn …«, haucht die Geistergestalt in den dunklen Raum und löst sich langsam und unscheinbar auf wie ein Morgennebel im angehenden Sonnenlicht.

»Wen soll ich finden?«, fragt Melvin verzweifelt, aber sie gibt ihm keine Antwort darauf und verschwindet vollständig vor seinen Augen.

Melvin schaltet die Lampe an, schaut erschrocken zu der weißen Wand und kann die schwarzen Flecken deuten, die Lea ihm dort hinterlassen hat. In großen Buchstaben hat sie ihm mit ihren blutigen Handflächen eine Botschaft verfasst, die Melvin den Boden unter den Füßen wegzieht. Rote Linien laufen wie Tränen an den einzelnen Buchstaben hinunter.

FINDE DEN KILLER, liest Melvin an der Wand und sieht gleichzeitig, wie sich die blutigen Buchstaben langsam auflösen und verschwinden.

Melvin hat das Gefühl, in seiner Matratze zu versinken, während er zur dunklen Wand starrt, an der vor wenigen Augenblicken noch eine Botschaft gestanden hat, die er nicht leugnen kann, und in der sein innerstes Verlangen mit unschuldigem Blut geschrieben wurde. Das unschuldige Blut des Opfers, das auch dem Killer ausgeliefert gewesen ist.

Lea ist verschwunden in ihre Welt - oder geistert ruhelos umher im Diesseits, wer weiß das schon.

Werden sie und auch alle anderen Opfer des Killers, unter anderem Melvins Eltern, jemals Ruhe finden?

Melvins wendet den Blick zum Fenster hinaus, fixiert den vollen Mond an und lässt sich ein Versprechen von einer magischen Wirkung entlocken, als würde er die Wahrheit von ihm einfordern wie ein Richter, der über den Dingen steht.

»Ich werde ihn finden«, verspricht Melvin hinaus in die dunkle Nacht und lässt alle ruhelosen Seelen und Opfer des Monsters im Schattenreich tanzen und weinen vor Erlösung und Hoffnung.

Die Tage streichen dahin und Melvins Auszug nähert sich mit großen Schritten. Morgen ist es so weit und er wird die Klinik verlassen.

Erneut sitzen Melvin und Joan bei Professor Reczak und klären ein paar letzte Details, da bereits in vierundzwanzig Stunden Melvins Entlassung aus der Klinik und sein Einzug ins Wohnheim bevorstehen. Joan und Reczak reden weiterhin über dies und das und Melvin hat erneut Probleme, die Aufmerksamkeit bei dem Gespräch zu halten.

Er lässt seinen Blick durch das große antik eingerichtete Zimmer des Professors wandern. Vorbei an den massiven Holzschränken mit den endlos vielen dicken Wälzern, die dort einsortiert sind. Melvin steht auf und geht ein paar Schritte durch den Raum, während der Professor ihn genervt anschaut, da er sicher erwartet, dass Melvin diesmal mehr Beteiligung zeigt und an dem Gespräch teilnimmt. Joan folgt dem Blick des Professors. Für einen kurzen Augenblick beobachtet er die beiden.

»Ist schon okay«, sagt sie darauf und Reczak führt mit einem leichten Kopfschütteln das Gespräch fort und schaut hinüber zu Joan.

Melvin lässt von ihnen ab und geht an einer der Buchreihen vorbei, wobei die meisten Buchrücken stark eingestaubt sind. Eine Menge dicker Buchrücken, die aber alle scheinbar seit unzähligen Jahren nicht mehr gelesen worden sind und aussehen, als hätte man sie aus einem Eimer Asche geholt. Drei dicke Bände stechen allerdings heraus, da sie nicht eingestaubt sind und ein Stück hervorlugen aus dem Regal. Melvin geht hin und nimmt eines der drei heraus.

Ein in Leder gebundenes Buch, welches eine Ansammlung von eigenen Texten und Aufzeichnungen zu sein scheint. Er schaut kurz zum Schreibtisch. Der Professor und Joan sind in ein Gespräch vertieft und beachten ihn nicht.

In dem gebundenen Buch sind diverse Abbildungen, die auf dem ersten Blick etwas Okkultes haben. Bleistiftzeichnungen von Körpern und symmetrischen Figuren, dazu handgeschriebene Texte, die aber kopiert worden sind.

Alles steht in einer Sprache, die Melvin nicht kennt, aber es scheint Russisch zu sein. Einige der Texte wurden aber schon übersetzt und direkt unter die Zeilen geschrieben.

… die Absorption der externen Körperenergien verläuft linear in das neue Energiezentrum hinein, sobald der Adrenalinspiegel des Probanden ein gewisses kritisches Niveau erreicht hat …

Dazu sieht Melvin das Bild eines menschlichen Körpers, auf dem verschiedene Stellen markiert sind.

»Herr Aronovski, ich bitte Sie. Das geht Sie nichts an. Wenn Ihnen langweilig ist, dann lassen Sie mich bitte mit Frau Parker allein«, herrscht der Professor Melvin an.

Die scharfe Stimme Reczaks lässt Melvin das Buch zurück ins Regal schieben. ›Anscheinend sind seine Bücher und Gemälde ein Heiligtum im Arbeitszimmer.‹

Wortlos verlässt Melvin das Zimmer, während Joan ihm nachruft, dass sie gleich zu ihm käme. Die Tür geht zu.

Irritiert schaut Joan zu Reczak, der immer noch aufgebracht ist.

»Herrschaftszeiten, das sind meine Arbeiten und meine geschätzte Literatur, da bin ich sehr empfindlich, wenn ein jeder darin rumwühlt.«

»Äh, … wollten Sie mir nicht die Akten geben, Herr Professor?« Joan wechselt das Thema, um den Professor etwas zu besänftigen.

»Oh ja, natürlich, Frau Parker.« Er greift in eine Schreibtischschublade.

Joan geht um den Tisch herum und nimmt Melvins Aktenmappen in Empfang. Dabei sieht sie ein Foto an dem Arbeitsplatz.

Ein junges Paar irgendwo in den Dreißigern mit zwei kleinen Mädchen in den Armen der beiden an einem bewaldeten See, der im Hintergrund zu sehen ist.

»Oh, Ihre Familie?«

Ein stolzes Lächeln überzieht Reczaks Gesicht. Er rückt die Brille zurecht und nimmt das Foto in die Hände.

»Nun, meine Frau Henriette ist leider schon vor vielen Jahren verstorben. Aber die zwei Mädchen hier …« Er wischt über das Bild. »… das sind meine Goldstücke. Meine beiden Enkelinnen, Tabea und Elana. Sie sind alles für mich.«

»Die sehen echt zuckersüß aus, die beiden Mädchen.«

»Ja, das sind Opas Goldstücke. Und das ist mein Sohn Arthur mit seiner Frau Elsa.«

»Die vier machen einen sehr glücklichen Eindruck. Habe ich sofort gesehen, dass das Ihr Sohn ist.«

»Er ist auch Arzt. Allgemeinmediziner«, fügt Reczak hinzu und betrachtet weiterhin stolz das Bild.

»Ein tolles Foto, Herr Professor.«

»Das Foto habe ich letzten Sommer geschossen. Die vier verbringen immer ihren Sommerurlaub im Gorowartal, nördlich des Karpartenbogens an diesem wunderschönen See, Salezantu madunk. Kann ich Ihnen nur empfehlen, dort einmal Urlaub zu machen, dreihundert Sonnentage im Jahr. Traumhaft.«

»Danke für den Tipp, werde ich mir merken. Das Gorowartal kenne ich noch aus meiner Kindheit. War mit meiner Mutter einmal dort.«

»Machen Sie das. Fahren Sie zum südlichen Seeufer. Dort ist ein sandiger, abgelegener Platz, auf dem mein Sohn Arthur sein Wohnmobil stehen hat. Grüßen Sie ihn von mir, falls Sie ihn dort antreffen.«

»Werde ich machen, Herr Professor, nochmals besten Dank.«

Joan nimmt die Akten, steckt sie in die Umhängtasche und setzt sich wieder auf ihren Platz.

»Herr Professor Reczak, wie lange werden Sie dieser Arbeit hier noch nachgehen?«

Er wirft ihr einen entrüsteten Blick zu.

»Ich wollte Sie nicht kränken, werter Professor, doch Sie haben wahrscheinlich schon ein hohes Alter erreicht.«

Ein Funken Selbstgefälligkeit blitzt in dem gefassten Blick des alten Klinikleiters auf.

»Schon gut, Frau Parker, ich weiß, wie Sie das meinen. Achtundsiebzig Jahre bin ich nun schon. Und das hier ist mein Lebenswerk.« Er hebt die Hände in die Luft und schaut sich in seinem großräumigen Arbeitszimmer um. »Ich habe Ihnen vor Wochen schon etwas von mir und der Geschichte dieses Hauses erzählt. Wissen Sie, ich habe schon im Kindesalter meinen Weg bestimmt und wollte es zu meiner Aufgabe machen, das Böse im Menschen zu erforschen, zu verstehen und zu behandeln.«

»Im Kindesalter?«

»Meine Eltern Jaroslav und Agnieszka Reczak waren polnische Juden und fielen dem Holocaust zum Opfer. Ich musste als Kind erleben, wie meine damalige Familie aus unserem Zuhause deportiert und in einem Lager ermordet wurde. Ich war noch ein Kind, überlebte die Massenmorde und konnte gerettet werden. Ich studierte Psychologie, Neurologie und Medizin und war viele Jahre im Ausland unterwegs, bis mein Weg mich irgendwann vor fünfzig Jahren in dieses Land verschlug. Ich heiratete meine Frau, wir bekamen unseren Sohn Arthur. Schon bald wurde ich auch in diesem Land Zeuge eines erneuten Wahnsinns, in dem ein diktatorischer Herrscher in den Achtzigerjahren des letzten Jahrhunderts regierte und Leid erzeugte. Das Böse im Menschen zu ergründen, ist meine Lebensaufgabe. Wissen Sie, ich liebe den Menschen, und zurück zu Ihrer Frage, deshalb kann ich diese Aufgabe hier nicht einfach an den Nagel hängen.« Er lehnt sich zurück und zurrt den Kittel zurecht.

»Diese Liebe zu den Menschen, ihnen helfen zu wollen, das verbindet uns beide, Herr Professor.«

Reczak nickt zustimmend und lehnt sich an die Tischkante.

»Es ist ein Geschenk, den Menschen, die beeinträchtig und straffällig geworden sind, eine Einrichtung wie diese zu bieten. Die Möglichkeit, dass ihnen geholfen und eine sichere Rückkehr in die Gesellschaft ermöglicht werden kann. In einer anderen Zeit, unter einer anderen politischen Führung, wurde Geisteskrankheit als Satanismus bezeichnet, psychisch Kranke als nutzlose Esser abgestempelt und ermordet.

Einen Teil von dieser Unmenschlichkeit habe ich selber erlebt in meiner Biografie, wie Sie nun wissen.«

»Ich bewundere Ihre Begeisterung und Ihren Einsatz für das, was Sie tun und erschaffen haben, Professor.« Joan spricht ihm hochachtungsvoll zu.

»Dankeschön, Frau Parker, ich habe auch sehr großen Respekt vor Ihrer Arbeit. Und ich weiß, dass Sie eine gute Arbeit machen und mein Patient Herr Aronovski bei Ihnen in guten Händen ist.«

Am folgenden Morgen geht alles ganz schnell. Joan ist pünktlich in der Früh bei Melvin, der noch seine Freunde verabschiedet, wobei besonders der Abschied von Basil ihm sehr schwerfällt. Joan hilft ihm, seine zwei Koffer und die Sporttasche zum Auto zu tragen. Nach weniger als einer Stunde erreichen sie über eine Landstraße einen kleinen Wohnkomplex, der einer modernen Architektur entspricht und aussieht wie bewohnbare Würfel, die übereinandergestapelt sind.

Für Melvin fühlt sich alles seltsam und unwirklich an, als er aus dem Wagen steigt und sich umschaut, während Joan das Gepäck aus dem Kofferraum lädt. Sie kommt zu ihm und folgt seinem Blick, der die rechteckigen Appartements mustert, die am Ende des Kiesweges stehen.

»Dein neues Zuhause, Melvin.« Joan gibt ihm einen Klaps auf Rücken.

»Zuhause«, erwidert Melvin, was aus seinem Mund klingt wie ein Fremdwort, dessen Bedeutung ihm unbekannt ist.

»Komm, ich kann kaum erwarten, was du sagst«, antwortet Joan euphorisch und schultert die Sporttasche.

Ein weiß gefliestes Appartement mit einer kleinen Kochnische und einem spartanisch, eher provisorisch eingerichteten Wohnbereich. Standardmäßiges Bad mit einer Dusche und frischen Handtüchern wie in einem Dreisternehotel an einem Urlaubsort am Schwarzen Meer. Obwohl Melvin keinen Vergleich diesbezüglich hat, stellt er sich genau so eine nette Touristenunterkunft vor.

Melvin streicht über die kurze Arbeitsplatte, auf der ein Wasserkocher und ein Toaster stehen. Langsam geht er durch sein neues Heim - mit weit geöffneten Augen, als würde er gerade eine Weltraumkapsel von innen begutachten. Mit verschränkten Armen steht Joan an den Kühlschrank gelehnt.

»Und was sagst du?«, fragt Joan erwartungsvoll.

»Ganz okay«, antwortet Melvin ein wenig emotionslos.

Melvin geht an dem Dreisitzsofa vorbei zum Wohnzimmerfenster, zieht die Gardine mit zwei Fingern ein Stück zurück und schaut nach draußen. Dann lässt er den Blick nochmals durch den großen Raum wandern und riskiert auch einen Blick ins Bad, dessen Tür offen steht. Er geht zurück ins Wohnzimmer und setzt sich ganz verhalten auf die Couch, so als hätte er etwas angestellt. Auf dem Wohnzimmertisch steht eine Karte mit einem Kleeblatt und bunten Blumen auf dem Cover, dazu in roter Schreibschrift *Herzlich willkommen*. Melvin wechselt den Blick von der Karte zu Joan, die noch immer am Kühlschrank angelehnt steht und ihm lächelnd zuzwinkert. Melvin nimmt die Karte und liest die Willkommensgrüße der Klinikleitung mit der Unterzeichnung der Zuständigen.

Alles Gute, lieber Melvin

Dr. Tondra & Prof. Reczak und das gesamte Team

Melvin muss tatsächlich schlucken und eine Träne unterdrücken, da ihn das Ganze plötzlich tief berührt. Seine Vorwürfe und Vorurteile gegenüber seiner neuen Zukunft ziehen davon und auch die ganzen letzten schlimmen Jahre sind auf einmal so leicht, als könne er alles verzeihen und vergeben, was man ihm oder er sich selbst angetan hat.

Er rümpft die Nase, legt die Karte zurück und lässt seinen Blick auf dem Kleeblatt haften.

»Und, was sagst du?«, traut sich Joan und streckt den Kopf nach vorne.

Melvin haut auf seine Schenkel und wirft einen kritischen Blick aus dem Fenster. »Die Bude hat keinen Balkon.« Joans Antwort bleibt aus. »Außerdem vermisse ich den Pool und den Wellnessbereich. Und wo ist der große Marmorkamin mit dem Bärenfell? Und wo ist die Hausbar? Und der verdammte Golfplatz?« Mit einem schelmischen Grinsen schaut Melvin hinüber zu Joan und begutachtet ihren ausgestreckten Mittelfinger.

»Wusste gar nicht, dass du so viel Sinn für Humor hast.« Joan steckt den Finger weg.

Melvin zuckt mit einer Schulter. »Genau das wollte ich auch gerade zu dir sagen.«

Er steht auf und beide gehen wie abgesprochen aufeinander zu und fallen sich in die Arme.

»Ich freu mich so für dich«, nuschelt Joan in den Stoff seiner Kapuzenjacke.

»Danke, Joan.«

»Ist nicht mein Verdienst, Melvin.«

Beide schließen die Augen und halten sich. Melvin könnte in diesem Moment weinen und schreien vor Glück. Joan sieht nicht nur traumhaft aus, sie fühlt sich auch so an. Er fühlt sich so geborgen in ihren athletischen starken Armen, die sie hoffentlich nicht mehr von ihm löst. Ihre große pulsierende Ader an ihrem Hals macht Melvin fast noch wahnsinniger als ihr Geruch, der so anziehend und begehrlich ist wie die Verheißung nach dem endlosen Glück. Ihr strammer, durchtrainierter Körper, so perfekt wie das künstlerische Werk eines berauschten Ausnahmebildhauers, der es vermag, seinen abgöttischen Sexualfantasien einen materiellen

Ausdruck zu geben.

»Hast du Lust auf Pizza?«, fragt Joan.

Beide lösen die Umarmung, während Melvin einen Moment braucht, um sich aus seiner Gefühlsachterbahn zu befreien, und ihren Abdruck an seinem Körper noch ein wenig nachspürt.

»Gerne. Ich nehme eine Pizza Fungi. Aber … hm, ich hab keine Asche.« Melvin bemüht sich um einen traurigen Dackelblick.

»Witzbold, das geht aufs Haus.«

»Ist das schon Teil deiner Resozialisierungsarbeit?«

»Ja, so könntest du es nennen. Ich habe darauf zu achten, dass du nicht verhungerst.« Amüsiert schüttelt Joan den Kopf, holt ihr Handy heraus und bestellt das Essen.

Joan macht Melvins neues Zuhause ein wenig gemütlich. In einer der Schubladen befinden sich zwei Teelichter und eine weitere Kerze, die auf dem Wohnzimmertisch eine gemütliche Stimmung vermittelt bei Pizza und einer eiskalten Cola.

»Ich hätte uns gerne ein Bier bestellt, aber das ist leider gegen die Spielregeln.« Joan beißt in die Pizza.

»Das ist in Ordnung für mich. Ich trinke eh keinen Alkohol. Habe ich noch nie.« Er erkennt Joans verwunderten Blick. »Du dachtest wohl, so ein kaputter Ex-Junkie, der auf Droge war, muss auch ein Alki gewesen sein. Oder?«

»Ach Quatsch, nein. Aber ich find's gut. Ich trinke auch nur wenig. Als ich noch aktiv Leistungssport gemacht habe, habe ich keinen Tropfen angerührt. Daher kann ich auch gut ohne sein.«

»Gut, dann haben wir ja die Alkoholfrage geklärt. Darauf trinke ich«, antwortet Melvin prostend mit der Cola und nimmt einen eiskalten Schluck.

Er kaut auf einem Stück Pizza und fühlt sich so gut wie lange nicht mehr. Diese Zweisamkeit bei Kerzenschein und einer guten italienischen Pizza in seiner neuen Wohnung, zusammen mit Joan, die im Schein der Teelichter noch umwerfender und schöner wirkt, könnte glatt ein Traum sein. Ein Traum, in dem ihn ein Wärter auf einer festgeschnallten Trage weckt, die Zellentür zudonnert und er das bestialische Gebrüll der anderen Irren in ihren Zellen hört. So wie es damals der Fall war. Aber nein. Er sitzt in seiner Wohnung mit Joan und genießt das fettige Essen wie ein letztes Abendmahl. Wie gerne würde er jetzt nach ihrer Hand greifen, die nur eine Ellenlänge neben seiner liegt, und Joan seine Gefühle ihr gegenüber äußern.

Ein sehr romantischer Gedanke, aber leider schwer umsetzbar, wenn man wie Melvin das Selbstbewusstsein eines Regenwurms hat.

Eine Freundin hat er nie gehabt, daher fehlt ihm die Theorie und Praxis, wie er so etwas anstellt, und das mit siebenundzwanzig Jahren. Sollte er dennoch diese Hürde überwinden, weiß er allerdings nicht, was zu tun ist, da er auf der Straße gelernt hat, wie er sich erleichtert, wenn noch ein Fuffi in der Drogenhaushaltskasse übrig geblieben war.

Aber dieser Gedanke passt jetzt gar nicht in Melvins blitzblanken Zuhause, aber die Vergangenheit kann er leider nicht ausstellen wie ein schlechtes Fernsehprogramm.

Soso, das haben der Professor und die Frau Doktor dir also erzählt?« Genervt schiebt Melvin den Pizzakarton zur Tischmitte und stößt das Teelicht an, welches daraufhin aufflackert. Er lehnt sich zurück und schaut Joan an. Und da ist wieder dieser gebrochene, von Traurigkeit geformte Blick, den er anscheinend nach den acht Jahren in Gefangenschaft eben nur für dreißig Minuten ablegen konnte. »Dinge werden anders erzählt und Tatsachen ausgelassen, nur um das Bild eines verstörten Psychopathen zu bestätigen.«

»Hey Mel, ich wollte dich damit nicht kränken. Es ist auch unpassend gewesen … entschuldige.«

»Ist schon okay. Aber weißt du, ich bin nicht stolz auf das, was ich getan habe, aber es hatte auch seine Gründe, warum ich auf diesen alten Drecksack losgegangen war.«

»Gründe hattest du, ja? Sein Kiefer und das Jochbein wurden dabei gebrochen, einen Schädelbasisbruch und ein Auge hat er verloren bei deiner Attacke, aber wir müssen nicht darüber reden«, erwidert Joan in einem ersten Tonfall, da sie diese Verharmlosung seiner damaligen Straftat so nicht stehen lassen kann.

Melvin will gerade lautstark Kontra geben, aber sein verbales Verteidigungsappell bleibt ihm im Hals stecken. Er legt die Handflächen vor seine geschlossenen Augen und schnaubt durch Mund und Nase.

»Hey Mel, sorry. Ist schon gut, lassen wir das Thema.«

»Ich habe gehofft, du würdest es nie erfahren, und ich weiß ja nicht, was alles in meiner Akte zu dem Vorfall steht. Aber ich will dir die Wahrheit erzählen, auch wenn sie vielleicht abstoßender ist, als du dir vorstellen kannst.« Melvin nimmt seine Hände vom Gesicht und Joan fasst sanft an seine Schulter.

»Nur wenn du magst Mel … Du musst gar nichts.«

»Doch ich … ich möchte es dir erzählen. Auch wenn ich unter Wahnvorstellungen leide, wie es die großartigen Ärzte festgestellt haben, hatte meine Tat ein reales Motiv für mich. Und es war auch nicht der Diebstahl seines Geldes, was mich dazu motivierte … ihn fast zu töten.« Er atmet tief durch. »Es war eine echt üble Zeit der totalen Verwirrung. Ich bin damals als Jugendlicher aus dem Heim geflohen und lebte bereits einige Jahre auf der Straße. Wenn du in gewissen Vierteln in Sibiu, Brasov oder Bukarest abhängst, dann dauert es nicht lange und du kommst mit den Drogen in Kontakt. Ich war verzweifelt, orientierungslos, grausame Depressionsschübe, wo ich mich ritzte und einmal fast an einer Blutvergiftung krepiert wäre. Irgendjemand fand mich auf dem Bordstein mit offenen Unterarmen, brachte mich ins Krankenhaus und von dort in ein Obdachlosenheim, welches ich noch schlimmer fand als jede Brückenunterführung, unter der dir der Wind den Regen ins Gesicht bläst.«

Im schwachen Licht der Kerze schimmern die matten Konturen um seine traurigen Augen wie die glatten und stumpfen Oberflächen einer Porzellanpuppe. So melancholisch und regungslos, als wäre er von der Trauer seiner eigenen Geschichte zu Stein erstarrt.

»Jedenfalls lernte ich irgendwann Artem Emmanuescu kennen. Ein stadtbekannter Säufer und Hausbesetzer. Ein alter Sack, der in einer leer stehenden Wohnung hauste, den ich beim Betteln vor einer Bar kennengelernt hatte.«

»Leerstehende Wohnung sagst du?« Joan zurrt den Pferdeschwanz zurecht.

»Das war eine Baracke mit Löchern im Beton und der Decke und mit eingeworfenen Scheiben.«

»Verstehe.« Joan schaut entsetzt.

»Artem bekam ein bisschen Rente. Ich pennte auf einer dreckigen Matratze und Artem auf der Couch. Er hatte Strom verlegt mit einer Kabeltrommel aus dem Nachbargebäude und verbrachte den ganzen Tag mit Fernsehengucken und Saufen. Meine Heroinsucht war zu diesem Zeitpunkt auf dem Höhepunkt. Es wurde für mich ständig schwieriger, Geld zu besorgen, um meinen Drive zu finanzieren. Als Süchtiger ist ein Tag ohne Shit nicht denkbar. Du jagst immer diesem Gefühl aus schläfriger Benommenheit und vollkommener Ektase hinterher. Du willst einfach nur noch drauf sein und diesen sirupartigen Geruch von frisch aufgekochtem Heroin in deiner Nase haben. Anschließend die Fixe laden und in einer rituellen Zeremonie deinen Arm nach einer noch halbwegs vernünftigen Arterie absuchen. Das Drücken ist die einzige Priorität. Und wie du es feierst, wenn die Nadel glatt durchsticht und du startklar bist ...«

Ohne jegliche Emotion berichtet Melvin Joan sachlich von seinem damaligen chemischen Selbstzerstörungskult, während sein Blick das flackernde Teelicht anstarrt.

»Artem hatte ein anderes Problem. Seine krasse Alkoholsucht. Manchmal saß er dort bewusstlos und von seinem eigenen Urin eingenässt im Sessel mit der leeren Wodkaflasche in der Hand. Aber er kam mit seiner mickrigen Rente klar und konnte seine Sauferei finanzieren. Hin und wieder pumpte ich den Alten an, wenn ich Geld brauchte. Ich ging auch einkaufen für uns, aber bald gab es Zoff wegen des Geldes und er gab mir nichts mehr. Dadurch kam es bei mir zu finanziellen Engpässen und ich konnte meinen Stoff nicht mehr bezahlen. Da machte mir Artem ein Angebot …«

Melvin sieht, wie Joans Gesichtszüge entgleiten, da sie anscheinend befürchtet, was nun folgen wird.

»Der Alte bot mir Sex gegen Geld. Ich brauchte die verdammte Asche und ich willigte ein. Es war mehr als abgründig, den sexuellen Fantasien dieses alten kranken Arschlochs nachzukommen, um an sein Geld für die Sucht zu kommen. Aber wenn du heroinabhängig bist, würdest du alles tun, um an Stoff zu kommen.«

Melvin und Joan schauen sich an und sein gläserner Blick spiegelt das ganze Elend, die ganze Hilflosigkeit, die Gebrochenheit und Verzweiflung eines jungen Mannes, der sich verloren hatte. Melvin spürt Joans warme Hand auf seiner und wischt mit der anderen über seine feuchten Augen. Die Erinnerungen sind wieder frisch und er belässt es dabei, da nun auch die Scham da ist und er Joan die Einzelheiten ersparen möchte.

Die Bilder von damals kommen hoch. Dieses Martyrium in diesem vollgemüllten Zimmer, in das der Wind durch die kaputten Fenster blies und es durch Löcher im Dach hereinregnete. Und immer dieser Wunsch, dass es schnell vorübergehen sollte, sobald Artem Emmanescu seine Hose öffnete. Schmerzhafter Analverkehr, Blowjobs, von seiner Faust in den Darm gefistet zu werden, und dieser säuerliche und furchtbare Gestank des Alten waren hier die wenigen Übel, die er zu akzeptieren hatte. Eine Dusche oder ein Bad gab es in der Baracke nicht. Melvin lieferte und der

Alte zahlte wie vereinbart. Diese Praxis wurde zum Tagesgeschäft, reine Routine.

Artem wurde irgendwann kreativer, was seine Anforderungen anging. Bei einem Blowjob von ihm sollte Melvin wie sonst auch seine Ladung schlucken und musste dabei krampfartig kotzen vor Ekelschüben. Sein Mageninhalt lag mit seinem dickflüssigen Saft auf dem siffigen, verfilzten Teppichboden. Der Alte packte seinen kurzen roten Schwanz ein, hielt ihm die Scheine vors Gesicht und schüttelte den Kopf.

»Bezahlung nur nach Leistung«, sagte das perverse Stück Scheiße und lachte hysterisch.

Melvin wusste, was zu tun war. Leckte und saugte die klebrigen Hinterlassenschaften von dem schmuddeligen Teppichboden und wurde fast ohnmächtig vor Ekel. Melvin würgte es runter und sackte vor Erschöpfung auf dem Boden zusammen und Artem warf ihm die Scheine vors Gesicht.

»Was war dann, Mel?«

Melvin zuckt kurz zusammen, als Joan ihn aus seinen abscheulichen Gedanken befreit, die er keinesfalls Joan mitteilen möchte. Das wäre tatsächlich zu viel.

»Nun«, Melvin räuspert sich, »das ging dann einige Monate so, unter anderem war das auch die Gegenleistung, dass ich weiterhin bei ihm ein Dach über dem Kopf hatte. Eines Tages auf einer meiner Rundgänge durch die Stadt durchwühlte ich einen Müllcontainer und entdeckte einen Plastikbeutel, in dem etwas strampelte und sich bewegte. Ich zögerte nicht und riss den blauen Plastiksack auf und sah ein kleines verängstigtes Kaninchen.«

»Oh …« Joan nimmt die Hände entrüstet vor ihren Mund.

»Das arme Tierchen. Welches Arschloch macht so etwas? Jedenfalls nahm ich das kleine Wollknäuel auf den Arm und mit zu uns in die Bude. Artem interessierte sich nicht so recht für unser Haustier, da er eh meistens breit war. Ich nannte ihn Mucki. In einem Tierheim schenkte mir ein Mitarbeiter einen offenen Käfig und was für diese Tierchen sonst noch gebraucht wurde. Der Kleine belebte unsere Männer WG ganz schön und flitzte durch die Bude.« Melvins Augen strahlen und er beißt sich auf die Unterlippe. »Ich wusste nicht, was es bedeutete, ein Haustier zu haben, und auch nicht, welche innige Beziehung ich zu einem Tier aufbauen kann, auch wenn es nur ein kleiner Hase ist. Manchmal bei schönem Wetter nahm ich Mucki mit in den Park, ich hatte so ein Gestell, ein kleines Freigehege. Das baute ich dort auf, Mucki konnte frisches Gras fressen und ich genoss es, ihn zu beobachten, und kam dabei herrlich runter und dieser kleine Kerl tat mir so gut.«

»Und ich dachte, du hättest nur zu Schmeißfliegen eine Beziehung.« Joan zwinkert ihm zu.

»Das dachte ich zu dem Zeitpunkt auch.« Melvins Lachen erstickt mit der nächsten Silbe und seine Züge verfinstern sich, Joan hält inne.

»Dann kam dieser eine Tag. Nach einer meiner Dienstleistungen stand Artem bei mir in der Kreide und weigerte sich, mir Geld zu geben. Wir gerieten in Streit und es fielen ein paar üble Schimpfwörter. Unter Alkis und Drogenabhängigen nichts Besonderes, wir hatten uns öfters mal gestritten. Artem war wieder mächtig blau und ließ sich auf seinen stinkenden Sessel fallen. Ich wollte kurz rüber zum Kiosk und mir Filter und Streichhölzer holen und blaffte ihn noch an beim Rausgehen. Verschissener Geizkragen oder was auch immer ich ihm sagte. Als ich zurückkam, die Tür aufstieß und auf den Teppich schaute, wurden meine Knie schwach und ich dachte, mein Herz bleibt stehen vor Schmerzen und der augenblicklichen Trauer.«

»Der Hase«, flüstert Joan mit heiserer Stimme.

»Mucki. Er lag dort mitten auf dem Teppich und eine rote Lache hatte sich vor seinem Mund gebildet. Ich nahm ihn hoch und fühlte, dass jeder Knochen in seinem Leib gebrochen war.«

»Oh Mel.«

»Ich nahm meinen Mucki auf den Arm, drückte ihn an mich und spürte, dass er schon auskühlte, und hoffte verzweifelt, dass er noch atmen könnte. Aber er war tot. Er war brutal mit einem harten Gegenstand erschlagen worden. Wahrscheinlich einer leeren Wodkaflasche. Ich küsste meinen kleinen Freund ein letztes Mal in seine nackten Ohren, das hatte er immer so gemocht. Im Hintergrund hörte ich das krächzende Gelächter des alten Säufers.«

Melvins Pupillen beben vor Wut und die Knöchel seiner geballten Fäuste knacken.

»›Jetzt stell dich nicht so an wie ne Schwuchtel. Beim nächsten Mal bist du dran, wenn du mir noch mal so doof kommst. Komm lieber rüber und blas mir noch einen.‹ Das waren so in etwa seine Worte, die untergingen in seinem kreischenden Gelächter.«

»Was passierte dann?«

»Dann passierte es. Es ging alles so rasend schnell. Ich griff nach seinem schweren Glasaschenbecher, der neben seinem Sessel auf dem Boden stand, und schlug auf ihn ein. Immer wieder schlug ich zu. Sein Gesicht war eine blutige Masse und ich sah, dass er nur noch röchelte und unentwegt Blut aus seinem offenen Schädel strömte. Ich hatte komplett die Kontrolle verloren und kam aus dieser Wut nicht mehr raus. Ich bekam Panik, als ich ihn dort sah, und dachte, er wäre tot oder hätte es gleich hinter sich. Ich nahm seine Geldkassette und ergriff die Flucht. Das hat mir die Staatsanwaltschaft als versuchten Raubmord angehängt. Aber ich konnte nicht mehr denken und nahm einfach das Geld und flüchtete. Es dauerte nur wenige Tage, bis die Bullen mich gefunden und überführt hatten. Fertig aus.«

Beide schweigen wie bei einer Andacht.

Melvin schaut Joan an. Ihr hübsches Gesicht wandelt zu einer rätselhaften Fassade. Für sie ist es anscheinend schwer, Worte zu finden, da alles nach einer Floskel klingen würde, was ihr jetzt in den Sinn kommen könnte.

Die romantische Stimmung vom Dinner bei Kerzenschein hat Melvin jedenfalls zerlegt mit seiner Geschichte und für einen kurzen Augenblick ärgert er sich sogar. Aber so ist das nun mal gewesen und Joan hat ihn schließlich gefragt, und Lichtblicke waren leider sehr rar in seinem Leben, welches zum größten Teil reines Schmerzmanagement war.

»Ich danke dir für deinen Mut und dein Vertrauen.« Sie fasst nach seiner kalten Hand.

»Schon okay«, erwidert er und hängt seinen Gedanken noch ein wenig hinterher.

»Ich muss los, Melvin.«

Beide stehen auf und Melvin streift verlegen mit seinen Handflächen an seiner Hüfte entlang.

»Das ist deine erste Nacht im neuen Zuhause. Ich hoffe, du kommst klar?«

»Mach dir keine Sorgen.«

»Gut. Noch was, Melvin. Hier bitte« Sie greift in ihre Tasche und reicht ihm ein Handy.

»Danke, aber brauche ich das?« Er hält es mit einem fragenden Blick vor sein Gesicht.

»Ich denke, es ist besser. Du hast meine Handynummer, wenn irgendetwas sein sollte. Habe sie dir dort eingespeichert. Morgen ist Nico im Haus und leitet die Kurse und ist eurer Ansprechpartner. Er erwartet dich am Vormittag. Äh, … das ist keine Pflicht. Fühl dich frei, Mel.«

Melvin fasst sich in den Nacken und blickt zu Joan.

»Sollen wir morgen zusammen einkaufen gehen?«, fragt Joan und Melvins Augen leuchten plötzlich wieder.

»Ja klar, gerne.«

»Oki doki. Sagen wir um drei Uhr?«

»Passt, ich freu mich … Komm gut heim.«

Joan geht durch die Küche zur Haustür, während Melvin vor der Couch stehen bleibt.

»Joan!«

Sie öffnet die Tür und dreht sich um.

»Danke für alles.«

»Sehr gerne, Mel … sehr gerne.«

Joan bedankt sich ebenfalls und steht sichtlich gerührt im Türrahmen mit einem warmen Lächeln. Melvins Augen, die vor sechs Wochen, als sie ihn kennenlernte, noch trübe und hoffnungslos waren, strahlen einen Funken Zufriedenheit aus.

»Schlaf gut, Melvin.«

Die Tür fällt ins Schloss und Melvin steht mit Herzrasen im flackernden Kerzenschein. Ein Gefühl, welches ganz neu für ihn ist. Er lässt sich, glücklich wie lange nicht mehr, wieder auf die Couch fallen. Er schaut zur Zimmerdecke, die in einem dunklen Orange strahlt, und fragt sich, ob Joan auch etwas für ihn fühlt.

Es ist früh am Morgen. Schmale Lichtfinger fallen durch den Fensterspalt in den stickigen Trainingsraum. Schweißperlen fliegen durch die Luft, im Takt von den wutentbrannten Schreien, die Joan aus ihren Lungen presst bei jedem Punch. Jabs, so schnell wie ein Peitschenhieb, gefolgt von rechten Haken, die dem imaginären Gegner die Leber zerfetzen sollen. Unzählige Kombinationen lassen den Boxsack durch die Luft wirbeln, während Joan wie ein aggressives Raubtier eine Attacke nach der anderen startet. Ihre Fäuste finden immer wieder ihr Ziel und sie hört die Stimme ihres Vaters aus der Ringecke.

»Weiter so, komm, sei hart.« Joan hört ihn rufen und sie sieht ihn, wie er dort steht, in einem weißen Shirt mit der Aufschrift *Rawhouse Gym,* unter dem seine Muskeln spannen. Der Meisterschaftskampf der Frauen im Leichtgewicht in der ausverkauften Halle des Rawhouse Gym in Manchester. Heimvorteil für die Außenseiterin Joan Ann Parker gegen die Titelträgerin Florence Degroat.

»Sei mein Mädchen, mach deinen Vater stolz«, sagte er kurz vor der letzten und entscheiden Runde zu seiner Tochter und wischte ihr mit dem nassen Schwamm das Blut aus dem Gesicht. Von der lokalen Presse ein hochangepriesenes Ereignis, obwohl es in einer muffigen maroden Turnhalle stattfand, in der zusätzliche Sitzgelegenheiten angelegt werden mussten. Alle wollten sehen, ob Joan Ann Parker, die Lokalmatadorin, genauso eine rücksichtlose Abrissbirne im Ring war, wie ihr Vater Sean J. Parker es zur aktiven Zeit im Weltergewicht gewesen war.

»Zeig deinem Vater, was du gelernt hast«, sagte der ehemalige Champ zu seiner Tochter und drückte ihre den Mundschutz rein.

Immer wieder jagt diese Szene der letzten Ringrunde wie ein fürchterliches Albtraumwesen durch ihre Gedanken und redet ihr ein, dass sie auf ihren Vater hätte hören müssen.

»Mach weiter, trainiere härter, nur so wirst du ein Champ wie ich.«

Die letzten Schläge feuert Joan mit den übrig gebliebenen Kraftreserven auf den Sack, während die Stimme in ihrem Ohr lauter wird und ihre Hände immer schwerer. Der Wecker klingelt, die Fäuste sinken und Joan beendet erschöpft ihre Einheit. Der Boxsack pendelt noch leicht in der Luft.

Joan zieht Handschuhe und Bandagen aus und geht ins Bad. Die Shorts und der Sport BH fliegen in den Wäschekorb. Sie steigt unter die dampfende Dusche. In der Kabine lehnt sie den Kopf an die Wand, schließt die Augen und versucht, die plärrende Stimme aus ihrem Kopf zu bekommen, die weiterhin auf sie einredet. Ihre nassen Strähnen hängen über dem Gesicht und sie versucht, sich auf das Rauschen der Duschbrause zu konzentrieren.

»Mach weiter, Champ«, als würden die Wände mit ihr reden. Es gibt kein Entkommen vor seiner Stimme.

Joan steigt aus der Dusche und bürstet das Haar vor dem beschlagenen Badezimmerspiegel. Mit einer Hand wischt sie ein Stück frei und zuckt zusammen.

»Was willst du von mir?«, fleht sie das Spiegelbild des Vaters an, der über ihre Schulter in den Spiegel starrt.

Er schüttelt den Kopf und legt seine zerschlagenen Pranken auf ihre nackten Schultern.

Sie schaut ihm aus traurigen Augen, die vom Versagen gezeichnet sind, durch ihre langen nassen Strähnen entgegen.

»Tut mir leid, Papa, … dass ich es nicht geschafft habe … Ich habe mich so angestrengt.«

Sean J. Parker zuckt mit seinen bulligen Nackenmuskeln und verzieht keine Miene. »Von wegen Champ … Nun kümmerst du dich um Verrückte irgendwo am Arsch der Welt. Versagerin.«

Sie spürt seine rauen Hände, sieht seine strengen Augen.

»Weil ich nicht so bin wie du, Papa. Ich war es nie … Ich war es nie.«

Tränen füllen ihre Augen und sie sieht nur noch verschwommen, wie die Gestalt ihres Vaters sich immer mehr auflöst hinter ihr.

Ein Vater, der seine Tochter als Teenager beim Sparring windelweich prügelt, durch einen jahrelangen quälenden Drill hetzt, der seiner Tochter die Weiblichkeit und ihre Jugend nimmt, sie anschreit und erniedrigt, ist härter als jedes zerbrochene Zuhause, schlimmer als jeder Todeswunsch und schmerzhafter als jede verlorene Liebe.

Wenn dann die letzte Runde vorbei ist, du erniedrigt in der Kabine sitzt, weil du den Titelkampf verloren hast, und dein Vater dir in dein zertrümmertes Gesicht schaut, einen Wattebausch in deine blutende Nase steckt und sagt: »Ich liebe dich, mein Kind«, weißt du, das nicht alles umsonst ist.

Ein lautes Knallen, dann rinnt Blut an Joans Handgelenk hinunter und sie schaut in den zerschlagenen Spiegel, der nun einem Spinnennetz gleicht. Sie greift in die Ablage unter dem Waschbecken nach dem Elektrorasierer. Ein laues Summen ertönt und sie sieht, wie in den einzelnen Fragmenten des zerbrochenen Spiegels ihre schulterlangen schwarzen Haare zu Boden fallen.

Nach nur wenigen Minuten schaut Joan aus ihren verweinten Augen auf ihre weiße Kopfhaut und lässt den Rasierer zu Boden fallen.

»Ich bin nicht mehr dein kleines Mädchen, Papa.«

In der Nacht macht Melvin kein Auge zu in seinem neuen Zuhause und schläft erst in den frühen Morgenstunden auf der Couch ein. Sonnenstrahlen werfen ein punktiertes Muster durch die Rollladen auf den weißen Laminatboden, dessen Muster Fliesen vortäuschen sollen.

Melvin steht auf und läuft orientierungslos durch das Appartement, als wäre er auf der Suche nach etwas. Wie ein scheues Tier schleicht er sich an die Wohnungstür und schaut durch den Spion nach draußen. Niemand zu sehen, niemand zu hören. Er zieht die Rollos hoch und macht sich erst mal einen Kaffee in der kleinen Küchenzeile, in der ein paar Gewürze, Tee und auch Kaffee vorrätig sind.

Ein mehr als seltsames Gefühl, nach fast acht Jahren in dieser Wohnung wach zu werden, nicht durch Gitterstäbe und Stacheldraht, sondern durch eine saubere Fensterscheibe in die strahlende Morgensonne zu schauen. Am Nachmittag wird er mit Joan einkaufen gehen, aber vorher muss er noch irgendwie die Zeit herum bekommen. Ein seltsames Gefühl, plötzlich in dieser Wohnung zu sein. Er ist nun frei, aber er fühlt sich nicht frei. Die Zeit totschlagen, sich langweilen, essen und auf Toilette gehen kann er ganz gut allein, dazu braucht er nicht Professor Reczaks verordnetes Nachsorge-programm.

Er lehnt sich mit der dampfenden Tasse an die Spüle und nippt am Kaffee, der nicht ganz so furchtbar schmeckt wie der in der Anstalt. Bevor Melvin weiter grübeln kann, was das Ganze soll, und er das Gefühl hat, in einem weißen möblierten Käfig zu stecken, klopft es an der Tür. Verwundert schaut er auf die Uhr und ist gleichzeitig erleichtert. Es sind noch keine drei Uhr und er hat noch Zeit, bis Joan kommt.

»Äh … Ja? Hallo?«, ruft Melvin und steht irgendwie verloren mitten in der Wohnung, trägt nur die Unterwäsche.

Er hört jemanden vor der Tür etwas sagen.

»Moment.« Er geht zur Tür und macht auf.

Vor ihm steht ein schlaksiger junger Typ mit Dutt, großen Ohrlöchern und einer ballonartigen Pluderhose, den Melvin kritisch betrachtet - so wie eigentlich alle Menschen, denen er zum ersten Mal begegnet.

»Hallo Melvin, ich bin Nico.«

»Hi Nico, nenn mich Mel,« entgegnet Melvin verhalten und denkt: ›Dieser Typ … Genau so, wie man sich einen Sozialarbeiter vorstellt.‹

»Ja, hallo Mel. Also, ich bin einer von dem Team, die dieses Wohnheim betreuen, und wollte dich willkommen heißen.«

»Danke, Nico.« Melvin wird etwas lockerer und freundlicher, was wohl an der netten Art seines Gegenübers liegt.

»Ich bin die ganze Woche da und leite die Programme.« Melvin schaut entsetzt. »Hehe, keine Sorge. Unter uns: Das ist alles freiwillig, obwohl uns gesagt wird, wir sollen euch die Teilnahme verbindlich machen. Aber wir belassen es bei einem lockeren Rahmen.«

»Aha, ja gut.« Melvin entspannt sich etwas, auch wenn es ihm wahrscheinlich egal gewesen wäre, da er eh noch keinen Rhythmus hat und weiß, wie er die Zeit nutzen soll.

Nico lehnt sich an den Türrahmen und verschränkt die Arme. »Also Mel, diese Woche machen wir einen Mix aus musiktherapeutischen Einheiten, ein wenig autogenem Training, Yoga und Achtsamkeits-workshops.«

Das sagt Melvin alles relativ wenig, bis auf Yoga vielleicht. »Musiktherapie?«

»Ja, das ist eins von den Modulen. Es wird dir gefallen. Hier hast du die Zeiten.« Er reicht Melvin einen Terminplan, den er aus einer Tasche seiner Pluderhose zieht.

»Danke dir.«

»Gerne. Wenn du Musik magst, ist das etwas für dich. Du magst doch Musik?«

Melvin betrachtet den Terminplan und schaut zu Nico, der ihn permanent anlächelt.

»Hm, ja schon. Ich steh auf Ian Curtis.«

»Dachte ich mir«, sagt er und zeigt auf sein Shirt, welches das Cover des Albums *Unknown Pleasures* ziert.

»Wir kochen und basteln auch gemeinsam. Das machen wir jeden Tag. Und noch mal: Fühl dich zu nichts verpflichtet.«

»Okay …« Melvin zuckt mit den Schultern und gibt Nico den Terminplan zurück.

»Morgen Nachmittag gebe ich einen Achtsamkeitsworkshop, um zwei Uhr gehts los. Schau doch vorbei, wenn du magst.« Nico gibt Melvin einen motivierenden Klaps auf die Schulter.

»Hm, … ich weiß nicht. Kann ich mir wenig drunter vorstellen.«

»Wirkt tief und beruhigend, besänftigt die Gedanken und entspannt Körper und Geist.«

Melvin hebt anerkennend die Augenbrauen und leert schlürfend seinen Becher.

»Dann wärst du besser vor zwanzig Jahren zu mir gekommen.«

»Hehe, es ist nie zu spät Melvin. Ich würde mich freuen, wenn du mal vorbeischaust.«

Melvin geht an den Wohneinheiten vorbei, durch das Gittertor und betritt den schmalen Kiesweg, der zum Garten führt. Eine frischgeschnittene Wiese, von einer hohen Hecke umschlossen, mit vereinzelten Nadelbäumen liegt in einem Grün, welches die Nachmittagssonne aufleuchten lässt.

Hüfthohe Steinfiguren, die asiatische Geistliche in Gebetshaltung darstellen, dekorieren die Eckpunkte der Grünfläche. Liegestühle und ein schmiedeeiserner Tisch mit den dazu passenden Stühlen in einem blattgrünen Anstrich stehen verstreut auf dem Gras, welches Melvin einen angenehmen Duft einer Wiese in die Nase treibt. Sogar ein kleiner Brunnen, aus dessen Steinhaufen Wasser herausplätschert, erkennt Melvin am Ende des Gartenstückes.

Melvin lässt sich auf einem der bequemen Liegestühle nieder und lehnt sich zurück. Er schaut der Steinfigur ihm gegenüber in ihre konzentrierten Gesichtszüge und nimmt auch das Insekt wahr, welches sich ihm aus der Richtung nähert und bereit ist, auf seiner ausgestreckten Hand zu landen. Die große Schmeißfliege mit ihrem dichten schwarzen Fell und dem glänzend blaugrünen Panzer landet vertrauensvoll auf Melvins Hand, die er dem Insekt entgegenstreckt. Sofort sucht sie sich eine salzige Hautfalte in seiner Hand und leckt hingebungsvoll die Schweißrückstände aus seiner Pore, wohl sparsam mit ihrer zersetzenden Säure, die sie zur Nahrungsaufnahme braucht.

Melvin hört das laute Schnarren des Gatters und denkt, dies wäre entweder Nico, der ihn zu irgendetwas überreden will, oder gar einer der Bewohner, auf die er irgendwie gar keine Lust hat.

Jemand nähert sich ihm wohl mit leisen Schritten - Melvin selbst nimmt dies nicht wahr, dafür sind seine menschlichen Instinkte zu schwach. Aber der kleine Gast auf seinem Finger positioniert sich, wird unruhig, summt davon und hat es Melvin längst vermittelt, dass sich ihm jemand nähert. Er dreht sich um und auf einmal steht Joan lächelnd vor ihm.

»Hi Mel, verzeih, ich bin ein paar Minuten früher gekommen als vereinbart.«

»Joan, bist du es wirklich?« Melvin ist erstaunt und freut sich zugleich. Er bewundert ihren neuen Haarschnitt, findet auf Anhieb, dass sie das noch anziehender für ihn macht.

»Partnerlook?« Melvin streicht mit den Handflächen über seinen stoppeligen Kopf und nickt ihr zu. »Wurde mal Zeit für was Neues.« Sie lächelt ihm zu und Melvin könnte im Boden versinken, wenn sie ihn so anschaut.

»Steht dir.«

»Danke.« Diesmal streift Joan die Hand über die millimeterkurzen Stoppeln auf ihrem Kopf und wirkt zum ersten Mal verlegen in Melvins Gegenwart. »Wie siehts aus? Gehen wir ins Dörfchen ein bisschen einkaufen?«

Melvin haut auf seine Schenkel und steht zügig auf.

»Na klar, war doch abgemacht. Noch einen Abend ohne Chips und reichlich Cola überstehe ich nicht.«

»Okay, ich bin startklar.«

»Äh, … was hältst du davon, wenn wir vorher noch einen kleinen Ausflug ins Grüne machen? Ich glaube, es liegt auf dem Weg.«

»Gerne«, antwortet Joan mit einem sanften Lächeln.

Sie verlassen den Garten und treffen auf Nico, mit dem sie sich kurz unterhalten, dann steigen sie in den Dacia und fahren davon.

Sie steigen aus und stehen an Joans Wagen, den sie am Rande des Feldweges geparkt hat. Nebeneinander gehen sie los. Vor ihnen die steile Anhöhe mit den riesigen Pappeln, die ihre Kronen in den Himmel strecken.

»Moment, ich muss zurück zum Wagen, habe etwas vergessen«, sagt Joan.

»Ja, ja mach du nur.« Melvin ist plötzlich ganz abwesend, denn er hat etwas gewittert.

Joan holt aus dem Auto die Tasche, hängt sie sich um, schließt die Wagentür und lässt den Blick irritiert entlang der Sträucher und Büsche wandern. Melvin beobachtet sie versteckt dabei.

»Mel? Wo bist du?«

»Hier, ich bin hier«, ruft Melvin und kniet hinter einer Konifere, die von Sträuchern umringt ist.

Melvin, der mit dem Rücken zu ihr kniet, beobachtet etwas. In dem Moment schaut sie über seine Schulter und zuckt angewidert zurück.

»Mel, das ist echt ekelhaft«, platzt es aus ihr heraus.

Er schaut kurz zu ihr und sieht, dass sie sich schützend die Hände vor den Mund hält. Dann beobachtet er weiterhin fasziniert den toten Tierkadaver, der von einem Heer Fliegen eingenommen ist und von wimmelnden Maden zersetzt wird.

»Sie fliegen nur von Mai bis September. Dieser Zeitraum ist auch Fortpflanzungszeit. Das hier wird ihre letzte stärkende Nahrung sein, bevor der Herbst einkehrt. Schau sie dir an. Es dauert nur wenige Tage bis sich die Larven zur vollständigen Fliege entwickeln. Ein lebloser Körper eines Wirts, der für unzählige neue

Leben sorgen wird. Die große Sarkophaga, nach dem Tod eines Lebewesens steuern sie Mund, Nase und Augen an und …«

»Melvin, es ist okay … Ich ekel mich vor ihnen und möchte es nicht wissen.«

Melvin schaut entgeistert über seine Schulter zu Joan, die ihre hübsche Stirn in Falten gelegt hat und weiterhin eine Hand vor den Mund hält.

»Oh, es interessiert dich nicht?«, fragt Melvin enttäuscht.

»Nein, ehrlich nicht.«

›Schlechter Start für einen romantischen Ausflug‹, denkt Melvin und ist ein wenig irritiert, dass Joan die Faszination von diesem Naturschauspiel nicht mit ihm teilt.

»Bei diesem Gesumme bekomme ich eine Gänsehaut.« Joan geht einen Schritt zurück und Melvin steht auf.

»Für mich klingt es wie eine Sinfonie oder auch wie ein trauriger Walzer, je nach Stimmung, in der ich mich befinde und was sie mir mitteilen.«

»Mitteilen?«

Melvin winkt ab.

Voller Erstaunen schaut Joan zu Melvin und bekommt kein Wort heraus. Melvin hält seine flache rechte Hand vor seinen Bauch und eine der Fliegen löst sich aus dem Kadaver und umkreist in spiralförmigen Flugbahnen seine Hand. Mit einem schnellen Reflex schließt Melvin die Hand zu einer Faust und die Fliege fliegt zurück zu der Tierleiche.

»Das glaub ich nicht, wie hast du das gemacht?« Joan schaut noch immer zu Melvin. Sie kann kaum glauben, was sie gerade eben gesehen hat, liest Melvin ihrem Blick ab.

Melvin beantwortet die Frage nicht und blinzelt ihr zu, während Joan sprachlos über das staunt, was Melvin ihr gerade vorgeführt hat.

»Komm, lass uns hochgehen.«

Sie gehen den grasigen Hügel hinauf.

»Was fasziniert dich so an diesen Tieren?«

»Ich kann es dir nicht sagen. Als Kind war ich schon angetan von ihnen und fühlte mich ihnen verbunden.«

»Verbunden?«

»Meine Mutter fand mich einmal im Garten. Ich lag dort mit ausgebreiteten Armen auf der Wiese und war schwarz eingedeckt von Fliegen. Sie meinte, sie hätte so etwas noch nie gesehen, und redete noch tagelang mit meinem Vater darüber. Für mich war das vollkommen normal, da ich zu diesen Insekten schon immer eine besondere Beziehung hatte. Es tut mir leid, Joan, wenn dich das anekelt.«

»Nein, ist schon okay, aber ich habe so etwas wie eben noch nie erlebt.«

»Okay, lassen wir das … Wir sind gleich da.« Melvin blickt sehnsüchtig den großen Pappeln entgegen.

Mit ausgebreiteten Armen betritt Melvin die begrünte Anhöhe und dreht sich glücklich einmal um seine Achse. Schmetterlinge flattern aus den hohen Gräsern, Bienen umkreisen die bunten Blüten, die aus dem Grünen lugen, Singvögel ziehen an ihm vorüber und zwitschern eine herrlich melancholische Melodie zum Abschied der letzten Sonnentage, bevor der dunkle Herbst bald Einkehr halten wird und alles schlafenlegt.

Joan kommt neben Melvin und schaut hoch zu den uralten Giganten, die die Ebene umsäumen und ihr Blattwerk stolz in den sonnigen Himmel strecken.

»Wie sehr habe ich das alles vermisst.« Melvin nimmt einen kräftigen Atemzug und schließt für einen Moment die Augen.

»Das glaube ich dir, nach all den Jahren.« Joan wirft ihm einen zufriedenen Blick zu, da sie sich an seiner neuen Freiheit anscheinend miterfreut.

»Es ist schon irgendwie seltsam, ich meine, die Jahre, als ich auf der Straße gelebt habe - oder überhaupt ist es mir nie wichtig gewesen, draußen in der Natur zu sein. Als Kind war das anders.«

»Glaubst du, irgendetwas ist verloren gegangen im Laufe der Zeit?«

Melvin schaut Joan an.

»Ich weiß, was du meinst, ich glaube, ja. Ich habe noch gute Erinnerungen an meine Kindheit, als meine Eltern noch lebten. Ich war gerne draußen. Später, in jungen Jahren, nach der schlimmen Zeit im Heim, als ich das erste Mal mit Drogen in Kontakt kam, hatte ich mich endgültig verloren. Spätestens dann, als härtere Sachen dazu kamen.«

»Sei froh, dass du das alles überlebt hast, Mel.«

»Hm, … so richtig lebendig fühle ich mich erst jetzt, um ehrlich zu sein.«

Beide lächeln und dieses Strahlen erreicht nur kurz Melvins Blick.

»Die meiste Zeit habe ich mich nicht lebendig in meinem Leben gefühlt. Ich habe mich gehasst und wollte mich beseitigen.« Er streicht über die verschrumpelten Narben auf seinem Unterarm.

Joan fasst sanft an seinen Arm. »Das ist vorbei und in der Vergangenheit, da wo es hingehört.«

»In der Anstalt war ich froh, dass ich Basil kennengelernt habe. Die Gespräche mit ihm taten mir gut. Als ich ihm einmal von meinen Selbstmordversuchen erzählte, sagte er mir, dass ich mich nicht selber aus dem Leben entlassen kann, denn das könnte nur der Allmächtige und er hat anscheinend noch eine Aufgabe für mich, bevor ich gehen kann.«

»Das hat dein Freund Basil schön gesagt«, antwortet Joan.

»Als ich verurteilt wurde, war mir die ganze Tragik noch nicht klar, was es heißt, eingesperrt zu sein. Diese Einsamkeit, dieser Verlust der Freiheit. Es ist schmerzend zu sehen, wie die Sommer und die Jahre vorbeiziehen. Acht Jahre werden zu einem Martyrium - wie eine Spirale, in der jeder Tag die gleichen Sehnsüchte und die gleichen Schmerzen anbietet. Du versuchst, irgendwie mit dem Schmerz umzugehen, und die ganzen Ärzte, die an dir herumpfuschen und dich mit Medikamenten vollpumpen, machen alles noch schlimmer. Wie ein Zirkusdompteur, der einen Elefanten quält und peitscht, damit er endlich ein Kunststück vollführen soll. Und wenn er es dann kann, macht es den Elefanten auch nicht glücklicher.«

»Es ist vorbei.« Joan streicht erneut über Melvins Schulter und löst damit seinen finsteren Blick vom Boden zu ihr.

»Ja, … das ist es.« Melvin schaut zu ihr und da ist wieder dieser Zauber. Diese wunderschöne Farbe in Joans Augen lädt ihn jedes Mal zum Versinken ein und eigentlich braucht sie gar keine Worte, um ihn aus seinem dunklen Gedankenkeller herauszuholen. Ein Blick von ihr reicht und Melvin verliert sich in einer ihm bisher unbekannten neuen und schönen Welt.

»So, nun lass uns los, bevor die Geschäfte schließen.«

Beide gehen zurück zum Wagen, steigen ein und fahren Richtung Dorf.

Die alte Landstraße zieht sich wie ein langes Band durch die Täler und Wiesen, zu beiden Seiten von knorrigen Eichen und Sträuchern eingefangen. Rinderweiden und abgeerntete Äcker ziehen an Melvins Blick aus dem Seitenfenster vorbei. Weite Felder, auf denen vor wenigen Wochen noch das Getreide in der Sommersonne knisterte, erstrecken sich bis zu den Waldrändern in der Ferne. Dieses Gefühl der kleinen Freiheit - oder ist es sogar die große Freiheit, die Melvin genießt, während er diese Weite da draußen bewundert - ist unbeschreiblich für ihn.

»Wir sind gleich da«, sagt Joan nach nur zehn Minuten Fahrt.

Melvin sieht den Kirchturm in unmittelbarer Nähe aus dem Grün der Baumkronen emporragen.

»Kennst du die Gegend hier?« Joan schaut zum ihm herüber.

»Nicht weit von hier bin ich aufgewachsen«, erwidert Melvin und schaut weit bis zu den Wäldern in der Ferne und weiß, was dort hinten vor zwanzig Jahren geschehen ist.

»Monastrea, richtig?«

»Ja, da bin ich aufgewachsen.«

Sie passieren das Ortsschild von Balea Pisteau, dem nächstgrößeren Ort, in dem es einen Einkaufsladen gibt, der nicht nur Brot, Milch und Wurst hat wie in den umliegenden Käffern.

Sie parken in einer Seitenstraße und Joans Dacia poltert über das Kopfsteinpflaster in eine Parklücke zwischen zwei Autos, die nicht mehr fahrtüchtig aussehen und an denen unzählige Rostflecken die Karosserie zieren.

Sie gehen die schmale Gasse entlang auf den Marktplatz zu. Der Geruch von Holzöfen, kochendem Essen und Wohnungsmief liegt in der Luft.

Melvin schaut die grob geklinkerten Hauswände nach oben und sieht eine alte Frau mit einem Kopftuch, die ihnen nachschaut.

Der kleine Marktplatz bietet den üblichen Anblick, den ein Zentrum in einem der Dörfer ausmacht, dennoch ist es für Melvin fast schon eine Entdeckung, da er diesen Anblick seit Jahren nicht mehr hatte. Das große Rathaus, die Kirche, die Post, bunte Häuserfassaden, wo Menschen, meist ältere, ein- und ausgehen. Mitten auf dem Marktplatz eine mit Grünspan überzogene Bronzestatue, wahrscheinlich ein Held aus der Vergangenheit, der in heroischer Pose auf einem mächtigen Ross sitzt und eine Schriftrolle gen Himmel streckt, auf der gurrend eine Taube sitzt. Davor eine Bank, auf der ein älterer Mann zu seinen Füßen schaut.

»So, da sind wir. Dahinten ist der Laden.« Joan zeigt in Richtung der bunten Häuser.

Melvin schließt die Augen, nimmt einen tiefen Atemzug, der ihn ganz in seiner neuen Freiheit ankommen lässt, was er noch immer schwer fassen kann. Er öffnet die Augen, lässt seinen Blick über den Marktplatz schweifen und schaut lächelnd zu Joan.

»Na, also. Dann lass uns mal los.«

Mit schnellen Schritten gehen sie über den Marktplatz, lachen, feixen und albern herum und Melvin fühlt sich glücklicher als je zuvor.

Sie passieren die große Reiterstatue und manche Person könnte meinen, sie wären ein junges Paar, dem die ganze Welt gehört. Passanten drehen sich nach den beiden um und lächeln mit ihnen.

Das Geschäft hat alles, was Melvins Herz begehrt. Er fühlt sich plötzlich so normal und es ist auch ein gutes Gefühl, den Einkaufskorb zu füllen und gleich in seiner Stube den Kühlschrank. Der Korb quillt fast über und Joan schaut amüsiert dabei zu, wie Melvin wie ein begeistertes Kind durch einen Spielwarenladen läuft.

»Du weißt ja, dass in der Einrichtung auch für euch gekocht wird?«

»Natürlich weiß ich das, Nico sagte es mir bereits. Aber ein paar wichtige Grundlagen muss ich haben«, erwidert Melvin. Er zeigt auf die Schokolade und Gummibärchen.

Beide müssen lachen und Melvin würde sie gerne dabei in den Arm nehmen wie gestern Abend.

So wie sie den Laden betreten haben, so verlassen sie ihn auch. Lachend und sichtlich glücklich. Sie überqueren erneut den Marktplatz und scheuchen ein paar Tauben in die Luft, die eben noch nicht da gewesen sind.

Melvin nimmt mit einem flüchtigen Blick den älteren Mann wahr, der nun eine Kapuze tief in sein Gesicht gezogen hat und nicht mehr auf der Parkbank sitzt, sondern seitlich an der Statue angelehnt steht.

Sie gehen an ihm vorbei und Melvin fühlt sich von ihm beobachtet, da er zu sehen glaubt, wie sein Kopf sich dreht langsam in die Richtung der beiden. Über seine Schulter wagt Melvin einen erneuten Blick und zuckt für einen Augenblick zusammen. Hat er gerade ein furchtbar entstelltes Gesicht unter der Haube erblickt oder hat er sich getäuscht? Sofort will Melvin einen erneuten Blick erhaschen, aber der Mann verschwindet um den Sockel der Statue aus seiner Sichtweite.

»Was ist, Melvin?«, fragt Joan wohl irritiert und folgt seinem Blick Richtung Marktplatz.

»Nichts, alles okay, komm lass uns weitergehen«, antwortet Melvin mit einer hörbaren Unsicherheit in seiner vibrierenden Stimme und geht schnellen Schrittes auf das Café zu.

Beide betreten das gemütliche kleine Café, in dem Melvin das laute Geschnatter der Gäste und der wohlige Duft nach frischem Gebäck entgegennimmt wie einen warmen Willkommenskuss der Freiheit.

Beide bestellen sich einen warmen Apfelstrudel und einen Espresso und genießen den Nachmittag in der gemütlichen Sitzecke am Schaufenster.

Melvin erzählt amüsiert ein paar seiner Knastgeschichten, wie er sie nennt, und Joan schaut ihn lächelnd an.

»… weißt du, und dann dieses dämliche Klischee mit der Seife-aufheben-im-Duschraum, dabei ist das in der Realität ganz anders.«

»Da bin ich aber mal gespannt, aber komm … Ich glaube, ich möchte es gar nicht hören«, erwidert Joan mit einem Lachen.

Melvin nippt am Kaffee und rollt seine Augen hin und her.

»Nun …«, klirrend stellt er die Tasse ab, »die Wahrheit ist, dass wir Häftlinge eigentlich gar keine Perversen sind, sondern eher die Klinikleitung, diese schaut gerne in den Duschkabinen vorbei und könnte sich den Trick mit dem Seifeaufheben sparen.«

»Und warum können die sich den Trick sparen?«

»Weil der Professor und seine Gehilfen sich freiwillig bücken.«

Beide brechen in ein lautes Lachen aus und werden von den anderen Gästen genervt angeschaut.

»Mich überrascht es immer wieder, wie viel Sinn für Humor du hast.«

Melvin lacht noch immer, als plötzlich ein angsterfüllter Schrei von Joan ihn aufzucken lässt. Entgeistert schaut Joan aus dem Schaufenster nach draußen, während Melvin ihren panischen Blick zu deuten versucht.

»Joan? Was ist los?« Nun dreht sich Melvin auch um und folgt ihrem Blick.

»Da war jemand am Fenster«, antwortet Joan mit bebender Stimme.

»Wer stand dort, Joan? Was ist los? Du bist ja völlig verängstigt.«

Joan steht auf, schiebt den Stuhl zur Seite und geht bis eine Handbreit an das Schaufenster heran. Melvin steht ebenfalls auf und stellt sich neben sie.

»Joan, wen oder was hast du gesehen?«

»Da stand ein Mann, er hat uns beobachtet. Er trug eine Haube oder Kapuze, aber ich habe sein Gesicht für einen Augenblick gesehen.«

Melvin erinnert sich sofort an seine Beobachtung eben auf dem Marktplatz und fragt verunsichert nach.

»Was … war mit seinem Gesicht. Was hast du gesehen?«

»Er hatte eine fürchterlich entstellte Fratze, er sah echt schlimm aus und schaute mich direkt an und verschwand, als ich ihn sah.«

Ein Eisschauer jagt über Melvins Rücken, denn er hat eine trübe Vorahnung, wer diese Gestalt, die nun auch Joan gesehen hat, gewesen sein könnte.

»Zum Glück ist dieser Typ weg, wahrscheinlich ein verwirrter Obdachloser oder wer auch immer.«

»Sein Blick, Mel.«

»Was war mit seinem Blick?«

»Das war der pure Hass … Der pure Hass.«

»Er ist weg. Komm, unser Kaffee wird kalt«, stammelt Melvin vor sich hin und versucht, seine Nervosität zu unterdrücken.

Melvin ist schon eine Weile wach und schaut hoch zur weißen Decke, während er noch im Bett liegt. Seine Gedanken durchziehen ständig ein dunkles und auch ein helles Tal. Ein wilder Mix aus Gedanken, Gefühlen und Emotionen. Freude, aber auch Unsicherheit überkommen ihn, wenn er an Joan denkt. Welch ein Glück, sie getroffen zu haben, aber ist er gerade dabei, neue Wunden in sich zu erzeugen? Wenn Joan bald ihren Job erledigt hat und weiterzieht, er sie nie mehr wiedersehen wird, ohne ihr zu sagen, was sie für ihn bedeutet?

Seine Gefühle bereiten ihm Angst wie ein ungezähmter Drache, der geweckt worden ist. Melvin weiß nicht, was er mit seinen Glücksgefühlen anstellen soll, und ist sich sicher, je höher er steigt in seiner Begeisterung für Joan, umso tiefer wird er fallen.

Es war gestern ein wunderschöner Tag mit ihr. Die Autofahrt, der Einkauf und das gemütliche Kaffeetrinken in der kleinen Bäckerei. Er glaubt, so glücklich war er noch nie. Nun, vielleicht sollte er diese Momente einfach genießen und die kostbare Anwesenheit von Joan schätzen, bevor sie weggeht und er wieder allein ist. Ganz allein.

Melvin tritt sich die Decke vom Körper, steigt aus dem Bett und geht in die Küche. Er macht sich einen Kaffee und geht anschließend unter die Dusche. Danach schlüpft er in seine Trainingshose, zieht sich einen Kapuzenpulli über und verlässt sein Appartement über den schmalen Weg, der zu dem großen Bungalow nebenan führt, in dem die Kurse abgehalten werden. Melvin beritt das Gebäude, welches größer ist, als es von außen wirkt. Cremefarbene Wände, Spiegel und Blumen in Vasen verschaffen ein nettes und auch beruhigendes Ambiente.

Melvin geht auf den Kursraum zu, dessen Tür einen Spalt offensteht. Er schaut hinein und sieht vorne Nico auf einem kleinen Podest mit geschlossenen Augen im Schneidersitz. Um ihn herum sitzen einige der Bewohner in gleicher Haltung verstreut im Raum auf bunten Kissen. Einige haben eine Decke wie einen Poncho über ihre Schulter gelegt. Nichts passiert, alle schweigen und sitzen nur da.

›Das hat etwas von einer Sekte, die sich der absoluten Passivität verschrieben hat‹, denkt Melvin und verdreht die Augen. Er geht über den Flur zurück zum Ausgang. ›Das scheint dieser Achtsamkeitsblödsinn zu sein‹, denkt Melvin und wundert sich zugleich über seine abwertenden Gedanken gegenüber dieser Methodik. ›Nun habe ich schon an Menschen etwas auszusetzen, die einfach nur schweigend und mit geschlossenen Augen dasitzen und atmen.‹ Er ertappt sich selbst bei seiner Vorverurteilung.

Melvin bleibt kurz stehen und schaut sich um. ›Hm, vielleicht probiere ich es ja doch mal aus beim nächsten Mal.‹

Dann spaziert er durch den Garten, genießt die frische Luft und setzt sich auf einen der Stühle der Sitzgruppe auf der Wiese. Die Vögel segeln tief an den Nadelbäumen vorbei und dunkle Wolken ziehen am Himmel vorüber. Einzelne Tropfen landen auf seiner Stirn und bevor der Regen losbricht, macht sich Melvin auf zu seinem Appartement.

Er sucht auf dem Weg zur Tür den Schlüssel und dann fällt ihm ein, dass er nicht abgeschlossen hat. Wozu auch.

In der Welt, aus der Melvin kommt, schließen andere für einen die Türen auf und zu. Und außerdem: Was soll ihm hier schon geklaut werden?

Er betritt seine Räumlichkeiten, schließt die Tür und rümpft die Nase. Ein leicht säuerlicher Alkoholgeruch zieht ihm in die Atemwege, ein Gestank, der irgendwo eine schlimme Erinnerung in ihm weckt.

Er schaut nach unten und sieht die dreckigen Fußabdrücke. Und ehe er sich umdrehen kann, landet ein dumpfer Schlag auf seinen Hinterkopf und plötzlich gehen seine Lichter aus.

Wie Nebel, der sich langsam auflöst, erlangt Melvin sein Bewusstsein und sieht blitzende Sterne aus seinen halbgeöffneten Augen.

»Wach auf, du Schwuchtel«, vernimmt Melvin, was sich aus seinem Zustand anhört wie ein leierndes Kassettenband.

Er erkennt die verwaschenen Umrisse einer Gestalt vor sich, die nun anfängt, ihn leicht zu ohrfeigen. Nun spürt Melvin auch den heftigen Schmerz am Hinterkopf, der in Wellenform brutale Schmerzen durch sein Hirn jagt.

»Ich dachte, du bist eine Schwuchtel! Wer war denn die Kleine gestern in dem Café? Hey, Schwanzlutscher, aufwachen.«

Ein erneuter, diesmal kräftigerer Schlag klatscht an Melvins Ohr und ein pfeifender Tinnitus zieht durch seinen lädierten Schädel. Er schüttelt sich die Sterne aus den Augen und betastet mit der Zunge die lockeren Zähne im Mund. Der diffuse Film über Melvins Augen legt sich und der Ansturm von Panik durchfährt ihn, als er in die entstellte Grimasse seines Peinigers schaut, welche aussieht wie eine zusammengenähte Maske.

Melvin will aufspringen und die Flucht ergreifen, aber merkt nun auch, dass er mit Kabelbindern an den Stuhl fixiert ist, die in sein Fleisch schneiden und brutal stramm gezogen sind.

»So so, nun wohnst du also in so einem Behindertenheim, aber genau da gehörst du hin«, spottet der buckelige Alte und schaut mit seinem geröteten Auge hoch zur Decke, während sein anderes totes Auge weiterhin Melvin anstarrt. Er weiß nicht, wohin mit seiner Angst, und ruckelt auf dem Stuhl hin und her, als plötzlich die Hand des Alten seinen Kehlkopf umschließt und den Kopf nach hinten drückt.

»Du mieses Stück Scheiße, weißt du, wie oft ich von diesem Moment geträumt habe? Es dir endlich heimzuzahlen?«, faucht er Melvin seinen ganzen Hass mit einer stinkenden Schnapsfahne ins Gesicht.

Er drückt so fest zu, dass Melvin wie durch einen Strohhalm nach Luft ringt.

»Bitte, Artem, … das war damals …« Er röchelt und ringt nach Luft.

Artem Emmanuescu lässt seine Kralle von Melvins Hals, der nach Luft keucht und einen Hustenanfall bekommt.

»Du hast mich damals zum Krüppel geprügelt und mir mein scheiß Geld auch noch geklaut.« Der Alte tritt einen Schritt zurück und wartet, bis Melvin sich ausgehustet hat.

»Das wollte ich damals nicht … Du hattest meinen Freund Mucki erschlagen, da habe ich die Nerven verloren … Es tut mir leid.«

Artem winkt ab und spuckt Melvin seinen schaumigen Speichel auf die Brust. »Deine Erklärungen interessieren mich einen Scheiß. Deinem verfickten Hasen wirst du nun Gesellschaft leisten, du Pussy.«

Eiskalter Schweiß läuft über Melvins Gesicht und er spürt auch eine warme Flüssigkeit, die an seinem Hinterkopf herunterrinnt, was nur Blut sein kann.

»Brauchst du Geld, Artem? Ich habe welches, ich kann was für dich tun«, sagt Melvin in der totalen Verzweiflung, während sich Artem umdreht und in einer mitgebrachten Tasche herumwühlt.

Metallisches Klimpern ertönt, das Melvin einen erneuten Schauer einjagt.

»Dein Geld werde ich mir später mitnehmen, wenn wir fertig sind. Keine Sorge, Arschloch«, nuschelt Artem und kramt lachend in der Tasche herum.

Artem steht auf und steckt sich etwas in die Gesäßtasche, das Melvin nicht erkennt. Die anderen Gegenstände, die er in seiner Hand hält, sind eine ausgestopfter Socke und eine Rolle Klebeband.

»Das wollte ich eigentlich eben schon machen, aber ich war mal gespannt, was du zu sagen hast. Jedenfalls ist die Unterhaltung nun vorbei und wir kommen zum Hauptteil.«

Melvins Augen flitzen panisch umher und schauen immer wieder Richtung Tür. Artem schüttelt den Kopf.

»Ich bin nicht so ein dummer Hurensohn wie du und lass die Tür offen. Ich habe brav abgeschlossen.« Ein dämonisches Grinsen durchzuckt seine entsetzliche Visage.

Melvin schafft es, einmal laut um Hilfe zu rufen, ehe Artem ihm einen Hieb in den Magen versetzt, der ihm die Luft raubt, und ihm anschließend den Knebel in den Mundraum stopft und das Klebeband um den Hinterkopf wickelt. Artem kommt nun ganz nah an sein schweißnasses Gesicht, das von Todesangst gezeichnet ist. Er schaut in Artems gesundes Auge, das ihn in einem inbrünstigen endlosen Hass anstrahlt. Artem genießt sichtlich den Anflug von dieser unfassbaren Angst in Melvins Blick für einen Moment, was seiner unappetitlichen Visage abzulesen ist.

Artem greift in die Hosentasche und holt den Gegenstand heraus, der Melvin beim Anblick fast den Verstand verlieren lässt.

»Du hast mir damals mein Gesicht demoliert und mir Knochen gebrochen und ein Auge rausgeschlagen. Ich finde es nur fair, dass ich mir jetzt etwas von dir hole«, keucht der Alte und dreht die geschliffene Spitze des Schraubendrehers vor Melvins Pupille hin und her. »Aber heute keine halben Sachen, Melvin. Wenn ich dich langsam abstechen werde und dir die Haut vom Leib reiße, darfst du das ganze blind miterleben.«

Melvin mobilisiert alle Kräfte und schüttelt wild seinen Kopf hin und her. Artem gibt ihm einen erneuten Fausthieb in den Magen und klemmt seinen Kopf in die Armbeuge. Melvins Gegenwehr ist am Ende. Keine Ausweichmöglichkeit und sein Kopf scheint in einem Schraubstock fixiert zu sein. Er schließt seine Augen in der Hoffnung, es würde dann weniger schlimm sein.

»Freue mich schon darauf, wenn du gleich blind und ohne Zähne meinen Schwanz lutschen darfst.«

Der Alte hebt seine rechte Hand und setzt zum Stoß an, als ein berstendes Krachen erfolgt und die Wohnungstür aus dem Schloss fliegt.

Hasserfüllt schaut der Alte über seine Schulter zur Tür. »Verpiss dich, du Miststück«, zischt er Joan entgegen.

Melvin will sie warnen und schreit in den Knebel hinein.

»Melvin!« Sie kommt auf die beiden zugeeilt.

Artem wendet sich von Melvin ab und rennt auf Joan zu, den Schraubenzieher in seiner Faust.

Plötzlich geht alles rasend schnell. Artem holt mit zwei Schwingern aus und versucht, Joan den Schraubenzieher in den Leib zu stechen. Sie weicht mit blitzschnellen Drehungen aus und ehe Artem ein drittes Mal ausholen kann, landet eine schnelle Links-rechts-Kombination an Artems speckigen Körper. Er taumelt von den harten Körpertreffern sichtlich benommen einige Schritte zurück, aber Joan setzt sofort mit krachenden Haken an seinen Kopf nach, welche seine Nase explodieren lassen wie eine Tomate. Wie von einer Axt getroffen, fällt der Alte einem gefällten Baum gleich mit ausgebreiteten Armen rückwärts auf den Boden. Der Schraubenzieher fliegt aus seiner Hand irgendwo in eine Ecke des Raumes. Artem stöhnt schmerzerfüllt auf und bleibt regungslos liegen. Joan schaut mit geballten Fäusten auf den Alten herab, dessen Blut aus seiner zertrümmerten Nase schießt. Sie senkt die Arme, da sie sich sicher ist, dass er genug hat und liegen bleibt.

»Mel! Oh nein.«

Sie läuft zu Melvin und befreit ihn zuerst vom Knebel. Er keucht, weint, schluchzt und versucht, sich zu bedanken.

»Mel, Mel … Wer ist das? Was ist hier passiert? Du blutest.«

Joan nimmt seinen Kopf in ihre Hände und schaut in sein von Blut und Schweiß verschmiertes Gesicht.

»Das ist Artem. Der Typ, wegen dem ich gesessen habe. Er wollte sich an mir rächen.«

»Das ist der gleiche Typ, der mich durch das Schaufenster angestarrt hatte.«

»Ja, als wir in dem Café saßen. Ich war mir nicht sicher, aber ich glaube, ich habe ihn auch zuvor auf dem Dorfplatz gesehen. «

»Was? Und warum hast du mir nichts gesagt?«

»Ich … Ich war mir unsicher, konnte sein Gesicht nicht genau erkennen auf die Entfernung und unter der Kapuze … Ich …« Melvin ringt verzweifelt nach weiteren Erklärungen.

»Ist okay. Es ist okay, Mel«, beruhigt ihn Joan, fasst nach seinem Arm und schaut hinüber auf den Küchenboden, auf dem der bewusstlosen Alte liegt.

»Mel, der wollte … der hätte dich getötet, wenn ich nicht gekommen wäre.«

»Ja, verdammt, ich weiß … Ich weiß«, kreischt Melvin unter Tränen.

»Du blutest, wir müssen zu einem Arzt.«

»Bitte mach mich sofort los … Bitte, Joan«, fleht Melvin und zerrt an den Handgelenken.

»Ja klar, warte.« Joan schaut auf die strammen Kabelbinder.

»In der Küche in der Schublade ist eine große Schere, damit kannst du die scheiß Dinger durchtrennen, los mach schon.«

Joan steht auf und läuft hinüber in die Küche, reißt die Schublade auf und holt die Schere heraus. Sie geht zurück zu Melvin, als plötzlich ein Bein von Artem zur Seite schnellt und Joan zum Stolpern bringt. Die Schere schlittert über den glatten Boden Richtung Melvin, während sie hart mit der Stirn auf den Boden aufschlägt.

Joan krümmt sich, versucht sichtlich benommen, auf die Beine zu kommen, aber Artem ist diesmal schneller. Er steht auf, geht drei Schritte auf Joan zu und springt auf sie. Seine Hände umschließen sofort ihre Kehle. Joan umfasst seine Handgelenke und versucht gleichzeitig, den massigen Körper des Alten von sich zu stoßen. Seine Fratze ist angespannt und er brüllt ihr unter dem Schwall seines Blutes, welches aus seiner Nase und Mund auf Joans Gesicht fließt, zu: »Verrecke, du Miststück.«

Joan hat keine Chance und ihr Gesicht verkrampft sich, während ihre Beine strampeln und in die Luft austreten.

Melvin sieht vor seinem Stuhl die Schere liegen. Er wackelt und schaukelt. Dann fällt er mit dem Stuhl zur Seite auf den Boden.

Die Schere müsste irgendwo hinter ihm liegen und er versucht sie zu ertasten. Joans Todeskampf scheint sich zu verzögern, da sie es Artem nicht leicht macht und kämpft, ihren Oberkörper dabei auf und ab wuchtet. Artems Daumen graben sich tiefer in ihre Kehle und ihre Kräfte lassen dennoch immer mehr nach und ihre Gegenwehr schwächt ab.

Melvin wird immer hektischer und fast wahnsinnig, er schreit vor Wut, da er die Schere nicht findet. Doch dann: Plötzlich hat er sie ertastet und schafft es irgendwie, den Kabelbinder der rechten Hand zu durchtrennen. In Windeseile befreit er sich von den restlichen Kunststofffesseln, die auch seine Beine an den Stuhl fixiert haben.

Er rennt hinüber, um diesmal Joan zu retten, deren Beine fast zum Stillstand gekommen sind und nur noch zucken. Mit Anlauf springt er auf Artems Rücken und beide fallen zur Seite. Erneut schafft Artem es, sich auf sein Opfer zu stürzen, schaut hinunter auf Melvin, während er nun versucht, ihn zu erdrosseln. Melvin spürt dass er die Schere noch in seiner rechten Hand hat. Er holt aus und sticht mit einer senkrechten Bewegung nach oben und jagt Artem die Scherenspitze durch sein Nasenloch tief in den Schädel. Ein knackendes Geräusch ertönt und setzt einen erneuten mächtigen Blutschwall frei, der nun auch Melvins Gesicht dunkelrot einfärbt. Die Schere steckt bis zu den Griffen mitten in Artems Gesicht. Melvin spürt, wie dessen Kraft in den Hände nachlässt und er zusammensackt. Er drückt den leblosen Körper des Alten von sich hinunter. Dann schaut er hinüber zu Joan, die sich am Boden krümmt. Kraftlos robbt Melvin auf Knien und Ellbogen zu ihr hinüber und beugt sich über sie. Langsam öffnet sie die Augen, als würde sie aus einem langen Schlaf erwachen. Sie atmet schwer und Melvin wischt ihr Artems Blut aus dem Gesicht.

»Wir haben ihn erledigt, Joan … Wir haben ihn erledigt.«

Sie scheint immer noch benommen und fasst an sein ebenfalls blutverschmiertes Gesicht. Bläst ihm ihren Atem entgegen, der nach Blut, Schweiß, Todeskampf und Aufopferung riecht.

Ein großer weißer Kreis umschließt die Leiche des Alten und reflektiert das Licht, welches aus dem Fenster in den Raum fällt. Direkt daneben liegt Joan, die erschöpft in Melvins Armen ruht und mit jedem Atemzug wieder zurück ins Leben gelangt. Beide schauen sich in die Augen und brauchen keine Worte. Ein Krieg, der überstanden ist, in dem beide im Angesicht des Todes lagen und sich füreinander aufgeopfert haben, braucht keine weiteren Erklärungen, um das Wort Liebe zu definieren.

Der kupferne Geschmack des Blutes in ihren trockenen Mündern, die Wunden, die Prellungen, die Wundmale des gemeinsamen Kampfes zu ertragen und anzunehmen. Der Schande gemeinsam entgangen zu sein, als Opfer für ein menschliches Ungeziefer wie diesem alten schwachsinnigen Säufer, das junge Leben zu verlieren.

›Welch ein tragisches Ende wäre das gewesen, wo wir doch einen größeren und schöneren Tod erwarten können‹, denkt sich Melvin und schaut mit brennendem Herzen in die tapferen Augen seiner Kriegerin.

»Die wilde und gemeinsame Jugend soll uns heute nicht genommen werden, mein Schatz.«

Ihre Augen funkeln sich an und beide berühren sich in ihren blutverschmierten Gesichtern mit einer musischen Sanftheit. Ihre verwundeten Herzen stehen in Flammen.

Langsam senkt Melvin den Kopf nach unten und schließt die Augen.

Wie ihre warmen Lippen verschmelzen. Ihre Zungen finden sich, spielen miteinander, setzen einen chemischen Prozess in ihren Köpfen frei, der die befriedigende Wirkung von Heroin fast verspottet, wie Melvin anerkennen muss.

Aber dieses leidenschaftliche Wesen aus Fleisch und Blut, Muskeln und Sehnen in seinen Armen ist ein Gottesgeschenk und keine Glückprothese. Melvin hofft, dies ist tatsächlich die Realität. Joans Zunge in seinem Mund lässt ihn fast abheben vor Glück.

Die Küsse werden wilder, intensiver. Melvin beißt ihr zart in ihren straffen und sehnigen Hals. Er öffnet ihren Hosenknopf. Joan hält für einen Augenblick Melvins Hand zurück, lässt es aber dann geschehen, denn nun gibt es kein Halten mehr. Er soll sie schmecken, denn sie will es auch so sehr.

Er reißt ihr die Hose vom Leib und umfasst ihre athletischen Beine, die sich zitternd vor Erregung nach außen spreizen. Melvin berührt ihren muskulösen flachen Bauch, auf dem sich die einzelnen Muskeln abzeichnen. Joan stöhnt auf und drückt empfangend ihren Unterleib ihm entgegen, wie eine prachtvolle Blume ihren Nektar dem Sonnenlicht zeigt.

Er greift nach ihrem Höschen, das warm und feucht ist, und Melvin steigt ein wohliger organischer Duft in die Nase. Als er den Stoff herunterreißt und ihren ganzen Geruch aufnimmt, explodiert nun endgültig das Lustareal in seinem Hirn in allen Farben. Er taucht gierig wie ein ausgehungertes Tier seinen Mund und sein ganzes Gesicht tief in ihren Sud der Lust ein und küsst und schmeckt ihren säuerlichen Geschmack, der seinen Unterleib in Flammen setzt. Joan schreit, stöhnt und bewegt ihr schmales Becken rhythmisch im Takt seiner Zunge, die sie liebkost. Melvins Hände fahren über ihren straffen trainierten Körper. Über den flachen Bauch, die hervorstehenden Rippen bis hoch zu ihren aufgerichteten Brustwarzen, die steif in die Höhe ragen. Sie reißt sich ihr Shirt über den Kopf und seine Hände greifen nach ihren Nippeln, was beide laut aufstöhnen lässt. Gemeinsam suhlen sie sich in dem Blut des Alten, welches weiterhin unentwegt aus der Leiche neben ihnen über den Boden pumpt, und der Duft von Blut, Schweiß und Leidenschaft hängt in der Luft.

Sie schreit es hinaus, immer wieder schreit sie es hinaus und Melvin befreit sich nun auch aus seiner Hose. Wie ein brennendes Schwert dringt er in ihre empfängliche Öffnung ein und beide schauen sich in die tobenden Augen. Ihre Körper verschmelzen und ihr Fleisch verbrennt im Feuer der wilden Ektase. Ein erneuter blutiger Kuss, der das Flugticket endgültig löst und beide Richtung Himmel schweben lässt.

Beide liegen sich auf dem blutigen Fußboden in den Armen und schauen sich keuchend in die Augen.

Joan steht plötzlich auf und ihr Blick fällt auf die blutüberströmte Leiche des Alten, dann schaut sie hinüber zu der aufgebrochenen Tür und ihr von Angst und Verwirrung gezeichneter Blick fällt zurück auf Melvin. Sie rennt ins Bad, die Brause ertönt und nach ungefähr fünf Minuten kommt sie zurück in den Raum, eingewickelt in ein großes Handtuch.

Melvin hat sich inzwischen angezogen und sitzt mit dem Rücken an der Wand. Schaut abwesend auf die Schere, die in Artems Schädel steckt. Joan schlüpft in ihre Klamotten und fährt mit den Handflächen mehrmals über ihr Gesicht, so als könne sie das angerichtete Blutbad aus ihren Augen und somit aus der Realität wischen.

»Wir haben ihn ermordet, Mel«, zittert Joans Stimme.

»Nein, nicht du, ich habe es getan … Aber es war ein Unfall. Er hätte uns beide abgestochen und wenn du nicht gekommen wärst, würde ich jetzt dort liegen.«

»Ich weiß, ich muss die Polizei rufen. Sofort.«

»Bist du wahnsinnig, Joan?«, mahnt Melvin und drückt sich aus der Hocke nach oben.

»Mel, wir haben einen Menschen getötet. Es war Notwehr, wir haben nichts zu befürchten. Ich rufe jetzt an.«

Joan begibt sich auf den Weg zur Tür. Melvin fängt sie ab. Sie dreht sich zu ihm, als er sie am Ellbogen packt.

»Joan, bitte, bitte tu das nicht. Du hast vergessen, dass ich ihn umgebracht habe und gerade erst frisch entlassen worden bin. Die Polizei wird dies als schweren Rückfall verurteilen und mich für die nächsten fünfundzwanzig Jahre erneut wegsperren. Joan … bitte …«

Beide fassen sich an den Händen, wobei Melvin vergeblich den Blickkontakt zu ihr sucht.

»Ich weiß nicht. Ich kann das Ganze doch bezeugen, auch dass er mich angegriffen hat. Der Richter wird das einsehen und ein mildes Urteil aussprechen. Es war Notwehr und du hast dich verteidigt.«

Melvin reißt sich von ihren Händen los.

»Diese verdammte Justiz wird mich erneut in ein Loch stecken. Damals war es eine ähnliche Ausnahmesituation wie eben und der Staatsanwalt erklärte mich für schuldig und so wird es auch dieses Mal sein. Ein psychisch kranker Gewalttäter, der kurz nach der Entlassung rückfällig wird und sich an dem damaligen Opfer erneut gerächt hat. So wird es ausgelegt von diesen Autoritätswichsern da hinten in Bukarest.«

Joan schaut unsicher in Melvins erregtes und schweißnasses Gesicht.

»Ich wollte dich nicht anschreien.«

»Ist schon gut, Mel …«

»Ich lasse die Leiche verschwinden und diesen Vorfall hat es nie gegeben und du bist heute auch nicht hier gewesen«, antwortet Melvin verzweifelt.

»Ich weiß nicht. Ich habe dabei große Angst. Wenn das rauskommt, werden wir beide verhaftet und landen dann wahrscheinlich wirklich für fünfundzwanzig Jahre im Knast. Das ist kein Spaß.«

»Ich weiß. Ich nehme das Risiko voll auf mich. Glaub mir, wenn wir die Polizei rufen, bekomme ich Handschellen an und werde verknackt. Es gibt nichts, was für mich spricht. Auf deine Zeugenaussage werden sie pfeifen. Du bist eine Ausländerin, die hier keine Lobby hat. Vergiss es. Dieses Land ist genauso korrupt wie damals, bevor wir uns einredeten, wir wären jetzt eine Demokratie. Und wenn du Pech hast, kommst du mit ins Loch und wirst verurteilt. Vertraue mir. Gerechtigkeit ist hier reine Auslegungssache und nicht objektiv.«

Joan lässt das Geschehene auf sich wirken und in ihrem Kopf vermengt sich alles zu einem Mix aus Rechtschaffenheit, Angst, Moral, Vernunft und Verschweigen der Tatsachen.

Melvin schaut hinüber zu der aufgebrochenen Tür, die einen Spalt offensteht.

»Wir haben nicht viel Zeit. Nico, der Hausmeister, oder sonst wer könnte schon bald hier aufschlagen.«

»Was ist, wenn einer etwas gesehen oder gehört hat? Wie erklären wir uns dann? Zum Beispiel die eingetretene Tür?«, fragt Joan sichtlich nervös.

»Wir haben keine Zeit zu verlieren.« Melvin gibt ihr einen Kuss auf die Stirn, dreht sich von ihr weg und macht sich an die Arbeit.

»Was hast du vor?«, fragt Joan entsetzt, als Melvin die Leiche an ihren Hosenbeinen packt.

»Das, was ich gesagt habe. Alle Beweise beseitigen.«

Er schleift Artem hinüber ins Badezimmer und die Leiche zieht auf dem Boden einen roten schlicrigen Streifen hinter sich her.

»Mel, was hast du vor?« Joan steht im Badezimmer, während Melvin den Alten neben die Badewanne legt.

»Nun, er kann nicht mitten in der Wohnung liegen bleiben. Ich werde ihn diese Nacht entsorgen. Geh rüber ins Haus und halte Nico auf, bevor der tatsächlich hier aufschlägt.«

»Aber Mel, dein Kopf … Du musst dringend zu einem Arzt.«

»Los, mach schon. Mach, verdammt noch mal …«, zischt Melvin unter Tränen, die in seiner Verzweiflung sein Gesicht fluten.

Joan schaut in den Spiegel, ob noch irgendwo Blutspritzer zu sehen sind, während Melvin mit einem Schmatzen die Schere aus Artems Kopf zieht und ein Handtuch um seinen Schädel wickelt.

Joan steht im Türrahmen und Melvin füllt einen Putzeimer mit dampfendem Wasser, Essigreiniger und Flüssigseife.

»Bitte, mach schon … Wir haben keine Zeit mehr zu verlieren. Ich mache hier alles sauber. Lass dir eine gute Geschichte wegen der Tür einfallen und lass ihn unter gar keinen Umständen hier herkommen.«

Melvin hat den Satz noch nicht ausgesprochen, da verlässt Joan zügig sein Apartment.

Das Licht der Scheinwerfer schneidet sich durch die tiefe Dunkelheit, leuchtet Motten und Nachtfalter an, die auf dem stockdunklen Waldweg umherflattern. Mächtige Baumstämme ziehen an dem Lichtkegel links und rechts vorbei, der von der Dunkelheit bedrohlich eingenommen wird.

Melvins Blick trifft Joan, die ihre Angst scheinbar nicht mehr kontrollieren kann, und ihre Hände zittern wie elektrisiert am Lenkrad.

›In was sind wir da nur hineingeraten? Wie konnte Joan so naiv sein und denken, der Alte würde nach dem Kinnhaken nicht mehr aufstehen? Sie hätte ihn direkt fesseln sollen oder direkt die Polizei rufen oder Nico oder den Hausmeister verständigen müssen, aber alles kam anders und diese Denkspiele nutzen uns jetzt auch nichts mehr‹, weiß Melvin. Und sie sind gerade dabei, eine Leiche zu entsorgen, an deren Mord auch Joan unmittelbar beteiligt gewesen ist, was nun ihr Strafmaß drastisch in die Höhe treibt, sollte dies rauskommen.

Melvin berührt sanft ihren Arm, als wenn dies ihr die Nervosität nehmen könnte, während sie erregt auf die Unterlippe beißt und versucht, ihre Emotionen unter Kontrolle zu bekommen.

Melvin wirkt gelassener und fragt sich, ob das Töten immer so leicht ist. Und ob die furchtbaren Schuldgefühle erst später kommen. Aber Melvin weiß, wie viel Glück er gehabt hat. Und wäre seine Retterin nicht gekommen, hätte der Alte ihn erstochen und vorher mehrfach vergewaltigt.

Was für eine grauenvolle, aber auch bizarre Nacht für beide. Melvin schaut zu ihr hinüber und findet, wenn seine Kriegerin Angst hat, sieht sie noch anziehender aus. Der Mord und dass sie gerade eine Leiche entsorgen, ist natürlich ein großes Thema in

Melvins Innenwelt, und er weiß auch, was auf dem Spiel steht. Aber bei diesem warmen Gefühl in seiner Brust, wenn er Joan anschaut und sich an das erinnert, was kurz nach dem Blutbad in seinem Appartement passiert ist, darf die Welt ruhig untergehen. Und er auch, solange er Joan dabei in den Armen halten darf.

»Melvin, ich habe echt große Angst.«

»Für mich ist das auch kein Spaziergang«, antwortet er und richtet seinen Blick auf den Strahl des Scheinwerfers.

»Im Moment wird doch diese Familie aus Österreich vermisst, das ist ständig in den Nachrichten. Die suchen momentan mit Suchtrupps und Hunden die Wälder ab. Es ist jetzt ein ungünstiger Zeitpunkt, eine Leiche zu vergraben. Shit …« Sie haut auf das Lenkrad und Melvin legt beruhigend seine Hand auf ihr Knie.

»Mach zuerst mal die Scheinwerfer aus, es ist mondhell und der Wald hat sich etwas gelichtet.«

Joan schaltet das Licht aus und der Mond taucht den Weg vor ihnen in ein helles Blau, umgeben von den schwarzen Tannen und Kiefern.

»Das stimmt, was du da sagst, aber wir haben keine andere Möglichkeit«, antwortet Melvin sachlich.

Der Weg wird unpassierbar und der Wagen schaukelt hin und her und mit jeder Unebenheit ertönt ein lautes blechernes Klopfen aus dem Kofferraum.

»Wir müssen jetzt einen kühlen Kopf bewahren. Unsere Klamotten entsorgen. Ich schrubbe morgen noch mal den Boden und stelle die Hacke und die Schaufel wieder an den Geräteschuppen des Gärtners.«

»Was ist mit der Tür?«

»Lass dir was einfallen, Joan … Du musst.«

Sie winkt ab und atmet stark aus.

»Okay, da fällt mir schon was ein. Ich sage Nico einfach, wir waren verabredet, du hättest nicht aufgemacht und ich hatte ein schlechtes Gefühl dabei und habe die Tür eingetreten.«

Melvin bildet mit Daumen und Zeigefinger einen Kreis. »Okay, guter Plan.«

Joan wirft ihm einen Blick voller Zweifel zu. »Grundgütiger, Melvin, … was machen wir hier?«

Melvin bekommt keine Antwort heraus und erspart Joan das, was spontan seine Gedanken dazu beitragen.

›Wir verscharren die Leiche eines schwachsinnigen, perversen und gewaltbereiten Säufers, der uns beide mit einem Schraubenzieher abstechen wollte und nun ein Waldbegräbnis bekommt.‹

Sie lassen den Wagen an einem Wegekreuz ausrollen und fahren rechts an den Wegrand heran, an dem kniehohe Büsche und Disteln den Wagen stoppen.

Keine Zeit für große Reden. Nun ist Tempo entscheidend. Sie steigen aus, Joan leuchtet mit der Taschenlampe, welche sie zum Glück im Handschuhfach hat, auf den Kofferraum, den Melvin öffnet. Er nimmt Hacke und Spaten heraus, die auf dem in zerschnittenen Plastiksäcken eingewickelten Toten liegen, und stellt sie an den Wagen. Die Leiche in den Kofferraum zu bekommen, war leichter, als ihn da herauszubekommen. Artem Emmanuescu ist mit dem Kopf und der Schulter zwischen Ober- und Unterkante des Kofferraumes verkantet und es gelingt ihnen mit viel Mühe, ihn herauszuheben. Melvin packt ihn unter den Armen, Joan klemmt die Taschenlampe unter die Achsel und nimmt dann die Beine. Sie schleppen ihn quer in den dicht bewachsenen Wald hinein. Äste, Sträucher und Schlingpflanzen stechen und kratzten ihnen an den Händen und ins Gesicht, so als würden sie versuchen, die beiden von ihrem Wahnsinn abzuhalten.

Sie lassen die äußeren Büsche am Waldrand hinter sich und schleppen mit letzten Kräften den Alten etwas weiter in den Wald, bis sie weichen Boden unter den Füßen verspüren.

»Das reicht«, stöhnt Melvin erschöpft mit einer Atemwolke in den Schein der Lampe.

Die Leiche plumpst zu Boden, Melvin rennt zurück, holt die Grabwerkzeuge und beginnt, das Loch auszuheben.

Trotz des Adrenalins, das durch Melvins Körper pumpt, ist es eine anstrengende und anhaltende Sache, das Loch zwischen den Baumwurzeln und den zähen Schichten des Bodens auszuheben.

Nach fast zwei Stunden rollen sie den Toten ins Loch und er wird zugeschaufelt, was bedeutend schneller geht. Beide stehen erschöpft in der Dunkelheit und Joan stemmt keuchend die Hände in die Knie, richtet sich sofort auf.

»Komm, … wir müssen hier weg … Komm, Mel.«

Er geht zu ihr hinüber und fasst sie bei ihren dreckigen und kalten Hände.

›Diese Nacht hat ganz gewiss ihren Preis. Niemand kann uns beide stoppen‹, denkt Melvin und schaut in ihr Engelsgesicht, das im Mondschein liegt.

Sie schauen sich an und es gibt keinen Zweifel und die Vertrauensfrage muss erst gar nicht gestellt werden. Ihre Augen funkeln so hell wie der volle Mond über ihnen, so leuchtend wie eine Supernova, die alle Schatten aus Melvins inneren Kerker vertreiben wird.

Im hellen Mondlicht laufen beide durch den Wald zurück zum Wagen und fahren los. Als sie den Waldweg verlassen und auf die Landstraße kommen, schaltet Joan das Licht an und lässt damit eine Eule aus dem Baum am Wegrand aufschrecken. Sie fahren die Straße entlang. Keine Autos, keine Lichter, nur die Scheinwerfer ihres Wagens wie ein heller Punkt in der Dunkelheit. Außer dem großen vollen Mond über ihnen scheint niemand Zeuge dieser kalten Nacht gewesen zu sein. Beide schauen sich an und wissen: Ab jetzt wird nichts mehr so wie vorher sein.

Die grauen Wolken am Himmel lassen nur wenig Sonnenlicht in Melvins Appartement eindringen. Die Ankunft des Herbstes lässt sich nicht mehr leugnen, genauso wie vieles andere in diesen Tagen auch, was Finsternis mit sich bringt.

Joan und er liegen schweigend mit dem Rücken auf dem Bett, dicht beieinander, ohne sich zu berühren. Keiner der beiden vermag etwas zu sagen und jeder wartet sehnsüchtig darauf, dass der andere etwas sagt, um die seltsame Stille zu durchbrechen. Melvin durchläuft diesen undurchsichtigen Wald, wo er von den Raubtieren gejagt wird, die seine belastenden Gefühle abbilden, die Verwirrung, die Irritation, die Verzweiflung und die Angst. Aber zwischen diesen dunklen Gefühlswelten gibt es ein Band, welches die Dunkelheit zu vertreiben vermag und als mächtige Kraft dem gegenübersteht. Eine Verbundenheit zwischen zwei Menschen, die sich gefunden haben.

»Ich hoffe, du hast das Bitte-nicht-stören-Schild von außen an die Klinke gehängt?«

»Selbstverständlich. Und den Zimmerservice habe ich auch abbestellt, damit wir ungestört sind.«

Langsam dreht Joan sich um, streckt ihren Arm aus und greift nach Melvins Hand. Er dreht sich ebenfalls zu ihr und spürt in der Dunkelheit ihren warmen Atem.

Nun fühlt er auch ihre andere Hand in seinem Gesicht, ihre Brüste zart an seinem Oberkörper und ihre Oberschenkel fest und entschlossen an seine gedrückt. Sie küssen sich, zuerst zögernd, dann aber immer leidenschaftlicher. Und dann eröffnet sich für beide erneut der Himmel.

Inzwischen ist es stockdunkel im Zimmer geworden, als Joan Melvin aus einem bösen Traum weckt. Melvin wacht auf und versucht, sich an den Traum zu erinnern, aber dann wird ihm bewusst, dass er eigentlich die Dinge vergessen will, an die er sich immer erinnern muss.

»Mel, vielleicht ist die Frage seltsam oder unangebracht, aber ich habe das Gefühl, etwas bedrückt dich. Ich kann es nicht erklären.« Joan verschränkt ihre Finger in Melvins Hand.

»Hm … Weiß nicht, was du meinst. Nun, abgesehen davon, dass ich einen Menschen ermordet und in einem Waldgebiet vergraben habe, ist meine Welt ansonsten sorgenfrei«, antwortet Melvin ironisch, hat aber eine kleine Vorahnung, was Joan meinen könnte.

»Das meine ich nicht, wir beide haben etwas Schlimmes getan, ja, aber es war eine Notlage.«

»Ist okay.« Melvin zieht seine Hand nach oben und küsst Joans Handrücken.

»Aber moralische Aufklärung und jegliche Art von Sündenbekenntnis sollten wir uns aufheben.«

»Ich weiß, ich weiß.«

»Es bleibt unser Geheimnis, muss unser Geheimnis bleiben.«

Joan schaut Melvin tief in die Augen. Sie beugt sich nach vorne und gibt ihm einen Vertrauenskuss, der dieses Geheimnis besiegelt. Melvin legt den Arm um ihren Kopf und drückt sie an seine Seite.

»Ich muss dir etwas sagen, Joan, aber ich habe Angst vor deiner Reaktion.«

»Falls es ein weiterer Mord ist, den du mir gestehen willst, oder etwas ähnlich Schlimmes, von dem ich nichts weiß, dann lass es besser.«

»Du hast recht, dass mich etwas sehr beschäftigt, und …« Melvin bricht den Satz ab und wendet den Blick zur dunklen Zimmerdecke.

»Mel, ich wollte dich eben nicht herausfordern. Wenn du es mir nicht sagen möchtest, dann ist es okay. Wir Menschen haben alle unsere Geheimnisse und dürfen diese auch für uns behalten, um auch andere vor der harten Wahrheit zu bewahren.«

Gedanken schwirren wie Fledermäuse wild und orientierungslos in Melvins Kopf umher. Es liegt ihm auf der Zunge, Joan zu offenbaren, dass der Mörder seiner Eltern auf freiem Fuß ist. Er ist fest davon überzeugt und möchte ihn finden. Der Zeitpunkt scheint aber nicht der richtige zu sein und würde Joan nur in Sorge versetzen. Er gibt ihr einen Kuss auf die Stirn.

»Vielleicht macht es mich ja besorgt, dass ich zu einem Mörder geworden bin. Mein Freund Basil hat einmal zu mir gesagt: ›Wenn irgendwann die Sonne erloschen ist, wird niemand mehr da sein, der sich an unser Tun erinnert, sodass es letztendlich egal sein wird, ob man ein böser oder ein liebevoller Mensch war.‹ Er sagte: ›Wir Menschen sind dazu verdammt, Böses zu tun, um zum Glauben zu finden. Wir lernen nur im Schmerz und finden am Tiefpunkt uns selbst, und auch ihn. Gott.‹«

»Dein Freund Basil ist jemand, den man einen Religionsknastbruder nennt, oder?«

»Von Religion hält er wenig. Er sagt, das ist von Menschen gemachter Unsinn und hat nichts mit Gotteswerk zu tun. Basil. Ich werde ihn vermissen.«

»Du kannst ihn doch besuchen?«

»Vielleicht, Joan, vielleicht werde ich eines Tages den alten Griechen wiedersehen.«

Melvin drückt Joan fester an sich und sie genießen die wohlige Wärme, die ihre Körper ausstrahlen, obwohl beide noch nicht so recht begreifen können, was gerade zwischen ihnen passiert.

Joan greift nach ihrer Jeans, die neben dem Bett liegt, und schaut auf ihr leuchtendes Handydisplay.

»Mel, ich muss los, ich kann die Nacht über nicht bei dir bleiben. Du verstehst das?«

»Natürlich tue ich das.« Melvin streicht über ihre nackte Schulter und dennoch fällt es ihm schwer, dies zu akzeptieren Aber es ist okay für ihn, da er am kommenden Morgen etwas Wichtiges zu erledigen hat, was Joan nicht mitbekommen soll.

Sie geben sich einen langen Abschiedskuss, der sich für beide anfühlt wie pure Elektrizität.

Joan zieht sich an und verlässt im Dunklen das Appartement. Jede Nacht hat für sie ihre Geheimnisse und so schleicht Joan hinaus und verlässt das Appartement mit einem wilden Gefühlschaos aus Sorge, Angst und dieser Wärme in ihrem Bauch, diesem Feuer in ihr, das Melvin aus dem Nichts in ihr entfacht hat.

Die warmen Gedanken an Joan lullen Melvin in einen erneuten Schlaf und dieses Mal ohne ein Erwachen in bösen Träumen.

Melvin wacht auf und blinzelt durchs Fenster in die Morgensonne, die über die Baumkronen lugt. Ein milder und trockener Tag im Herbst, beste Bedingungen zu dieser Jahreszeit, um heute seinem Plan nachzugehen, eine gewisse Vorahnung zu bestätigen.

Sicherer wäre es natürlich, sich nachts oder in der Dämmerung auf den Weg zu machen, aber bei guten Lichtverhältnissen und milden Temperaturen funktionieren die Instinkte von Insekten am besten. Und auch für ihn ist die Navigation am einfachsten, zum gewünschten Ort irgendwo da draußen in den Tiefen der Wälder.

Er wird den Bus nehmen, der nicht weit von dem Wohnheim auf der Landstraße Richtung Norden abfährt. Nun hat Melvin es doch recht eilig, packt den Rucksack. Eine Flasche Wasser, zwei Müsliriegel, etwas Kleingeld für den Bus, eine Jacke und die Wanderkarte des riesigen Waldgebiets, auf der er sich verschiedene Markierungen gemacht hat, die ihm eine grobe Orientierung geben sollen.

Sein Elternhaus, die Stelle, an der Lea gefunden wurde und den Platz, auf dem nun das Wohnmobil der vermissten Familie parkt. Alle drei Punkte befinden sich in einem Radius von mindestens einhundert Kilometern. In einem Waldgebiet, das von schroffen Felsen und Hügellandschaften, Flüssen und Seen durchzogen ist. Selbst für einen Suchtrupp der Polizei mit Gerätschaften und Spürhunden ist es fast aussichtslos, dort nach vermissten Personen oder Leichen zu suchen. Für einen Menschen allein und zu Fuß so gut wie unmöglich. Für die große Sarkophaga, deren Wahrnehmung sich über Jahrmillionen dazu entwickelt hat, Kadaver, Exkremente und Leichenteile über weite Distanzen aufzuspüren, um ihr Überleben zu sichern, eine Kleinigkeit.

Melvin tritt hinaus, lässt die Tür ins Schloss fallen und blinzelt in die Sonne. Er schultert den Rucksack und hört, wie die ersten Bewohner ins Hauptgebäude zum Frühstück gehen, während sie leise vor sich hinmurmeln. Melvin hält kurz inne, konzentriert sich, fokussiert sich und hält demütig die Hand vor sich in den Himmel, so als wolle er einer mächtigen Wesenheit huldigen, was dem gerade auch sehr nahekommt.

Er spürt die Verbindung zu ihr. Ja, sie ist ganz in seiner Nähe. Er nimmt sie wahr, vermittelt ihr ein Signal. Sie nähert sich ihm und landet auf seiner ausgestreckten Hand. Melvin spürt ihre borstigen Beine mit den kleinen Widerhaken an der Fingerkuppe des Zeigefingers. Sie schlägt ihre transparenten, rot geäderten Flügel aus und krabbelt vertrauensvoll auf seine Handfläche. Langsam schließt Melvin die rechte Hand zu einer hohlen Faust. Schnellen Schrittes verlässt er das Anwesen und läuft im Schatten der Lindenbäume die Landstraße entlang.

Nach einer Stunde Fahrt, vorbei an einsamen Bauernhöfen, großen Farmen, weiten Wiesen, gepflügten Äckern und Serpentinen durch die Ausleger des Karpatenbogens, hält der Bus in Norstea, einem Kleinod in Sichtweite zum Horowarpass, der wie ein undurchdringlicher, grün bewachsener Felsriese die Landschaft ausfüllt.

Er steigt aus und der Bus fährt mit einem Zischen weiter. Melvin verlässt das kleine Dorf und schaut in das riesige dichte Waldgebiet, welches sich vor ihm erstreckt und die Flanken des Gebirges begrünt.

Vor ihm der Horowarpass. Der Ort, an dem die österreichische Familie verschwunden ist beziehungsweise wo die Polizei ihr Wohnmobil sichergestellt hat. Auf dem Waldweg, in Sichtweite, steht ein Streifenwagen. Melvin braucht nicht auf die Karte zu schauen, um zu wissen, dass auf diesem Waldweg, ungefähr fünf Kilometer Richtung Wald, das Wohnmobil stehen muss. Wahrscheinlich ist die Straße von der Polizei sogar abgesperrt, dort wo der Streifenwagen steht. Die Suche dort als Ausgangspunkt zu starten, macht keinen Sinn und ist auch nicht Melvins Plan.

Er ist hierhergekommen, um einen ungefähren Startpunkt auszumachen. Des Weiteren hat die Polizei in den letzten vierzehn Tagen ganz sicher Fleißarbeit geleistet und jeden Baum von oben bis unten abgesucht und jeden Fuchs- und Dachsbau auf den Kopf gestellt.

Melvin zuckt kurz zusammen, als plötzlich wie aus dem Nichts ein blau-neonfarbener Polizeihelikopter über dem Bergkamm in Erscheinung tritt und über das Dorf fliegt. Das Wummern der Rotorblätter ist in der Ferne noch zu hören. Er schaut ihm hinterher und wartet, bis Ruhe eingetreten ist und der Hubschrauber am Horizont verschwindet.

Melvin dreht sich wieder Richtung Wald, schließt die Augen und fühlt das ungeduldige Stechen und Kratzen in seiner weiterhin geschlossenen Faust. Er wartet noch einen Augenblick, aber sie hat wohl die Witterung aufgenommen und ihr säurehaltiger Speichel tropft aus ihren scharfen Mundwerkzeugen auf Melvins Handfläche.

Er streckt den rechten Arm vor sich aus und öffnet die Faust ganz unaufgeregt in der Sonne, so wie sich eine Blüte öffnet. Die schwarze Fliege krabbelt auf die Kuppe des Zeigefingers. Sie positioniert sich Richtung

Osten. Es sieht so aus, als würde sie gierig auf Melvins Signal warten.

Anhand ihrer Regung vernimmt Melvin, dass sie einen weiten Weg vor sich haben, und sie vermittelt ihm auch eine einhergehende Gefahr, wenn sie ihm jetzt den Weg weisen wird. Der Impuls erfolgt. Sie schwirrt in die Luft und folgt ihrem Instinkt, während Melvin ihr quer durch die Baumreihen nachläuft - wie ein Schlafwandler, der einer Intuition folgt, jenseits des Verstandes.

Seit Stunden folgt Melvin nun schon ihrer Fährte, während das Insekt öfters innehält und stoppt. Vermutlich, um ihr Ziel neu anzupeilen.

Schlingpflanzen, dornige Büsche, Sträucher, Nadelbäume stehen Melvin immer wieder im Weg und er merkt, wie sehr er körperlich aus der Form ist. Ein moosiger schmaler Pfad führt an einer mächtigen Felswand in einen dichten Kiefernwald hinein. Melvin hat inzwischen komplett die Orientierung verloren und seine Vermutung - die auch die der Polizei ist - bestätigt sich immer mehr. Die Familie hat eine Wanderung gemacht und aus diesem Grund sind ihre Leichen auch nicht in der Nähe des Wohnmobils.

Die traurige Gewissheit, dass sie tot sind, möchte wohl in diesem Fall niemand mehr leugnen. Zudem fühlt Melvin, dass die große Sarkophaga die Witterung eines größeren Leichenschmauses aufgenommen hat, dessen Eiweiß sie gleich gierig zersetzen möchte.

Zwei alte Eichen stehen majestätisch am Eingang zum Kiefernwald und begrüßen Melvin mit einem schwermütigen Rauschen. Scharlachrot schimmert die Wand der Kieferstämme vor ihm - wie eine große fleischliche, organische Höhle, in der selbst der Boden wie Lava rotbraun schillert. Melvin sieht in Sichtweite etwas Blau-weißes auf dem Boden liegen und nähert sich langsam dem Gegenstand. Er bückt sich und nimmt ihn in die Hand. Es ist eine Thermoskanne mit einer Schlaufe. Er dreht die Kanne und sieht ein eingeklebtes Etikett, auf dem die Tinte verschmiert ist und den Namen unleserlich macht.

Sein Magen dreht sich. Geschockt lässt er die Thermoskanne aus seinen Händen fallen und weiß in diesem Moment, das er sie gleich finden wird.

Er schließt die Augen und nimmt wahr, dass die Verbindung zu der schwarzen Fliege scheinbar abgerissen ist. Sie sich jedoch in seiner Nähe befindet und sehr beschäftigt scheint. Ein eiskaltes Grauen durchfährt Melvin. Er richtet sich auf, geht zwischen den Baumstämmen weiter. Vereinzelte Lichtstrahlen fallen durch die Baumkronen nach unten und erzeugen ein wirres Lichtspektrum um ihn herum.

Nach wenigen Schritten bleibt er stehen und nun ist das Böse fast greifbar. Er hört sie. Wie damals. Er hört das Rascheln ihrer Flügel, während sie gierig den Leichnam verspeisen. Ein leicht widerlicher Gestank kommt ihm entgegen.

Wie ein Stromschlag trifft Melvin, was er dann sieht. Direkt vor ihm ist auf Kopfhöhe in einer der Baumrinden dieses Symbol geritzt, welches er auch damals in dem Birkenwald vorgefunden hat.

Dieses langschenkelige Pentagramm mit diesem Schriftzeichen in der Mitte.

Er geht ein Stück weiter nach rechts und sieht eine erneute Gravur in einer Baumrinde. Das Summen der Insekten wird immer lauter. Dann stellt Melvin fest, dass die markierten Bäume, genau wie damals, anscheinend einen Kreis bilden, in dessen Mitte …

Sein Blick richtet sich nach vorne und er sieht drei Bäume, an deren Vorderseite sich Schwärme von Schmeißfliegen wie schwarzer Nebeldunst tummeln.

Sein Herz scheint zu platzen, hämmert ungezähmt und wild gegen die Rippen. Im Bogen geht er um die drei Bäume herum und hält den Atem an.

Vor zwanzig Jahren hat er diese Szene schon einmal erlebt und seinen Vater so vorgefunden wie diese drei verstümmelten Leichen vor ihm, die mit den Händen über Kopf, an die Bäume genagelt worden sind.

Vater, Mutter und Tochter. Alle drei vollständig entkleidet und in ihr eigenes Blut getränkt. Die Köpfe nach unten geneigt - ein Werk, welches direkt aus der Hölle kommt. Ihre Bauchdecken sind aufgebrochen, die Innereien liegen wie ein Haufen nutzloser Lumpen vor ihren Füßen. Die Körper übersäht mit schwarzen Stichwunden und unzähligen größeren Verletzungen. Als würden sie noch atmen, bewegen sich ihre Körper auf und ab unter der Brut der unzähligen Maden, die sich an ihnen zu schaffen machen.

Melvin bleibt auf Abstand und fühlt sich, als wenn der Boden unter seinen Füßen aufrisse und ihn verschlänge. Er hält die Hände vors Gesicht. Tränen der Angst, des Mitleides und der Trauer wollen sich entledigen.

Melvin bleibt auf Abstand und kann keinen weiteren Schritt in Richtung der zu Tode gefolterten Opfer gehen, da seine Beine es ihm verbieten.

Nicht weit entfernt von den drei Leichen liegen ihre Kleidungsstücke und Rucksäcke. Melvin wird schlecht, er fällt auf die Knie und muss sich krampfartig übergeben. Er ächzt, als das Erbrochene beißend Mund und Nasenraum flutet wie eine Welle des grenzenlosen Ekels. Dann stemmt er sich gegen die angehende Ohnmacht vor diesem Grauen und ist sich plötzlich bewusst, in welche Gefahr er sich begibt. Natürlich hat er das auch vorher gewusst, aber wie hätte er sich vorbereiten können?

Dieses Wesen, welches zu so einer Tat imstande ist, lässt sich nicht mit den Mitteln einschüchtern, die den Menschen bekannt sind.

Hektisch schaut Melvin sich um, mustert panisch die Baumreihen. Er steht langsam auf, geht ein paar Schritte rückwärts, dreht sich um und läuft grob in die

Richtung, aus der er gekommen ist. Keuchend, hechelnd und mit den letzten Kraftreserven rennt Melvin immer weiter durch die endlosen Wälder und hat längst die Orientierung verloren. Er weint, schreit und rennt. Wie in einem Überlebenskampf läuft er immer weiter und ist sich bewusst, dass er die Nacht hier an diesem bösen Ort verbringen muss, wenn er nicht vor Sonnenuntergang irgendeine Ortschaft erreicht.

Nach Stunden der Verzweiflung ist Melvin bereit aufzugeben und längst am Ende seiner Kräfte angekommen. Die Wanderkarte hat er in der Panik und Hektik gleich zu Beginn des Rückwegs verloren. Die Füße schmerzen, seine Lunge brennt und er hat nur noch einen Wunsch: Er möchte zurück in sein Appartement, sich ins Bett legen, sich verkriechen und versuchen, die Bilder aus seinem Kopf zu bekommen. Könnte er doch nur Joan anrufen! Aber könnte er ihr erklären, wo er sich gerade befindet?

Mit dem Rücken sinkt er an einem Baum abwärts, als er plötzlich das erlösende Geräusch eines Dieselmotors aus einer Richtung hört. Ruckartig steht er auf, vernimmt ein weiteres Motorengeräusch und läuft in die Richtung.

Er schlägt sich die Äste aus dem Gesicht und sieht den erlösenden Anblick einer Landstraße, auf der ein Lastwagen vorbeifährt. Melvin will umgehend die Böschung hinunterlaufen, als er zusammenzuckt und eine laute Stimme hinter ihm ertönt.

»Was treiben Sie hier, verdammt?«

Ein grimmiger Blick mustert Melvin, der sichtlich mitgenommen aussieht nach den Erlebnissen der vergangenen Stunden. Seine Schuhe und Hosenbeine sind dreckig und mit Lehm bedeckt, kleine Äste und Kletten hängen in seiner Kleidung und auch sein Gesicht ist schmutzig und verschwitzt von den Strapazen nach der stundenlangen Flucht quer durch den Wald.

Melvin überlegt zu fliehen, da der Fremde ihm Angst macht, besonders aufgrund der Waffe, die um seine Hüfte geschnallt ist. Aber im gleichen Moment spürt er, dass er mit seinen Kraftreserven am Ende ist und für einen erneuten Sprint um Leben und Tod keine Ausdauer mehr haben wird.

»Ich frag Sie nicht noch mal«, herrscht der Mann Melvin an und legt seine Hand an die Hüfte - was das auch immer zu bedeuten hat.

»Ich … Ich habe mich verlaufen«, antwortet Melvin, um etwas Zeit zu schinden. Was auch keine Lüge ist.

Mürrisch brummt der Fremde auf und stiert weiterhin in Melvins verunsicherte Augen. Sein verlebtes Gesicht mit den geschlitzten Augen, die Melvin böse anfunkeln und den Eindruck machen, als hätten sie schon eine Menge üble Dinge gesehen.

Die verblichenen und krakligen Tätowierungen, die aus dem umgekrempelten Hemd seine Unterarme verunstalten, geben dem Mann etwas Verschlagenes.

Und obwohl der Typ alles andere als seriös und einladen aussieht, spürt Melvin, dass er ein Cop ist. Plötzlich dämmert es Melvin bei diesem Gefühl und er überlegt, woher er diesen Mann kennt. Dann fällt der Groschen.

»Ich bin Kriminalinspektor Romanov Csaba von der Mordkommission. Und jetzt sagen Sie mir mal bitte, wer Sie sind. Und habe ich das richtig gehört? Sie haben sich verlaufen?«

›Der Polizist aus dem Fernsehen und der Zeitung. Tatsächlich, er ist es‹, denkt Melvin.

Nun spielen erst recht Melvins Gedanken verrückt. Auf diese Situation war er nicht vorbereitet. Er kann der Polizei unmöglich von dem Fund berichten. Das Misstrauen und die Angst, verdächtigt zu werden, sind zu groß. Seine Fähigkeit, die ihn zu den Leichen geführt hat, ist für niemanden nachvollziehbar, das hatte Melvin sehr schnell begriffen, als er damals davon berichtete.

»Dass er mit Insekten kommunizieren kann, ist eine weitere Wahnvorstellung, der er unterliegt, und ist nur Teil seiner krankhaften Einbildung«, waren die Worte von Prof. Reczak und Dr. Tondra.

Der Inspektor schnipst mit dem Finger vor Melvins abwesenden Blick.

»Hallo, hören Sie mir überhaupt zu? Gehts Ihnen gut? Brauchen Sie einen Arzt?«

»Nein … Nein, mir gehts gut und ich brauche auch keinen Arzt.«

»Sicher?« Inspektor Csaba hebt die Augenbrauen und legt den Kopf schief.

»Ja … Sicher… Und ja, ich habe mich verlaufen. Ich war wandern hier in den Bergen. Dann habe ich die Wanderkarte verloren.«

Csaba lässt seinen Blick durch die Luft schweifen. »Sie wissen schon, dass hier momentan eine groß angelegte Suchaktion nach einer vermissten Familie stattfindet, ja?«

Melvin schüttelt den Kopf.

»Nein, weiß ich nicht. Ich schaue keine Nachrichten.«

»Dann wissen Sie es jetzt und ich möchte Sie bitten, sich demnächst woanders zu verlaufen. Sie behindern ansonsten Polizeiarbeit, verstanden?«

»Verstanden.« Melvin will sich gerade umdrehen und die Böschung hinuntergehen, als Csaba ihn am Ärmel festhält.

»Wir waren noch nicht fertig.«

Melvin wird nervös, der Puls jagt in die Höhe.

Der Polizist holt eine Zigarettenpackung aus der Brusttasche, klopft eine Zigarette heraus und steckt sich diese in den Mundwinkel. Er zündet die Kippe an, bläst den Qualm seitlich weg und zeigt auf Melvins verschwitztes und blasses Gesicht.

»Ihren Namen wollten Sie mir noch sagen. Und ich darf Sie bitten, mir Ihren Ausweis zu zeigen.«

»Warum?«

»Warum? Weil ich es Ihnen sage und darum bitte. Das ganze Gebiet ist ein Tatort und jeder, der hier rumlungert, ist für mich interessant. War das deutlich?«, zischt Csaba und zieht erneut an der Kippe.

»Interessant?« Melvins Knie werden weich wie Pudding.

»Hören Sie, mir ist nicht nach Diskussionen mit Ihnen. Es könnte sein, dass Sie vielleicht etwas gesehen haben und wir Sie demnächst als Zeuge brauchen, verstehen Sie?«

Jetzt wird Melvin noch nervöser und möchte erneut nur noch zurück ins Appartement. Er holt die Brieftasche aus dem Rucksack, worauf Csaba misstrauisch einen Schritt zurückgeht und die Hand auf seine Waffe an der Hüfte legt. Melvin überreicht dem Inspektor wortlos den Ausweis.

Csaba schaut drauf und wieder zu Melvin.

Der Inspektor reibt mit der Daumenspitze der anderen Hand in seinem Augenwinkel, während die Zigarette zwischen Mittel- und Zeigefinger klemmt.

»Melvin Aronovski … Aronovski … Woher kenne ich diesen Namen?«, grübelt Csaba laut.

»Ich glaube, Sie haben damals in dem Mordfall ermittelt, als meine Eltern umgebracht worden sind«, antwortet Melvin kühl.

Der Inspektor lässt die Zigarette fallen, tritt sie aus und wirf Melvin einen bestürzten Blick zu, der seine ganze arrogante und anmaßende Art ausgleicht.

»Oh ja, natürlich. Aronovski … Das muss gut zwanzig Jahre her sein. Ich erinnere mich. Oh, dann sind Sie der …?«

»Ja, ich bin der Sohn. «

»Das tut mir leid. Sie waren damals noch ein kleiner Junge. Sie saßen bei mir im Streifenwagen, als wir das Haus Ihrer Eltern verließen. «

»Das weiß ich nicht mehr, Herr Inspektor. Seit dem Mord an meinen Eltern habe ich große Erinnerungslücken. Aber Ihren Namen habe ich nicht vergessen.«

Er reicht ihm den Ausweis zurück, den Melvin wegsteckt und den Rucksack wieder schultert.

»Zum Glück konnte ich den Täter damals dingfest machen, der Ihren Eltern das angetan hatte«, raunt Csaba und schaut selbstgefällig auf Melvin herab.

Melvin schüttelt den Kopf. »Ich glaube nicht, dass Sie das haben, Herr Inspektor.«

Beiden schauen sich einen Moment wortlos an, wobei Csabas Gesicht immer finsterer wird.

»Was soll das heißen? Was redest du da für einen Dreck, Junge?«, zischt er ihm entgegen und sein Tonfall offenbart, dass er Melvin am liebsten für diese

Bemerkung die flache Hand ins Gesicht klatschen würde.

Plötzlich tauchen zwei uniformierte Polizisten in Leuchtwesten mit einem Schäferhund hinter Csaba auf.

»Hey Boss«, spricht einer der beiden den Inspektor an.

»War es das, Herr Inspektor Csaba?«, fragt Melvin und schaut zu den beiden Polizisten.

Csaba nickt ihm zu.

»Ja, das wars«, antwortet er ihm forsch und bestimmend.

Ohne sich zu verabschieden, dreht sich Melvin weg und eilt die Böschung hinunter.

»Und bitte befolgen Sie meinen Rat und meiden diese Wälder. Ich komme auf Sie zurück, falls ich noch was brauche«, ruft Csaba ihm nach.

Die Sonne steht schon recht niedrig über den Bergen und es scheint später Nachmittag zu sein. Die Landstraße verläuft über eine Kuppe, von der aus Melvin eine Bushaltestelle sieht, vor der zwei große Eschen stehen. Ein Donnergrollen mahnt bedrohlich in der Ferne und kündigt ein Unwetter an. Der Himmel über den Bergen verfärbt sich in eine violett-schwarze Wand und dunkle Wolken finden zusammen - wie Trauergäste. Melvin legt einen Schritt zu und hofft, die Haltestelle im Trockenen zu erreichen und nicht zu lange auf den Bus warten zu müssen und schnell zum Appartement zu kommen. Er möchte nur noch diesen Ort des Grauens verlassen, auch wenn er die Bilder mit Sicherheit nicht aus dem Kopf bekommen wird und eine grässliche Nacht auf ihn wartet.

Er steht unter der Bedachung der Haltestelle, hört die ersten Regentropfen und sieht den Bus in der Ferne ankommen. Er wirft einen letzten Blick in die finsteren Wälder in den Bergen, in denen er dem Grauen begegnet ist – dort, wo der Killer noch immer sein Unwesen treibt.

Das Böse, vor dem er nun endlich flüchten kann, auch wenn er weiß, dass das Grauen ihn nicht verlassen wird.

Joan parkt am Rande der Straße und sucht verzweifelt im Wagen den Regenschirm. Der Dacia stottert vor sich hin, bis Joan die Zündung ausstellt und nur noch das Prasseln der Regentropfen auf dem Blechdach hört. Erneut schaut sie sich um, schaut unter den Sitz, auf die Rückbank. Aber der Schirm ist nicht auffindbar.

Es ist früher Nachmittag und sie möchte bei Melvin vorbeischauen und sich nach ihm erkundigen. Gestern hat sie versucht, ihn telefonisch zu erreichen, aber seine Mailbox ging an. Wo immer er sich rumgetrieben hat, dort gab es entweder keinen Empfang oder sein Handy war ausgestellt. Dann rief sie Nico an. Der sagte ihr am Telefon, dass er nicht wüsste, wo Melvin wäre, und er sich nicht abgemeldet hätte. Nicht, dass dies große Besorgnis in Joan wecken würde, aber einen Funken Unwohlsein verspürt sie schon, da es inzwischen mehr als nur ein Job ist, ein Auge auf Melvin zu halten.

Eilig steigt sie aus dem Auto. Hält schützend die Tasche als Regenschutz über den Kopf und läuft durch das Eingangstor auf Melvins Apartment zu. Sie weicht den Pfützen aus, die sich auf dem löchrigen Vorplatz gebildet haben, und steht nach einem kurzen Sprint dennoch mit nassen Schultern und Hosenbeinen klopfend vor seiner Tür.

»Ist offen«, ruft Melvin von innen und Joan tritt ein.

Sie klopft sich das Wasser von den Schultern.

Melvin sitzt in der hintersten Sofaecke, die Hände zwischen den Schenkeln versteckt, und wirft Joan ein aufgesetztes Lächeln zu. Sie erwidert ebenfalls mit einem Lächeln, merkt aber, dass irgendetwas nicht stimmt, während sie die Schuhe auf der Matte abstreift und sich ihm langsam auf Socken nähert.

»Hey, alles okay?« Besorgt hebt sie die Augenbrauen.

Melvin antwortet mit einem zaghaften Nicken und fasst sich in den Nacken.

»Alles okay«, floskelt er und schaut zu ihr hinauf.

»Du warst gestern unterwegs, ich habe versucht, dich zu erreichen.«

»Ja. Ich war spazieren. Musste mir die Füße vertreten.« Melvin knetet die Hände zwischen den Knien.

»Ah okay. Na, ich hoffe, der Ausflug hat dir gutgetan.«

Melvins Antwort bleibt aus.

»Komm, setz dich doch.« Melvin deutet mit dem Kinn auf einen Platz neben sich auf dem Sofa.

Joan legt die Tasche ab, setzt sich zögerlich neben Melvin und lässt ihren besorgten Blick auf ihm haften.

»Ich war draußen in den Wäldern, musste dringend mal raus. Raus in die Freiheit.« Ein Lächeln durchzuckt seine Mundwinkel. »Nach der langen Zeit hinter Gittern war das notwendig.«

»Natürlich, Melvin. Natürlich, das kann ich verstehen.«

Auf dem Schreibtisch vor ihnen herrscht ein Papierchaos aus Zeitungen, Zeitschriften und Prospekten. Oben auf dem Haufen liegt eine aufgefaltete Karte, auf die Joans Blick fällt. Sie richtet erneut die Augen auf die Wanderkarte und schärft ihren Blick. Sie zieht die Karte von der Tischmitte näher zu sich heran und erkennt vereinzelt rote Kreise, in denen Melvin etwas mit einem Filzmarker markiert hat. Weitere Notizen findet Joan am Rand, die eine Stelle oder einen Fundort beschreiben.

Melvin macht sich nicht die Mühe, ihr die Karte zu entreißen.

»Melvin, was soll das? Was sind das für Notizen? Nach was oder wem suchst du? Diese ganzen Koordinaten und Beschreibungen auf der Karte ... Bitte sag mir endlich, was los ist.« Ihre verunsicherten Blicke treffen sich.

»Er ist noch da draußen«, flüstert Melvin.

Unverständig schüttelt Joan den Kopf. »Wer ist noch da draußen?«

»Ich weiß es, Joan, ich weiß es ... Ich habe es die ganze Zeit, die ganzen Jahre gewusst.«

Joan fasst ihm sanft an die Schulter.

»Von wem sprichst du?«

»Der Killer ...«

Kurz zuckt Joan zusammen und schnappt kräftig nach Luft.

»Der Killer, sagst du?«

»Die Bestie, die damals meine Eltern ermordet hat. Sie ist da draußen und tötet weiter.«

Joan lässt sich Zeit mit der Antwort und überlegt in Ruhe, was sie dazu sagen soll. Ihn trösten? Ihn hinterfragen? Ihn bestätigen? Oder in ihm den geistig kranken Menschen sehen, der anscheinend noch immer nicht den Tod der Eltern verarbeitet hat und eine Illusion aufrechterhält, um seine Gefühle zu bewältigen.

»Aber Melvin, der Mann wurde doch damals gefasst und verhaftet, soviel ich weiß.« Sie fasst nach seiner Hand.

»Damals wurde ein Mann verhaftet, aber es war nicht der Mann, der die Morde begangen hatte.«

»Woher willst du das wissen?«

»Weil ich es eben weiß und davon überzeugt bin.« Melvin zieht seine Hand weg und greift in sein zitterndes Gesicht. »Er hat weitere Menschen getötet und es wird auch weitere Opfer geben.«

Joan erinnert sich plötzlich an Melvins Reaktion auf den Zeitungsausschnitt, den er bei Prof. Reczak gesehen hat. Joan zieht die Wanderkarte vom Tisch und sieht nun auch ausgeschnittene Berichte aus Tageszeitungen, die den aktuellen Vermisstenfall der österreichischen Familie aufzeigen.

»Du glaubst, dass der Mörder von damals auch hierfür verantwortlich ist?« Joan hält einen der Ausschnitte nach oben. *Weiterhin keine Spur der vermissten Familie.*

Melvin antwortet mit einem Kopfnicken.

Sie legt den Zeitungsausschnitt wieder zurück auf den Tisch und lehnt sich tief in die Sofapolster. Immer wieder schüttelt sie den Kopf und schaut aus leeren Augen in den Raum.

»Und was hat das mit der Karte auf sich?«

»Ich war wandern. Sagte ich bereits. Hab meine Karte verloren und mir heute eine neue besorgt.« Melvin sagt dies kurz und knapp und weiß, wie unglaubwürdig es rüberkommt.

»Melvin, bitte …« Joan schaut zu ihm hinüber und fängt seinen verwirrten Blick ein, der einen seltsamen Funken Entschlossenheit innehält.

»Sag mir nicht, dass du vorhast …«

»Ich muss ihn finden«, vervollständigt Melvin ihren Satz und erntet Joans Fassungslosigkeit, der ihr die Farbe aus dem Gesicht treibt.

In diesem Augenblick treiben Joans Gedanken zwischen Vernunft und Wahnsinn, Irrtum, Verständnis und Mitleid hin und her wie eine Fahne, die von verschiedenen Windrichtungen umweht wird.

»Verstehe ich das richtig, Melvin, jetzt irrst du in den Wäldern umher und suchst den Killer deiner Eltern?«

»Das hast du richtig verstanden.«

»Das ist Wahnsinn! Was ist, wenn du dich irrst? Und selbst wenn du recht haben solltest: Ist dir bewusst, wie gefährlich dein Unterfangen ist?«

»Gefährlicher wäre es, nichts zu unternehmen.«

»Die Polizei ist doch …«

»Hör auf! Die Polizei … Sie haben es damals nicht geschafft, ihn zu finden, und haben einen Unschuldigen verurteilt. Sie werden es auch dieses Mal nicht schaffen, ihn festzunehmen.«

»Und warum bist du dir da so sicher?«

»Weil es dumme Menschen sind und sie ihm nicht gewachsen sind.«

»Und du denkst, du allein wärst ihm gewachsen?«, antwortet Joan mit einer großen Portion Zweifel an Melvins Theorie, dass der Killer noch da draußen ist.

Melvin antwortet nicht, steht auf und geht um den Tisch herum in die Küche. Nimmt ein Glas Wasser zu sich. Er lehnt an der Spüle und beide schauen sich schweigend an.

»Weil niemand weiß, mit wem wir es hier zu tun haben.« Er leert das Glas und stellt es auf die Spüle, so laut, dass Joan zusammenzuckt.

»Und was hast du als nächstes vor?«

»Die Spur zurückverfolgen.«

»Das heißt?«

»Dorthin gehen, wo alles anfing vor zwanzig Jahren. In mein Elternhaus.«

er Regen ist unerbittlich und scheint die Straßen von Monastrea überschwemmen zu wollen. Die Scheibenwischer wirken mit aller Kraft gegen die Wassermassen, die aus den Wolken über dem Dorf brechen.

Joan wirft einen flüchtigen Blick auf den Zettel zwischen ihren Fingern. Dann biegt sie die erste Straße vor der Kirche in die kleine Seitenstraße, die anscheinend noch im Tiefschlaf des vergangenen Jahrhunderts steckt. Unebenes und grobes Kopfsteinpflaster lässt die Reifen singen wie wütende Hunde. Zu beiden Seiten alte Fachwerkhäuser oder lehmgespachtelte Fassaden mit einer schwarzen und eingefressenen Dreckschicht, die von den dunklen Kellerlöchern bis zu den Fensterbänken reicht. Die Häuserreihe zur linken Straßenseite endet in einer Reihe von Gebüschen und hohen Sträuchern.

Joan beugt sich übers Lenkrad und sieht das Ende der Straße, wo ein großes steinernes Denkmal zu sehen ist, welches von gigantischen Eichenbäumen umringt ist. Das drittletzte Haus auf der rechten Seite, dort soll sich das Haus von Petr Manyak befinden, in dem auch sein Sohn Tibor zu Lebzeiten gewohnt hat.

Das schmale Häuschen wirkt eingequetscht zwischen den beiden äußeren Häusern und gleicht einer zusammengezimmerten Baracke. Joan stellt den Wagen gegenüber dem Haus ab und macht die Zündung aus. Der Regen hämmert unentwegt gegen das Blech und die Windschutzscheibe.

Joan schlägt die Kapuze über den Kopf, steigt aus und läuft durch den Regen zur Eingangstür. Beide Fenster neben der Tür, von der der grüne Lack abblättert, sind durch schmierige Läden geschlossen, die wahrscheinlich einmal in Weiß gestrahlt haben. Die

Hausfront ist verziert mit schwarzen Maserungen vom Dreck einiger Jahrzehnte. Abgeplatzter Mörtel legt an unzähligen Stellen das zerfressene Mauerwerk frei. Ein gelbes schmutziges Plastikdach mit faustgroßen Löchern, aus denen der Regen strömt wie aus einem Wasserhahn, hängt schief über der Eingangstür. Joan sucht vergebens eine Klingel oder gar ein Namensschild und klopft dreimal laut an.

Niemand öffnet.

Joan klopf erneut an und meint, im Getöse der Regenmassen eine Stimme im Haus vernommen zu haben. Joan ist ein wenig aufgeregt. Wie soll sie Tibors Vater begegnen? Oder wohnt er vielleicht gar nicht mehr hier? Er ist weder im Telefonbuch verzeichnet, noch gibt es sonstige Hinweise, ob er noch hier wohnen könnte. Gut möglich, dass er nach der damaligen Tragödie weggezogen ist. Oder er hat es seinem Sohn gleichgetan und ist aus dieser Welt getreten.

Plötzlich reißt ein dumpfes Geräusch Joan aus den Gedanken und mit einem erneuten lauten Rattern öffnet sich die Tür einen Spalt breit. Die trüben Augen eines alten Mannes schauen ihr skeptisch entgegen, die auf den ersten Blick keinen Funken von Willkommensein versprühen.

»Guten Tag, sind Sie ...«

»Was wollen Sie?« Durch den Türschlitz fletschen ihr zwei gelbe Zahnstumpen aus einem ungepflegten grauen Bart entgegen.

Wie erwartet ist Joan verlegen um Worte und hat mit keiner anderen Reaktion gerechnet, keinen anderen Blick erwartet als die traurigen Augen eines alten gebrochenen Menschen, die vom Verlust gezeichnet sind. Auch wenn es schon zwanzig Jahre her ist, dass sein Sohn Tibor gestorben ist.

»Sind Sie Herr Manyak? Petr Manyak?«

Er mustert Joan kritisch von oben bis unten. »Ja, der bin ich. Und jetzt? Was wollen Sie, verdammt noch mal?«, faucht der Alte erneut mit einem Speichelfaden, der ihm wie Tollwutschaum aus dem Mund läuft. Mit dem Handrücken wischt er sich über den zerzausten Bart und nickt ihr erneut provozierend zu.

»Ich bin Joan Ann Parker. Ich möchte bitte mit Ihnen über Ihren Sohn Tibor sprechen«, sagt Joan etwas lauter, da der Regen lärmend auf das wellige Vordach einschlägt.

Petr Manyak reißt die Tür ein Stück weiter auf und fixiert wütend Joans unsicheren Blick. Seine Pupillen beben. Joan tritt einen Schritt zurück und bereitet sich darauf vor, ihre Deckung hochzureißen, sobald der Alte eine Faust fliegen lässt. Aber seltsamerweise beruhigt sich der alte Mann, als wolle er der jungen Frau signalisieren, sie brauche von ihm nichts zu befürchten.

»Und ich dachte, ich bin euch endlich los. Ich habe es an Ihrem Akzent gehört, dass Sie nicht von hier sind. Sie sind Journalistin, Reporterin oder einer von diesen Schriftstellerwichtigtuern, die mich ausquetschen wollen. Verschonen Sie mich mit Ihrer Arroganz, junge Frau.«

Der Alte will gerade die Tür zuschlagen, als Joan ihn nochmals anspricht.

»Herr Manyak, nein …«

»Was heißt ›nein‹? Sie wollen bestimmt einen tollen Bericht oder eine Doku für das zivilisierte West-Volk drehen über uns Primitive aus den transsilvanischen Bergen, die kleine Kinder missbrauchen und Frauen zusammenschlagen und nichts weiter im Sinn haben, als zu vergewaltigen und zu morden.« Mit dem

Handrücken wischt er sich erneut über die spröden Lippen.

»Ich bin weder vom Film noch vom Radio oder was immer Sie auch denken. Ich bin …«

»Ja, ich höre.« Der Alte reißt gespannt seine Augen auf.

»Ich arbeite drüben in Monastrea mit einem Mann zusammen, den Sie und Ihr Sohn vielleicht kannten. Ich bin Sozialarbeiterin und möchte mich mit Ihnen unterhalten.«

Der Alte zurrt den Reißverschluss seiner schmuddeligen Fleecejacke bis unter seinen zauseligen Bart zu und droht mit dem Zeigefinger.

»Es gibt nichts mehr zu sagen. Ich schweige seit damals. Ich habe schon genug mitgemacht. Ständig musste ich mir Vorwürfe und verletzende Lügen anhören. Ich bin fertig und kann nicht mehr. Ich wünsche Ihnen einen schönen Tag. Verdammt noch mal, lassen Sie mich in Ruhe.« Petr Maynak tritt aus dem Türrahmen, als Joan ihm rasch antwortet.

»Ich glaube, Ihr Sohn war unschuldig.«

Der Alte löst seine Hand von der Tür, welche er gerade ins Schloss werfen wollte, und lässt betroffen seinen Blick zu Boden sinken.

»Tibor, Ihr Sohn, hat diese Menschen nicht ermordet. Sie hatten damals recht im Gerichtssaal.«

Petr Manyaks trauriger Blick verliert sich auf dem Boden, der vom Regen wie ein grauer Spiegel wirkt.

»Kommen Sie rein, ich mach uns einen warmen Kaffee bei dem Unwetter.« Er dreht sich um und schlappt in seinen Pantoffeln in den Hausflur, ohne den Kopf zu heben.

ie Wohnung ist düster, es riecht muffig nach
alten Klamotten und es bestätigt den Eindruck,
den die heruntergekommene Fassade des
Hauses hat. Verwahrlost, vermüllt. Ein alter Mann, der
anscheinend beschlossen hat, mit dem Haus zusammen
zu verrotten.

Joan schaut aus einem der milchigen Fenster auf den
kleinen Hof, der einem Schrottplatz gleicht. Zwischen
dem Krempel und Müll zeigen sich tiefe Risse im
Asphalt, aus denen Unkraut sprießt. Unzählige
Wasserpfützen auf dem löchrigen Beton, die wie
schwarze Augen in den Regen blicken.

Sie setzen sich ins Wohnzimmer auf filzige grüne
Stoffsessel an den Wohnzimmertisch, der vollgestellt ist
mit leeren Flaschen, einem überfüllten Aschenbecher,
benutzten Gläsern und einem Teller, auf dem zwei
angebissene Würstchen in einer dickflüssigen
Tomatensoße ertrinken, die schon eine ranzige Haut
gebildet hat.

Petr steht kurz auf und räumt ein paar Flaschen
beiseite, damit beide sich sehen können bei der
Unterhaltung. Am Tischrand steht eine Stehleuchte mit
einem fleckigen gelben Stoffbezug, welche er anknipst
und die das dunkle Zimmer in einen dezenten
orangegelben Ton taucht.

Joan betrachtet weiterhin das Leergut auf dem Tisch.
Entweder hat gestern ein rauschendes Familienfest
stattgefunden oder ein langer Pokerabend, aber Petrs
nächste Handlung macht Joans Gedankengang
überflüssig. Petr bückt sich keuchend nach unten und
holt eine braune Flasche hervor, stellt sie auf den Tisch
und lässt sie mit dem Feuerzeug aufpoppen. Gierig
nimmt er einen Schluck und schließt dabei seine
geröteten Augen.

Joan lehnt den Kopf zur Seite und sieht einen Kasten neben seinem Sessel, direkt neben seinen blaugeäderten Füßen, die nervös in den Filzpantoffeln auf und ab wippen. Mit einem befreienden Seufzer nimmt er die Flasche herunter und stellt sie klirrend auf den Tisch.

»Darf ich Ihnen auch etwas anbieten? Ich kann uns auch einen Kaffee kochen?« Er wischt den Schaum aus dem Bart.

»Danke, Herr Manyak, aber ich möchte nichts.«

Er antwortet mit einem stummen Kopfnicken und betrachtet die Bierflasche, welche er auf der Tischplatte zwischen seinen Fingern im Kreis dreht.

Beide schweigen sich an, tauschen fragende Blicke aus. Der Fernseher läuft ohne Ton. Ein riesiger Wandschrank mit schönen Verzierungen, der irgendwie so gar nicht in dieses Haus passt, in dem alles dreckig, billig und zweckdienlich erscheint. In den Fächern stehen willkürlich und lieblos platzierte Bilder, Figuren und eine Menge Firlefanz, Kleinkram und Kitsch herum. Joan erkennt ein Bild, auf dem Tibor mit seinem Vater abgelichtet ist. Beide sitzen in einem Ruderboot mit mächtiger Schlagseite, dort wo der große und stark fettleibige verstorbene Sohn einen gefangenen Fisch stolz vor seine Leibesfülle hält. Er trägt einen Anglerhut über seinem großen kahlen Schädel, genau wie sein Vater Petr, der auf der anderen Seite des Boots sitzt.

»Zusammen fischen gehen, das war unser Ding. Jeden Sonntag war Papa-und-Sohn-Angeltag.« Petr steht auf und nimmt ein anderes gerahmtes Bild aus einem der Fächer, welches hinter einem Porzellanschwan versteckt steht. Er lässt sich in den Sessel fallen und schaut lächelnd und kopfschaukelnd auf das Bild. »Tibi, mein Junge.«

Joan schaut ihn an und sieht, wie sich seine Augen mit Wasser füllen, als er über das Glas streichelt.

»Verzeihung«, sagt er, stellt das Foto auf den Tisch und wischt sich die Tränen weg.

»Schon okay, Herr Manyak.«

Er winkt ab. »Ich bin Petr.« Und braucht noch einen Moment, um sich zu sammeln.

Joan schaut auf das Bild und sieht das strahlende Gesicht eines kindlichen Erwachsenen, der mit seiner großen Zahnlücke und den Knopfaugen, die in verschiedene Richtungen blicken, aussieht wie ein großes freundliches Plüschtier.

»Ihr Sohn hatte ein so freundliches Lächeln.« Joan betrachtet erneut Tibors Foto, auf dem er mit seinem Vater zu sehen ist.

»Ich denke jeden verdammten Tag an meinen Jungen, jeden Scheißtag«, zischt es aus Petr heraus, dessen Mund sich plötzlich vor Wut zu einem Strich presst.

»Ihr Sohn hat sich in der Zelle erhängt?«

Petr wendet nun seinen kalten, von Wut beseelten Blick zu Joan und verzieht sein Gesicht zu einer schmerzverzerrten Maske.

»Erhängt. Tzzz … Selbst da hat die Presse gelogen. Weil es sich nicht so grausam anhörte wie die Wahrheit. Tibor hat seinen Kopf an der Betonwand in seiner Zelle zum Platzen gebracht, indem er mit vollem Anlauf mit dem Kopf voran gegen das Mauerwerk gerannt ist. Er starb an einer Gehirnblutung und der Wärter fand ihn morgens tot in der Zelle. Das hat natürlich niemand mitbekommen.«

Joan kann ihr Entsetzen nicht in Worte fassen, während Petr weitererzählt und vorher zur Beruhigung die Flasche in zwei Zügen leert.

»Wenn du mich fragst: Ich habe den Selbstmord stark bezweifelt, da ich am Vorabend noch mit ihm im Besucherbereich gesprochen und ihm Mut gemacht habe. Ich sagte: ›Tibi, mein Junge, halte durch, ich hol dich da raus. Ich hol dich da raus, mein Junge.‹«

Plötzlich fluten Tränen Petrs Gesicht, er nimmt die leere Flasche und wirft sie in die Küche, wo ein lautes Scheppern ertönt.

Kurz zuckt Joan zusammen, bemüht sich jedoch, ruhig zu bleiben, reicht ihm ein Taschentuch und wartet einige Sekunden, bis Petr sich wieder gefangen hat.

»Ich habe das nicht geglaubt. Tibi hätte sich niemals umgebracht, und schon gar nicht auf so eine brutale Art und Weise. Aber gut, ich bin ein alter verrückter Säufer, der zu Verschwörungen neigt. Das sagen dir die Leute, wenn du ihnen von meinen ganzen Zweifeln in der Geschichte rund um die Verurteilung meines Sohnes erzählst.«

»Was war mit der DNA und den Faserresten, die die Spurensicherung von ihm auf dem Grundstück der Aronovskis gefunden hat?«, fragt Joan und erntet einen Blick, der den ganzen alten Schmerz ausdrückt.

»Junge Frau, willst du jetzt noch mal den klugscheißenden Ermittler spielen, oder was? Machst du jetzt einen auf Inspektor Csaba? Dieser dreckige Hurensohn, dieses miese Stück Dreck. Wenn du mir auf die Tour kommen willst: Da vorne ist die Tür. Hast du mich verstanden?«

Schlichtend hebt Joan die Hände vor ihre Schultern. »Petr, bitte. Ich möchte von dir wissen, was damals geschehen ist. Ich bin heute hier, weil ich es selber nicht glaube, was damals ermittelt worden ist und in der Zeitung gestanden hat.«

»Dann ist ja gut.« Mit einem lauten Zippen öffnet Petr die Fleecejacke ein Stück, lehnt sich zurück und fährt fort. »Tibor war oft unbefugt auf dem Grundstück der Aronovskis. Das Haus stand lange Jahre leer, bevor die Familie dort einzog. Tibi war ein großer Tierfreund und brachte oft von dort einen Igel oder einen verwaisten Jungvogel mit und kümmerte sich um ihn. Er war auch oft auf dem Friedhof direkt neben dem Aronovski Haus unterwegs und spielte dort.«

»Er spielte dort?«, fragt Joan irritiert.

»Tibor war geistig stark zurückgeblieben und hatte den Verstand eines Kleinkindes. Nun, er war auch unbefugt bei anderen Leuten auf den Grundstücken und ich bekam oft Anrufe und musste ihn irgendwo abholen. Dann saß er dort auf einer Wiese und beobachtete Schnecken oder Schmetterlinge.« Ein Lächeln durchzuckt Petrs leidgeprägtes und zerfurchtes Gesicht, welches von der Vergangenheit tiefe Spuren davongetragen hat.

»Die Tiere, die Natur und Kinder mochte mein Junge. Warte.« Petr steht auf und holt erneut ein eingerahmtes Bild aus den chaotischen Fächern des großen Schranks. Er wischt mit der Hand über das staubige Glas, reicht es Joan und nimmt wieder Platz.

Ein Bild voller lachender Kindergesichter. Ein Junge mit einem verklebten Brillenglas, ein Mädchen mit einer riesigen Zahnlücke und ein blonder Junge mit einem Lausbubenlächeln umringen Tibors großes breites Gesicht, der bis über beide Ohren lacht und eine bunte Hubschraubermütze auf dem Kopf trägt.

»Welch ein schönes Foto von deinem Sohn.«

»Auf dem Spielplatz war er auch oft und spielte dort mit den Kindern. Er liebte Kinder über alles.«

»Dieses Mädchen, Lea, die ermordet wurde, zu ihr hatte er auch Kontakt?«

Petr nickt in Joans Richtung. »Das Mädchen auf dem Foto ist Lea. Lea Fortanescu. Ich war mit ihren Eltern befreundet. Tibor spielte oft mit Lea, er passte sogar auf sie auf.«

»Dein Sohn war gar nicht vorbestraft?«

»Dass er pädophil und vorbestraft gewesen sein soll, war eine weitere böse Lüge, um das Bild des Täters abzurunden. Es hat damals mal einen Vorfall gegeben, bei dem Eltern die Polizei riefen, da sie sich von Tibor belästigt gefühlt haben. Er spielte mit ihrer Tochter im Sandkasten und sie riefen die Polizei. Sie brachten Tibor nach Hause und erklärten mir, was geschehen war. Sonst nichts. Die Presse machte daraus einen Sexualstraftäter, der es auf Kinder abgesehen hatte.« Petr rauft seinen struppigen Vollbart und fährt fort. »Das war damals schon eine grausame Sache. Die Leiche von Lea Fortanescu wurde erst Jahre später in einem Waldstück gefunden, da war sie schon komplett verwest. Ähnliche Tötungsmethode wie bei den beiden Aronovskis.«

»Gleiche Vorgehensweise, sagst du?«

»Ein Mensch ist zu so etwas nicht fähig, glaube mir, Joan.« Petrs Augen formen sich zu schmalen Schlitzen und Joan spürt eine Kälte wie in einer Leichenhalle. »Sowohl die kleine Lea als auch die Aronovskis wurden an einem Baum festgenagelt und zu Tode gefoltert. Was diese Menschen mitmachen mussten, ist nicht in Worte zu fassen. Gliedmaßen wurden abgetrennt, Zähne herausgebrochen, Augen herausgerissen, unzählige Stich- und Schnittwunden. Für diese Menschen hatte sich die Hölle geöffnet. Ich glaube heute noch daran, dass es ein Dämon war, der diese Menschen abgeschlachtet hat. Wer tut einem Kind so etwas an? Menschen sind zu den grausamsten Dingen fähig, aber das war das Böse in seiner reinsten und abscheulichsten Form.«

»Das sind Abgründe, Petr«, haucht Joan in die Kälte des Raumes und legt die Hände schützend um ihren Hals.

»Tibor passte natürlich perfekt in das Tätermotiv. Er war geistig stark behindert. Die Spurensicherung fand seine DNA an dem kleinen Mädchen und seine Fußabdrücke und Faserspuren auf dem Grundstück der Familie Aronovski. Dazu kam noch das Getratsche der ganzen Schandmäuler aus Monastrea, die alle bestätigten, dass Tibor zu Kindern sehr aufdringlich gewesen und auch schon mal von der Polizei abgeführt worden sei. Tibors Pflichtverteidiger war eine Niete, ein geldgieriger Schmierlappen, der meinen Jungen nicht da rausholen konnte. Der Staatsanwalt sagte, er schaue in die reuelosen Augen eines Wahnsinnigen. Inspektor Csaba, dieses Miststück, platzte eines Tages hier rein, begleitet von zwei Polizisten mit gezogenen Waffen, und sie überwältigten Tibi oben in seinem Zimmer. Weder Tibi noch ich wussten, was los war. Er stand plötzlich unter dringendem Tatverdacht und Csaba konnte Indizien und angebliche Beweise anführen, die zu einer Festnahme und Anklage ausreichten. Der öffentliche Druck war immens, nach dieser brutalen Mordserie an drei Menschen einen Täter zu finden. Und mein Junge sollte geopfert werden.« Petrs Gesicht versinkt in seinen Händen und Joan hört ihn aufschluchzen.

»Hatte dein Sohn kein Alibi zum Tatzeitpunkt?«

Der Alte drückt sich von der Tischkante ab und macht eine abwegige Handbewegung.

»Ach, ... natürlich hatte er ein Alibi. Zum Tatzeitpunkt, wo die Aronovskis ermordet wurden, war er bei mir im Haus, aber meiner Aussage wurde aufgrund von Befangenheit als Vater kein Glauben geschenkt. Aber dass allerbitterste war, dass dem einzigen richtigen Zeugen, dem kleinen Melvin, der den Täter damals gesehen hat, keine Aufmerksamkeit geschenkt wurde.«

Joan lehnt sich über die Tischkante und kann nicht glauben, was Petr gerade sagte.

»Melvin hat den Täter gesehen?«

»Ganz genau. Und er sagte klar aus, dass es nicht Tibor war, kein fast zweimetergroßer glatzköpfiger Mann mit einer mächtigen Leibesfülle. Aber die Aussage eines Siebenjährigen mit einer posttraumatischen Belastungsstörung - oder wie es genannt wird - ist kein zuverlässiger Zeuge, wie es die Richterin mitteilte.«

»Unfassbar.« Joan versinkt in den Sesselpolstern.

»Unfassbar ist auch, dass seit diesem Zeitpunkt immer wieder Menschen in der Gegend spurlos verschwinden.«

»Was sagst du da?«, fragt Joan erstaunt.

»Aber auch das interessiert niemanden. Der Mob hat seine Hexenverbrennung vor zwanzig Jahren gefeiert und bekommen, der Mörder wurde gefasst und damit ist alles erledigt. Alle Jahre wieder verschwindet mal jemand spurlos und dann ist das so. Inspektor Csaba hat anscheinend Wichtigeres zu tun, als der Wahrheit auf den Grund zu gehen.«

»Was ist die Wahrheit, Petr?«

»Dass der Killer sich noch immer da draußen herumtreibt. Das ist die verdammte Wahrheit«, faucht der Alte und zeigt Richtung Fenster. »Aber sag mal,

Joan, was treibst du hier in Monastrea? Du sagtest, du bist sozial engagiert?«

Joan erklärt Petr, dass sie Melvin Aronovski betreut und ihn unterstützt bei seinem Weg zurück in die Gesellschaft.

»Das ist nicht verwunderlich, dass der Junge irgendwann in der Irrenanstalt gelandet ist. Ich habe über Bekannte gehört, dass er in Brasov auf der Straße gelandet war, und auch mit Drogen zu tun hatte.«

»Ich tue mein Bestes, um Melvin zu helfen, wieder ein gutes Leben zu führen.«

Petr atmet schwer wie nach einem Marathonlauf und rauft sein strähniges Haar. »Das ist gut, Joan, aber wenn du mich jetzt wieder allein lassen könntest … Es ist immer sehr schwer für mich, über die alte Geschichte zu reden. Es nimmt mich gewaltig mit, verstehst du. Ich hoffe, ich konnte dir weiterhelfen bei dem, was du wissen wolltest.«

»Selbstverständlich, Petr. Ich danke dir vielmals, dass du dir Zeit genommen hast.«

Petr begleitet Joan zur Tür und drückt das funzelige Licht der kleinen Laterne über der Eingangstür an. Es ist inzwischen dunkel geworden. Der Regen hat aufgehört und es pochen nur noch einzelne Wassertropfen auf das Plastikdach über ihnen.

»Petr, vielleicht eines noch. Hattest du eine Vermutung, wer der Mörder war?«

Der Alte schüttelt den Kopf und verscheucht eine Motte, die von der Lampe zu ihm herüberflattert.

»Nein, hatte ich nicht, nur ich glaube …«

»Was glaubst du?«

»Es hat etwas mit dem Haus der Aronovskis zu tun. Der Mann, der vorher dort gewohnt hat.«

»Was war mit ihm?«

»Ich kannte ihn nicht, aber er war wohl Arzt oder Wissenschaftler oder etwas in der Art. Jedenfalls verschwand er eines Tages und kam nie wieder zurück. Das Haus stand dann viele Jahre leer, bis irgendwann die Familie von Melvin dort einzog. «

Joan schaut irritiert in das in der Dunkelheit liegende Gesicht des Alten.

»Das Verschwinden von diesem Mann war sehr mysteriös. Mehr weiß ich nicht, nur dass von diesem Haus etwas Bedrohliches ausgeht, und zwar noch immer. Dieses Haus, da hinten an der Friedhofsmauer.« Petr schaut die dunkle Straße hinunter, die im Schein der flackernden Straßenlaternen liegt.

»Vergiss, was ich gerade gesagt habe, Joan, und unterlass irgendwelche Versuche, Weiteres zu erfahren. Glaube mir, ein Dämon ist unter uns und ist nie gegangen. Und wenn ich dir einen Rat geben darf: Verschwinde von diesem verfluchten Ort, solange du noch kannst.«

Melvin schlendert die Landstraße auf dem Seitenstreifen entlang, die sich in der Nebelwand verliert. Beidseitig säumen Ulmen und Linden die Straße, deren Wipfel sich in der düsteren Tristes verlieren, in der kalten Herbstluft. Monastrea liegt noch im morgendlichen Nebel und nur die Kirchturmspitze ragt wie eine schwarze Krone aus dem Dunst hervor. Die Morgensonne lässt sich nur erahnen, wo sie versucht, den Tag in ein lebendiges Licht zu tauchen, und tüncht die Nebelwand im Osten in ein diffuses Gelborange. Die mit Stacheldraht umzäunten Felder liegen in einem undurchsichtigen Schleier und die schemenhaften Umrisse der grasfressenden Rinder wirken wie gespenstische Kreaturen.

Das letzte Mal, als Melvin auf dieser Straße Richtung Dorf unterwegs gewesen ist, liegt ungefähr zwanzig Jahre zurück. Als er auf dem Gepäckträger des Fahrrads seines Vaters saß und sie gerade vom See kamen, der hinter den grünen Hügeln liegt. Es war wenige Tage vor der Tragödie.

In den Jahren danach hatte Melvin nicht die Kraft, noch mal zu seinem Heimatdorf, zu dem Haus seiner Kindheit zurückzukehren. Diese Erinnerung an jenen damaligen Tag im August, der das Leben seiner Eltern beendete und auch ihn auf irgendeine Art tötete, hat ihn sein ganzes Leben innerlich verbluten lassen.

Melvin passiert das rostige Ortsschild, welches vollständig von Schlingpflanzen bewachsen ist und nur die ersten vier und den letzten Buchstaben erkennen lässt.

Monastrea ist eine abgeschieden gelegene Hundert-Seelen- Gemeinde, die bedrohlich von den umliegenden finsteren Riesen der Karpaten umschlossen ist. Zur Sommerzeit haben die umliegenden Dörfer etwas Romantisches. Die einheimischen Frauen stehen mit Körben an der Hauptstraße und verkaufen Äpfel, Kirschen und Birnen, während ihre Männer ebenfalls draußen an den Häuserwänden sitzen, den Feierabend genießen, Pflaumenschnaps trinken, Pfeife rauchen und ihr Gesicht von der Sonne gerben lassen. Kinder jagen um die Lindenbäume, die die Dorfstraße säumen, Hunde rennen umher und bellen den vorbeifahrenden Autos nach.

Aber mit dem Herbstanbruch schwindet das Lebhafte in den Straßen, wenn der kalte Wind aus den Bergen sich ins Tal wälzt, Nebelschleier die Felder überziehen. Es wird früher dunkel und die Orte wirken beklemmend und entvölkert. Die Straßen sind dann verlassen und nur gelegentlich verrät durch die Gardinen schimmerndes Licht, dass ein Haus bewohnt ist. Auf dem kleinen Marktplatz verschmelzen die Silhouette der erhöht gelegenen Kirche, das mittelalterliche Wirtshaus, die uralten Fachwerkhäuser und pastellfarbene Wohnhäuser zu einem malerischen Dorfkern zusammen. Melvin sieht eine alte Frau mit Kopftuch, die gerade einen Eimer Wasser in die Senke kippt, und einen älteren Mann, der rauchend am Fenster stehend nach draußen schaut. Ansonsten wirkt es hier wie ausgestorben.

Melvin ist am Dorfende angekommen. Einen Steinwurf vom Ortsausgang stehen noch immer die zwei Bauernhöfe unverändert wie damals. Er folgt der Landstraße, die sich auf eine Anhöhe schlängelt, und schaut dem weiteren Straßenverlauf nach.
Der alte Friedhof liegt in einem Dunst und er kann nur dessen Mauer erkennen, deren zerfurchtes Gestein aus

dem Nebel ragt. Er geht weiter darauf zu. Die Umrisse werden deutlicher und zeichnen sich immer mehr ab. Sein Elternhaus, das Haus der Aronovskis, welches direkt an der Friedhofsmauer liegt. Von der Zeit gezeichnet und von der Traurigkeit und dem Grauen der vergangenen Tage verflucht bis in alle Ewigkeit als verlassener Ort.

Langsamen schreitet Melvin an der Friedhofsmauer entlang und steht vor einer Ruine, welche mal sein Zuhause gewesen ist. Ein diffuser Nebelschleier schwebt in den Wipfeln der verkrüppelten Eichen, die das alte Haus umringen wie Trauergäste auf einer Beerdigung. Ein Schauer von dem damaligen Grauen umgibt spürbar das alte Gemäuer und lässt Melvin eiskalt erzittern.

Sträucher und Unkraut wachsen ungezähmt und üppig im Vorgarten, welche mit ihren Ästen den Nebel durchbohren. Als Kind ist er vertraut an den großen Bäumen hochgeklettert und hat sich geborgen gefühlt auf den Eichen, Birken und Walnussbäumen, die im Garten stehen. Jetzt wirken die stummen Riesen wie Vorboten der Abgeschiedenheit und ewigen Trauer dieses Ortes. Angrenzend die zerfurchte Friedhofsmauer, die eine Grenze zwischen dem versteckt liegenden Haus und dem Dorf Monastrea zieht. Farn sprießt vor der Mauer, dort, wo es schattig ist, an helleren Stellen wachsen Flachsbüschel.

Ein halb geöffnetes Eisentor führt über einen dichten, grün bewachsenen Fußweg zu der Eichenholztür, deren mittiges Fenster eingeworfen ist und nur Dunkelheit im Inneren des Hauses erblicken lässt. Die restlichen Fenster sind stumpf und milchig. Melvin entdeckt eine weitere eingeworfene Scheibe oben in der Dachgaube. Die Regenrinne ist von Rost zerfressen, überall Mooskissen an Stellen, die sich zwischen die Holzvertäfelungen der Außenfassade gesetzt haben. Vereinzelte unkontrollierte Efeuranken strecken sich an der Fassade hinauf zum Satteldach, aus dessen schwarze Lücken in den grauen Himmel starren, wo vereinzelte Ziegel fehlen.

Das Haus ist unbewohnt, und das wahrscheinlich schon seit zwanzig Jahren, da anscheinend niemand Interesse gezeigt hat, diesen verwunschenen Ort zu beziehen, an dem ein Killer Eheleute abgeschlachtet hat.

Melvin überrascht es nicht, ein dunkles und unbewohntes Haus vorzufinden. Er geht zu der massiven Haustür und dreht den Knauf. Abgeschlossen. Melvin läuft ums Haus herum und steht vor dem Küchenfenster. Er drückt sein Gesicht nah an die bleiche Scheibe und drinnen erkennt er nur Staub, der in der Dunkelheit schwebt. Auch die Fenster der Rückseite des Hauses sind stumpf und blicken blind auf die Äcker und den Birkenwald.

Er begibt sich in den Garten, der inzwischen vollständig von der Natur eingenommen worden ist und in dem hüfthohe Gräser, Büsche, Disteln und Sträucher alles zugewildert haben.

Melvin durchläuft das kniehohe Gras und tritt auf etwas Weiches, das unter seiner Schuhsohle nachgibt. Er geht einen Schritt zur Seite und legt mit den Füßen frei, was dort in Blau und Gelb durch die Gräser schimmert. Sein alter Fußball. Er bückt sich und nimmt den Ball auf, der nur noch eine platte und verdreckte Kunststoffhülle ist.

Erinnerungen kommen hoch, die so schmerzhaft sind, als wollten sie Melvin von innen auffressen. Erinnerungen daran, wie er mit seinem Vater über die

Wiese rannte und Fußball spielte und sie den blaugelben Plastikball durch den Garten bolzten an jenen schönen Sommertagen. Er wirft den Ball zurück ins Gras.

Behäbig stampft Melvin weiter durch das dichte Grün und steht am Gartentor, schaut hinaus und sieht am Ende des kahlen Ackers die Zweige und Äste des Birkenwaldes aus dem Nebel hervorstehen.

Das Gartentor lässt sich öffnen und er geht quer über das modrige Feld zu den Birken, die ihre zum Teil kahlen Äste wie Krallen in den Dunst strecken.

Dichter Nebel umgibt Melvin, als er den Birkenwald passiert. Die abstrakten schwarzen Maserungen der Bäume wirken wie schreiende Münder, umringt von dem leichenblassen Weiß, welches zu einer diffusen grauen Wand verschwimmt und vom Nebel verspeist wird. Melvin bleibt stehen, exakt dort, wo er als Siebenjähriger gegenüber der Leiche seines Vaters gestanden hat. Direkt an dem Baum vor ihm hing sein lebloser Körper, der Mörder stand direkt daneben. Er stand stumm zwischen den Baumreihen, starrte ihn mit seinen leblosen Augen an. Und seine Mutter schrie, ehe er sie packte …

Melvin sieht die in den Bäumen geschnitzten Zeichen, welche inzwischen etwas höher gewandert und aufgeplatzt sind. Dieses Pentagramm mit diesem Symbol in der Mitte. Genau das, was er auch in dem Kiefernwald vor wenigen Tagen an den Bäumen vorgefunden hat, bei den Leichen der Familie aus Österreich.

Melvin dreht sich um und geht über den Acker zurück zu seinem damaligen Elternhaus.

Ein dumpfes Klirren folgt und der faustgroße Stein landet durch die zersplitterte Scheibe in dem dunklen Hausflur. Melvin greift durch das Loch des schmalen Flurfensters und betätigt den Griff von innen. Er stützt sich an dem Walnussbaum ab, der direkt an der Seitenwand wächst, und bugsiert sich mit ein wenig Anstrengung, mit den Beinen voran, durch das geöffnete Fenster in den Hausflur. Melvin steht auf, klopft sich die Hose ab und schaut sich um. Er guckt in den großen Spiegel, der schief an der fleckigen Tapete hängt und einen diagonalen Sprung hat.

Kurz zuckt Melvin zusammen, da sein Gesicht im Spiegel durch den Riss entstellt und bizarr erscheint und sein rechtes Auge verschwinden lässt. Er schaut sich weiter um und kann von dort sowohl einen Blick in die Küche als auch ins Wohnzimmer erhaschen, in dem er den alten Kamin sieht. Das Haus ist nicht nur von außen, sondern auch von innen eine Ruine. Bricht fast auseinander, zerfällt und kracht wahrscheinlich bald aus den Fugen. Überall Staub, Spinnenweben und dieser muffige Geruch nach modrigem Holz und Rattenscheiße, den Gebäude an sich haben, wenn sich kein Leben mehr darin befindet.

Verlassen, heruntergekommen. Diese Kälte und der Staub, der kratzend durch Melvins Atemwege rasselt. Er kann wahrlich die Tragödie und das Verderben von damals wie einen allgegenwärtigen Tod einatmen und spüren - in jeder Faser seines Körpers. Er betritt das Wohnzimmer. Spiralförmige Flecken und Striemen von Feuchtigkeit und Schimmel verzieren die Wände und lassen es aussehen wie die abstrakte Malerei eines verrückten Künstlers.

Alle Möbelstücke wurden vor geraumer Zeit mit Decken überspannt. Stehen wie stumme Geister in den

Ecken und tragen den Dreck und Staub von Jahrzehnten auf sich. Neben dem Kamin liegen gestapelte Holzscheite, die von Spinnenweben eingenommen worden sind wie ein großer Kokon. Die große Standuhr ist nicht mit einem Laken überspannt und hat ein Loch in der Scheibe, stehen geblieben um neun Uhr dreißig. Es ist totenstill, aber Melvin bildet sich ein, ständig ein Geräusch wahrzunehmen. Dabei ist das Einzige, was er überdeutlich hört, das Rauschen seines Blutes in den Ohren.

Verfluchter Boden, als dürften seine verstorbenen Eltern diesen Ort nie verlassen oder als lauerte dieses Monster gar noch irgendwo hier in einer dunklen Ecke, um nun auch ihn zu holen. Melvin greift sich das Feuereisen, welches neben dem Kamin steht. Er umklammert den Holzgriff und das Gewicht des Eisens gibt ihm trotzdem kein sicheres Gefühl an diesem traurigen Ort, der vor zwanzig Jahren in blutigen Tränen versunken ist. Melvin schaut durch das stumpfe Wohnzimmerfenster in den Garten, der noch immer im Nebel getaucht ist, und dieser Blick beunruhigt ihn. Ständig zuckt er zusammen und glaubt, in dem Dunst Umrisse eines Körpers zu erahnen, was aber nur die Bäume und Büsche sind, die sich dort zeigen.

Plötzlich zuckt er erneut zusammen und lässt vor Schreck fast das Eisen aus den Händen fallen. Dann hört er es erneut. Ein Pochen, das von unten zu hören ist. Er hält inne, umklammert das Eisen wie ein Rettungsfloß und hört es diesmal erneut und deutlich. Ein Krachen, welches durch den Fußboden nach oben dringt. Aus dem Keller. Melvin geht zurück in den Flur, lauscht und schaut auf die Kellertür am Ende des Flures, über der ein vertrockneter Weihrauchstrauch hängt.

Schritt für Schritt nähert er sich der Tür, während sein Herz panisch in seiner Brust trommelt. Bilder von damals kommen hoch, als er sich dort unten eingeschlossen hatte und dem Mörder, der ihm gefolgt war, nur knapp durch die Kelleröffnung entkommen war.

Warum ergreift er nicht die Flucht? Was immer dort unten im Keller auf ihn wartet … Aber nun gibt es kein Zurück mehr und vielleicht soll es heute dort unten eine Erlösung für ihn geben.

Die Kellertür steht einen Spalt auf, angelehnt an dem gesplitterten Holz des Rahmens. Alles noch unverändert in dem Zustand, als der Mörder damals die Tür aufbrach, um Melvin im Keller zu fassen.

Er umfasst den Türknauf und drückt die Kellertür mit einem rostigen Knarren auf. Die Treppe führt nach unten in einen tiefen schwarzen Schlund. Er nimmt die Taschenlampe aus dem Rucksack und lässt den Strahl in das schwarze Maul der Dunkelheit hineinfallen. Der Lichtkegel wirft einen kleinen hellen Punkt auf den porösen Betonboden am Ende der Treppe. Die Stufen ächzen wie ein Klagelied unter Melvins zartem Gewicht. Der rechte Arm, der mit dem Eisen zum Schlag ausholt, zittert noch mehr als der Strahl der Lampe in seiner linken Hand.

Er nimmt die letzte Stufe, betritt den kalten harten Kellerboden und lässt den Lichtstrahl durch die Dunkelheit wandern. Die Kälte des unebenen Betonbodens zieht durch die Schuhsohlen in seine Beine. Eingestaubte Einmachgläser stehen in den Regalen, Bücher, Klamotten und sonstiger Krempel füllen die restlichen Fächer aus. Alles noch Relikte von seinen Eltern. Er leuchtet die Kellerluke über dem alten Webstuhl und dem Wandregal an, wo er als Kind durchgeschlüpft und geflohen ist, als der Mörder die Kellertür aufbrach.

Wums! Ein lautes Gepolter aus dem Regal ertönt. Melvin schreit auf vor Schreck und springt zurück. Ein katzenartiges Tier flitzt durch eines der Regalfächer und wirft einige Einmachgläser hinunter, die auf dem Boden zerbrechen. Der Lichtkegel erfasst für einen Moment das Tier und das pelzige Vieh springt aus dem Schrank und verschwindet in einer Ecke des Raumes durch ein dunkles Loch im Kellerboden. Wie zu einer Säule erstarrt steht Melvin prustend vor dem Regal und atmet erleichtert aus.

»Es war nur ein Fuchs … Nur ein verdammter Fuchs«, flüstert er zu sich und lässt das Eisen in seiner rechten Hand sinken.

Nun entdeckt Melvin weitere Konserven und Einmachgläser, die verstreut auf dem Boden liegen und schon seit einiger Zeit dem Fuchs und wahrscheinlich auch anderen Tieren wie Ratten und Mäusen als Vorratskammer dienen.

Melvin lenkt den Lampenstrahl in die hintere Ecke des Kellergewölbes, wo der Fuchs im Boden verschwunden ist. Er geht dorthin und wundert sich, als er unmittelbar davorsteht. Eine Schieferplatte mit auffällig großen Fugen ist dort im Boden eingelassen, an deren Ende eine handgroße Ecke herausgebrochen ist, durch die der Fuchs verschwunden ist. Melvin kniet sich davor und leuchtet hinein. Ein unterirdischer Hohlraum, in dem er so etwas wie einen Buchrücken und weitere Gegenstände erkennt. Melvin legt die Taschenlampe beiseite. Steckt das Feuereisen in das zersplitterte Loch und schafft es so, die ungefähr dreißig Zentimeter große quadratische Steinplatte herauszuheben.

Melvin nimmt die Lampe und beleuchtet das, was unter der Platte verborgen ist. Es hat zuerst den Anschein, dass dies eine schmale Höhle sei, welche der Fuchs angelegt hat. Aber es ist ein angelegtes Geheimfach in rechteckiger Ausführung mit einer eingelassenen Holzvertäfelung an den Seiten. Eingearbeitet von Menschhand und irgendwann von dem Fuchs als unterirdischer Eingang zum Kellergewölbe entdeckt und erweitert.

Melvin hat sich nicht getäuscht in dem, was er beim ersten Erspähen in das Loch erblickt hat. Vier dicke in Leder gebundene Bücher, ein Haufen loser Dokumente, Fotos, Tonbänder. Alles in Folien verpackt und in dem geheimen Fach gestapelt.

Was hat das zu bedeuten? Wer versteckt hier Dokumente? Oder besser gesagt: Wer hat hier Dokumente vor vielen Jahren versteckt? Denn auch hier liegt fingerdick der Staub auf den durchsichtigen Plastikbeuteln, die den Inhalt schützen sollen.

Melvin beschleicht ein mulmiges Gefühl und seine erste Vermutung ist, dass dies noch Relikte des damaligen Vorbesitzers des Hauses sein könnten, von dem sie lediglich wenig erfahren hatten beim Kauf des Hauses. Oder vielleicht doch geheime Dokumente und Briefe von Melvins Vater? Er muss es herausfinden und greift in den dunklen Schacht.

Melvin stapelt das Holz in den Kamin, zündet ihn an. Dann hält er die Hände an die wärmenden Flammen. Das Feuer knistert und knackt, vertreibt die Dunkelheit aus dem Raum. Melvin legt einen Scheit nach. Er rutscht auf dem Fußboden nach hinten und lehnt sich mit dem Rücken an einen der Sessel. Unmittelbar neben ihm die Taschenlampe, die noch auf den Kamin gerichtet ist, das Feuereisen in greifbarer Nähe und die eingepackten Bücher.

Er reißt die Folien auf und nimmt zuerst den Stapel Fotos in die Hand. Alte vergilbte Schwarz-weiß-Bilder, die schneebedeckte schroffe Berglandschaften zeigen. Auf einem Bild erkennt er einen bärtigen Mann mit Mütze und Sonnenbrille, der komplett ausgerüstet mit Stöcken und Rucksack vor einem Zelt steht. Im Hintergrund erstreckt sich eine weite endlose Tundra.

Weitere Fotos erwecken Melvins Verdacht, dass es sich um eine Expedition gehandelt hat. Eine Gruppe von Menschen in Bergsteigerkleidung steht vor dem Eingang einer vereisten Gletscherhöhle. Im Vordergrund befindet sich ein Mann mit Fellmütze und asiatischen Gesichtszügen, der grimmig in die Kamera schaut und ein Rudel Huskys an der Leine hält. Der Mann, die Schlittenhunde als auch die mächtigen Schneeberge auf den Fotos bestätigen einen weiteren Verdacht, dass es sich bei den Landschaften auf den Bildern um eine Gegend unmittelbar am nördlichen Polarkreis handelt. Solche riesigen Gletscher und Eiswüsten wie auf den Fotos finden sich jedenfalls nicht in den Bergen der Karpaten. Auch nicht zur Winterzeit.

Das Kaminfeuer knackt, und die züngelnden Flammen werfen bizarre Schatten an die Wände, die wie tanzende Kreaturen den Raum einnehmen.

Melvin legt die Fotos beiseite und nimmt das dicke Buch mit dem roten Lederrücken. Er schlägt es auf, der Buchrücken knackt. Flüchtig blättert er durch und sieht auf den ersten Blick, dass alles in einer altmodischen Schreibschrift geschrieben wurde.

Die ersten beiden Seiten sind frei, dann kommt eine Art Überschrift.

Forschungsbericht von Prof. Dr. Amon Kronenberg der Universität Sighisora, transsibirische Expedition Oktober 1962

Für einen Moment nimmt Melvin seinen Blick von der Seite und irgendwie dämmert es ihm bei dem Namen Kronenberg. Er überlegt. Plötzlich spült sich eine alte Erinnerung bei ihm an die Oberfläche und er weiß nun, woher er diesen Namen kennt. Amon Kronenberg war der vorherige Bewohner des Hauses, bevor seine Eltern dort einzogen.

Das ganze Buch scheint von diesem Professor Kronenberg verfasst zu sein. Melvin überfliegt einzelne Textpassagen und erhält Infos über den Autor.

Prof. Dr. A. Kronenberg. Professor der inneren Medizin, Chirurgie, Neurologie mit einem Lehrstuhl an der Uni Sighisora und Sibiu. 1960 den Nobelpreis in Medizin erhalten für sein Konzept der Energietransaktion am humanistischen Organismus ... Geboren: 1930 in Danzig.

Melvin blättert weiter und stößt auf die ersten persönlichen Worte des Professors Kronenberg:

... Die Schulmedizin ist ein wichtiger Bereich, um Menschen im Rahmen der modernen Medizin als auch Chirurgie helfen und heilen zu können. Die moderne Technologie hat uns in den letzten Jahren einen enormen Fortschritt in Heilungsprozessen vermittelt. Dennoch ist das progressive Streben nach wirksamen und gesundheitsfördernden Methoden und auch alternativen Ansätzen bezeichnend für meine Arbeit als Arzt und Wissenschaftler. Der Mensch und die Erhaltung des Lebens verantworten mich als Humanmediziner in eine ehrenhafte Pflicht, weitere Forschungskreise zu erschließen und auch den holistischen Ansatz zu berücksichtigen.

Melvin blättert weiter und entdeckt ein kurzes Interview, in dem Professor Kronenberg Antworten zu seiner Forschungsreise gibt.

Die indigenen Heilpraktiken haben mich schon immer fasziniert und die klassische Vorstellung des Medizinmannes, der in Verbundenheit mit natürlichen Kräften heilt und behandelt, ist für mich keineswegs Hexenkult oder Hokuspokus.

... Die materielle als auch die spirituelle Welt sind bei meiner wissenschaftlichen Arbeit essenziell. In unserer westlichen Kultur sind wir abgeneigt, wenn wir Wörter wie ›Geistheiler‹ oder ›Schamanismus‹ hören. Dabei gibt es auf diesem Kontinent jenseits der nördlichen Hemisphäre noch Kleingruppen, Nomaden, Stammesriten und indigene Ureinwohner, die ein unglaubliches Wissen über Heilung und Erhaltung der Gesundheit haben.

... Dies ist der Anlass meiner Forschungsreise, in der ich einer Spur nachgehen werde von einem uralten Stamm, der alte Weisheiten und Bräuche einsetzt, die ich erforschen und

studieren werde und in unser westliches Gesundheitsdenken nachhaltig integrieren möchte.

Vortrag von Prof. Dr. Amon Kronenberg, intern. Gesundheitskongress in Budapest, 20. Mai 1959

Weitere Interviews und Debatten mit seinen Kollegen über den Sinn und Zweck seiner Forschungsreise füllen den dicken Schmöker in Melvins Händen. Viel fachliches und medizinisches Gerede auf endlosen Seiten.

Auf Kronenbergs außergewöhnliche Qualitäten als Arzt wird immer wieder von seinem Kollegium hingewiesen in den zum Teil öffentlichen Interviews und auch Zeitungsberichten, die in dem Buch eingeklebt sind.

Interessant, dass Prof. Kronenberg 1960 einen medizinischen Nobelpreis erhalten hat. *Die Erforschung und Konservierung der menschlichen Energieressourcen.*

›Was man auch immer darunter verstehen mag‹, denkt Melvin und legt das Buch zur Seite. Steht auf, wirft weitere Scheite in die Glut des Kamins und bereitet sich auf einen langen Abend in seinem alten Zuhause vor, während draußen die Dunkelheit nicht mehr lange auf sich warten lässt.

Melvin nimmt eines der schmaleren Bücher, auf dessen Pappumschlag *Reisebericht Tag 1 bis Tag 45* in Schreibschrift auf die Vorderseite geschrieben wurde. Eine Art Logbuch oder Tagebuch mit Datierungen und Ortsangaben der einzelnen Tage zu Beginn jeder Seite.

Auf der ersten Seite ein eingeklebtes Schwarz-weiß-Foto von drei Personen, die am Bahnsteig vor einer Dampflok stehen. Alle drei ausgestattet mit einem großen Rucksack auf dem Rücken, Wanderstöcken und Wollmützen, die sie tief ins Gesicht gezogen haben. Neben dem Foto eine eingeklebte Fahrkarte der Transsibirischen Eisenbahn. Unter dem Foto die Namen der bärtigen Männer von links nach rechts: Dr. Jiri Masluev, Pavel Borna und Prof. Amon Kronenberg. Die Männer lachen in die Kamera am scheinbar ersten Tag ihrer Forschungsreise.

Bahnhof in Nomanesk, 13. Feb. 1960 steht unten links auf der vergilbten Seite. Mit dem Daumen blättert Melvin durchs Buch, während das Kaminfeuer sein Antlitz erwärmt und von ihm einen obskuren Schatten an die Wand hinter ihm wirft.

… Nun sind wir schon fast zwei Monate unterwegs und haben nach einem Aufenthalt in Kasachstan und Nowosibirsk die Mongolei erreicht, was die erste Station meiner Forschungsreise sein soll. Meine Begleitung Dr. Jiri Masluev aus Donezk und mein Assistent und erfahrener Wanderführer Pavel Borna aus Prag sind zwei erfahrene Leute auf ihrem Gebiet und ich zähle auf ihre Unterstützung. Mein werter ehemaliger Kollege Jiri Masluev ist ebenfalls ein erfahrener Arzt und sehr interessiert an meiner Forschungsarbeit. Zudem spricht Jiri fließend Russisch, was eine weitere große Hilfe sein wird. Pavel Borna lernte ich in Prag kennen bei einer meiner Vorträge. Ein junger tüchtiger

Mann, der Medizin studiert und ein fundiertes Wissen über Expeditionen dieser Art hat, da er selbst aus einer Bergsteiger- und Wanderertradition stammt.

Melvin blättert ein paar Seiten weiter.

…. Abseits der zivilen Bevölkerung habe ich Informationen über einen alten mongolischen Stamm, der nach einer schamanischen Tradition in der Region des Changai-Gebirges zu finden ist.
Dieser alte schamanische Kult verfügt über ein fundiertes Wissen über den Einsatz von Heilkräutern und natürlichen Heilkräften, welche über einen Medizinmann in Gebetszeremonien an die bedürftigen Menschen vermittelt werden.

Melvin blättert weiter und findet ein eingeklebtes Foto. Eine kleine Zeltstadt mit einer Feuerstelle, die von einem Steinkreis umschlossen ist. Dahinter eine weite karge Steppe, auf der vereinzelte Büsche aus dem kargen Boden sprießen. Weit im Hintergrund ein mächtiges Felsplateau mit verschneiten Gipfeln.

02. April 1960, Mongolei, Changai Gebirge. Volk der Onon.
Welch ein herzlicher Empfang der Onon, wie dieser Volksstamm sich nennt. Wir konnten uns mit ein wenig Englisch und Russisch bestens verständigen und dieses Bergvolk ist weniger primitiv, als man denken mag. Wir verbrachten einen sehr schönen ersten Tag bei unseren Gastgebern und ich war von deren Höflichkeit und Freundschaft besonders angetan, die sie uns Fremden gegenüber zeigten.

... Ich erklärte Chu, dem Oberhaupt der Gruppe, mein Anliegen und wurde unmittelbar eingeführt in die medizinischen Praktiken und Stammesriten. Nicht nur die heilende Kraft von Kräutern, welche in den Höhenlagen der Berge wachsen, werden genutzt, sondern auch die heilende Kraft von Steinen, welche über dem Feuer erwärmt und unter mantraähnlichem Gesang auf verschiedene schmerzende Körperstellen gelegt werden. Bei den Bewohnern der Zeltstadt war mir sofort aufgefallen, wie viele ältere, ja, uralte Menschen dort leben und einen sehr körperlich als auch geistig mobilen Eindruck vermitteln. Asuul zum Beispiel ist sechsundachtzig Jahre alt und die Mutter von Chu und geht jeden Tag mehrere Kilometer in die Berge, um Wasser und Nahrungsvorräte zu holen. Dieser Eindruck bestätigt meine Annahme, welch ein umfassendes gesundheitliches Wissen diese Menschen hier haben und den Sinn meiner Forschungsreise bestätigen.

Auf der folgenden Seite ein Foto, auf dem die drei Forscher und zwei der Onon vor einem riesigen klaren See stehen. Die zwei Mongolen in knielangen Gewändern und einer Art Turban um ihre Häupter gewickelt.

Ich bin weiterhin sehr gerührt von der überaus freundlichen Art des Volks der Onon. Ich durfte Aira, dem Dorfältesten und Medizinmann, bei seiner Zeremonie zuschauen, wie er ein Kind von scheinbar negativen Energien und bösen Geistern befreit. Nach seinen Erklärungen würde ich als Mediziner sagen, dass dieses Kind unter Depressionen und starken Stimmungsschwankungen litt. Aira brachte den kleinen Jungen in sein Zelt und zündete unterschiedliche Räuchergehölze an, bevor er mit seiner Praktik anfing, die aus verschiedenen Gebetspassagen bestand. Eine unfassbare

Stimmung breitete sich im Dunst der Rauchschwaden aus und Aira ließ immer wieder seine Hände über dem Jungen kreisen und flüsterte so etwas wie Fürbitten vor sich hin.

Ich durfte diese und weitere zeremoniale Prozesse der Onon dokumentieren und bin beeindruckt und dankbar für das, was wir erleben durften. Ihr Wissen in dem Bereich der Geistheilung als auch in der Naturheilkunde ist einzigartig und mit nichts zu vergleichen, was ich bisher als Arzt und Wissenschaftler erlebt habe.

… Nach einer Woche bei unseren neuen Freunden müssen wir unsere Expedition fortsetzen und wir haben eine lange mehrtägige Reise vor uns. Quer durch Russland an das Ufer der ostsibirischen See nach Tschukur, wo ich das Volk der Sabantursk aufsuchen werde. Ein Nomadenstamm, dessen Einwohner nach meinem Kenntnisstand auf dem Gebiet tätig sind, auf welchem meine Forschungsarbeit im Bereich der Lebensenergie des Menschen basiert. Dies ist das eigentliche Ziel meiner Forschungsreise und ich kann es kaum erwarten, dort Kenntnisse von den Sabantursk zu erwerben und damit meine wissenschaftliche Arbeit zu ergänzen.

Die Onon zelebrierten uns einen unvergesslichen Abschied mit Gesang, Tänzen und wunderbaren Speisen. Pavel und Jiri haben es ebenfalls sehr genossen und konnten sich kaum von diesen bezaubernden Menschen trennen. Welch eine Erfahrung.

Chu begleitete uns noch zurück ins Dorf, in dem wir den nächsten Zug Richtung russischer Grenze nahmen. Am Bahnsteig schüttelte er uns die Hand und wir umarmten uns herzlich. Doch etwas Merkwürdiges geschah, was mich erschreckte und mir Rätsel aufgab.

Chu fragte, wo unsere Reise hinführen würde, und ich erzählte ihm von dem Volk der Sabantursk. Die Sabantursk waren ihm geläufig. Der Name ließ seine Gesichtszüge entgleiten und ich sah so etwas wie grenzenlose Angst in seinen sonst so warmen Augen.

Ich fragte ihn, was los sei. Die Lok kam dampfend an und würde gleich am Bahnsteig halten.

»Nein, mein Freund, nein. Ihr dürft nicht zu den Sabantursk.« Er umfasste kräftig meinen Oberarm und sein panischer Blick machte mir irgendwie Angst. Ich fragte ihn, warum nicht, und er sagte immer wieder »Nein, nein. Gefahr … Gefahr, mein Freund … Bitte geht nicht.«

Die Lok fuhr ein und ich trat näher an sein plötzlich fahles Gesicht heran und fragte ihn: »Was ist los, Chu? Warum sollen wir nicht dahin?«

»Geh nicht, es ist das Böse«, stotterte Chu und nun lief auch eine Träne aus seinen geröteten Augen. »Du hast keine Vorstellung von dem, was dich dort erwartet. Geh nicht, mein Freund«, ermahnte mich Chu erneut.

Die Lok hielt zischend an, Pavel und Jiri kamen zu uns herüber. Jiri mahnte mich, dass wir losmüssten.

Meine Begleiter wollten sich von Chu verabschieden, aber er war plötzlich abwesend und schüttelte immer wieder den Kopf, während er mich ansah.

»Professor«, ermahnte mich Pavel.

Ich schnappte meinen großen Rucksack vom Boden und verabschiedete mich von Chu.

Er wischte sich die Tränen aus den Augen und sagte, diese zwei Wörter: »Belyy d´yavol« und trat dann von mir zurück. Wir drei stiegen in den Zug und ich hielt vom Fenster Blickkontakt zu Chu, der die Hände gefaltet hatte und mich einfach nur anstarrte, während der Zug pfeifend davonrollte.

»Was war denn mit Chu plötzlich los?«, fragte Pavel, aber ich hatte keine Antwort für ihn. Mein Russisch besteht nur aus ein paar Floskeln und Vokabeln und ich wusste nicht, was Chu eben zu mir gesagt hatte.

»Belyy d'yavol«, sprach ich leise vor mich hin.

Jiri schaute zu mir herüber und fragte mich, ob ich wisse, was das heißt. Ich schüttelte den Kopf, obwohl ich es aufgrund meiner geringen russischen Sprachkenntnisse inzwischen doch wusste. Er lehnte sich nach vorne und hauchte mir Worte der Angst entgegen.

»›Weißer Teufel‹ heißt das.«

Wir schauten uns gefasst in die Augen. Chus Warnung verpuffte in der kalten Luft an der Grenze zu Russland.

Die Fahrt an die sibirische See war sehr aufwendig und anstrengend. Es dauerte fast eine Woche, bis wir Tschokurdisk erreichten, von wo aus es eine dreitägige Wanderung war, vorbei an Bergketten, Nadelwälder und durch die weite Tundra Sibiriens. Tschukur, ein winziges Dorf am Ufer der ostsibirischen See, bestehend aus einem Bauernhof, einem Krämerladen, einer kleinen Kirchenkapelle und ein paar Häusern mit Blechdächern. Wir erreichten völlig erschöpft das Dorf und hofften, eine Nacht in einem Wirtshaus verbringen zu können und diesmal nicht im Zelt schlafen zu müssen. Es war gespenstisch. Das ganze Dorf war unbewohnt und eine einzige Geisterkulisse. Niemand war auf den Straßen und alle Häuser waren dunkel und wirkten verlassen.

Wir verbrachten die Nacht in der verlassenen Kirche und waren dennoch froh über einen windgeschützten Schlafplatz. Wir gingen durch die Reihen der leeren Bänke, die zum Teil von Spinnweben eingespannt waren, und traten vorne an den Altar. Was wir dort sahen, ließ uns den Atem stocken und wir konnten uns nur noch schweigend und irritiert anschauen. Mit schwarzer Kohle war in großen Buchstaben hinter dem Altar an die weiße Wand etwas für Menschen wie uns hinterlassen worden als Warnung. »Kehret um!«

Jiri bekreuzigte sich und flüsterte vor sich hin. Überall lag eine fingerdicke Staubschicht und die Kerzen waren bis auf den Docht heruntergebrannt.

Ein ganzes Dorf, welches entvölkert war, bereitete uns eine Menge Fragen. Meine erste Vermutung war, dass dieses Dorf aufgrund von sowjetischen Atomtests geräumt worden war, aber Jiri konnte diesen Verdacht ausräumen mit dem, was er wusste.

Am nächsten Tag, einem diesigen grauen Morgen, brachen wir auf in Richtung der dunklen Wälder, die ans Dorf grenzten, und wir wussten, es war nicht mehr weit zum äußeren Zipfel der Halbinsel, auf dem das Volk der Sabantursk sich aufhielt. Anhand unserer Koordinaten auf der Karte waren es weniger als zehn Kilometer bis zur Bucht.

Nach ungefähr zwei Stunden durch den Wald waren wir kurz vorm Ziel und erreichten eine Lichtung, die nur aus Gräsern und flachen Büschen bestand. Was wir dann sahen, ließ erneut unser Blut gefrieren, aber wir waren zuerst verwirrt. Ungefähr fünfzig bis sechzig Mulden lagen vereinzelt über der ganzen Ebene verteilt. Die Senken hatten die Maße von etwa einem Meter fünfzig mal zwei Metern. Bei allen war das Erdreich abgesackt und auf der Oberfläche wuchsen Pilze. Abgesenkte Erde, Pilzwuchs. Ein klares Merkmal für eine vergrabene Leiche. Wir schauten uns an, redeten darüber und es gab keinen Zweifel, dass wir hier über einen Friedhof gingen.

»Hier scheinen die Sabantursk ihre Toten zu begraben«, sagte Pavel zu mir, während er die Bodenvertiefungen im Vorbeigehen betrachtete.

Jiri war plötzlich völlig in Panik. Er stellte sich vor mich und schaute mir fest in die Augen.

»Professor, das Ganze macht mir Angst. Wir sollten umkehren.«

Mein Bauchgefühl war zu diesem Zeitpunkt auch kein gutes, auch hinsichtlich der Reaktion von unserem Freund Chu bei der Verabschiedung am Bahnhof, aber ich stellte mich dagegen und ignorierte die Zeichen.

Ich weiß noch, wie ich zu Jiri sagte: »Ich bin nicht Tausende von Kilometern durch Schnee und Eis gefahren und gelaufen, um jetzt kurz vorm Ziel wieder zurückzugehen.«

Pavel kam dazu und äußerte auch sein mulmiges Gefühl und konnte den Blick nicht von den Gräbern nehmen.

»Na und? Das hier ist ein Friedhof, die Sabantursk begraben ihre Toten genauso, wie wir es tun. Hast du zu Hause bei dir auch Angst, über einen Friedhof zugehen?« Ich wusste, wie dämlich meine Antwort war, und ich wusste auch, was Jiri und Pavel meinten, ihre Angst war berechtigt.

Jiri trat nah an mein Gesicht, ich werde seine Worte niemals vergessen: »Jedenfalls wurden hier Menschen wie Köter verbuddelt und vergiss nicht die Warnung von Chu am Bahnhof oder die Botschaft in der Kirche. Chu sprach vom Teufel.« Er drehte sich um und wir gingen weiter zur Küste.

Die Ereignisse überschlugen sich plötzlich. Es war nicht mehr weit bis zum Strand, ich konnte das Meerwasser schon riechen. Wir passierten kurz vor der Küste einen weiteren schmalen Waldabschnitt, als ich plötzlich ein Jammern und leises Winseln vernahm.

Jiri und Pavel bekamen es auch mit. Es hörte sich nach dem heiseren Weinen eines Kindes an.

Ich sah zwischen zwei Baumstämmen ein weißes Kleidungsstück auf dem moosigen Boden und rannte dahin.

Ein kleines Mädchen lag dort mit dem Gesicht zum Boden und konnte nur noch winseln, bevor die Ohnmacht sie ergriff. Sie war mit ihrem Bein in eine Bärenfalle getreten, die vollständig verrostet und vermoost war. Sofort begaben wir uns daran, sie zu befreien, öffneten die Schnappfalle und zogen ihr Bein heraus, welches nicht gut aussah. Das Schien- und Wadenbein schien gebrochen zu sein und eine klaffende Fleischwunde zeigte sich am Unterschenkel. Ich hatte meinen Notfallkoffer mit Verbandszeug und auch Schmerzmittel dabei und versorgte sofort die Wunde und versuchte, das Mädchen zu stabilisieren.

Sie atmete und zeigte auch Pupillenreflexe. Ich nahm sie auf den Arm und Pavel rief mir von Weitem zu, dass er den Strand schon sehen würde. Völlig orientierungslos und auch mit der Notwendigkeit, das Mädchen sicher unterzubringen, betraten wir den torfigen Strand. Ein starker Wellengang herrschte und ein eiskalter Wind blies uns vom Ozean entgegen. Der Strand war übersäht mit angeschwemmtem

Totholz, welches aussah wie riesige Gebeine. Zu unserer Rechten sahen wir eine Felswand, die den Strand eingrenzte und an der die Wellen brachen.

»Dahin, Professor, ich glaube, ich habe dort jemanden gesehen«, sagte Pavel und zeigte Richtung Felswand.

Je näher wir kamen, umso deutlicher sah ich eine riesige schwarze Höhle in dem Felsmassiv. Ich folgte im Laufschritt Pavel und Jiri entlang der Bucht. Ich trug das Kind auf dem Arm und sprach sie ständig an, während ich wusste, dass der Kleinen die Zeit davonlief.

Pavel und Jiri blieben plötzlich stehen und nun sah ich sie auch und hielt an. Eine Gruppe von Männern, deren helle Gewänder im Wind flatterten, stand wie versteinert vor dem Eingang der Höhle. Sie trugen eine Art weißen Turban, der nur ihre Augen zeigte. Wir gingen auf sie zu und keiner von ihnen zeigte eine Reaktion. Jiri sprach sie auf Russisch an, aber niemand antwortete. Ich hatte das Kind in eine Decke aus meinem Rucksack eingewickelt und die Fremden sahen nicht auf den ersten Blick, wen oder was ich dort auf dem Arm trug.

Jiri sagte wohl auf einmal, dass wir ein Kind gefunden hätten und dringend Hilfe bräuchten.

Plötzlich löste sich, wohl der Anführer aus der Gruppe und kam auf uns zu. Der Fremde in dem schneeweißen Gewand stand plötzlich vor mir und ein Schock fuhr durch meinen Körper, als ich in seine Augen sah. Diese trüben farblosen Augen, in denen ich nichts Lebendiges erkannte. Ich hörte ihn atmen, während er mich weiter anstarrte. Plötzlich sagte er etwas und nickte zu dem Kind. Ich zog die Decke von ihrem Kopf und Jiri rief von hinten, dass wir sie gefunden hätten und sie dringend Hilfe bräuchte.

Der Fremde murmelte etwas und ich konnte Trauer und Bestürzung heraushören. Er fasste dem Kind an die Stirn, drehte sich um und rief mit einer heiseren Stimme den anderen etwas zu. Die Männer kamen angelaufen und auch eine Frau, die ebenfalls komplett verhüllt war, gesellte sich dazu und weinte laut, als sie das Kind sah. Wir waren angespannt und wussten nicht, was das zu bedeuten hatte.

Ich übergab der Frau das Mädchen, welches wohl ihre Tochter war. Die Frau eilte in Richtung Höhle und wurde von einem aus der Gruppe begleitet.

Der Anführer mit dem kalten Blick schaute mir wieder innig in die Augen und die restlichen Männer formierten sich um ihn. Pavel, Jiri und ich traten von der Gruppe zurück und fragten uns, was nun folgen könnte. Jiri redete weiterhin beruhigend auf sie ein, dass wir in Freundschaft kämen und so weiter. Es schien, als wenn die Fremden sich beraten mussten, wobei aber zu erkennen war, dass der Anführer das letzte Wort hatte. Eine hitzige Diskussion, bei der sie immer wieder zu uns schauten, in einer Sprache, die keinem von uns geläufig war. Nicht einmal Jiri, der mit sämtlichen Sprachen und Bräuchen des Ostblocks vertraut war, verstand, was sie sagten. Das Gespräch beruhigte sich irgendwann und der Anführer kam auf uns zu. Er stellte sich als Coron vor und bedankte sich bei mir, dass ich eines ihrer Kinder gerettet hatte und wir im Namen der Sabantursk willkommen wären.

Coron verbeugte sich kurz vor uns und wir folgten ihm in Richtung der Felshöhle. Jiri und Pavel waren erleichtert, aber ich hatte in des Anführers Augen den Tod gesehen und hatte nun die absolute Gewissheit, dass wir in Gefahr waren, aber ich verpasste die letzte Möglichkeit zur Flucht.

In Stein gehauene Stufen führten hinauf in das Gewölbe und ich entdeckte oben, dass es eine Art Plateau war, wo es mehrere schwarze Löcher gab, die als Eingänge in den Felsen führten.

Melvin klappt das Buch zusammen und schaut in die glimmende Glut, während sein Verdacht sich immer mehr bestätigt und seine Hände zittern.

Er blättert eine Seite weiter und überfliegt ein paar Textpassagen.

… Die Sabantursk waren sehr schweigsam und wandelten wie Gespenster in ihren weißen Kleidern im Kerzenschein durch die Höhlengänge. Wir wurden mit Essen und Trinken versorgt und verbrachten die erste Nacht in einem der Gewölbe. Niemand redete mit uns außer Coron, der ab und zu ein Wort fallen ließ, aber auch sehr reserviert und einsilbig mit uns umging.

Am kommenden Tag bat mich Coron, nach dem Kind zu schauen, dessen Zustand weiterhin kritisch war. Das Mädchen hatte starkes Fieber und heftige Schweißausbrüche bekommen. Wahrscheinlich hatte sie sich durch die rostigen und verschmutzten Klingen eine Blutvergiftung eingefangen. Ihren Unterschenkel konnte ich jedenfalls durch die Sofortmaßnahmen und die Desinfizierung retten. Der Zustand des Mädchens war dennoch kritisch und es fehlte mir an medizinischen Mitteln, um sie ärztlich vernünftig zu versorgen. Das Fieber wurde schlimmer und sie fing an zu krampfen. Ich teilte Coron mit, dass sie es wahrscheinlich nicht bis zum nächsten Tag schaffen würde.

Die Mutter des Kindes verfiel in schlimme Weinkrämpfe. Ich konnte nichts mehr für sie tun und ging zurück zu Jiri und Pavel. Wir drei beschlossen, an diesem Abend zu fliehen, da Pavel weitere Beobachtungen gemacht hatte, die uns beunruhigten.

Kurz nachdem ich bei Jiri und Pavel im Gewölbe war, trat Coron im Kerzenschein in den Raum - diesmal ohne Gesichtstuch - und mein Herz klopfte mir bis in den Hals.

Er hatte nicht nur die Augen eines Verstorbenen, sein gesamter Anblick war furchteinflößend und ähnelte im Kerzenlicht einem Untoten, der nun nicht nur seine optische Maske fallen ließ. Er schritt zur Seite und ein Haufen seiner vermummten Helfer stürmten das Gewölbe, überwältigten und fesselten uns und brachten uns fort.

Durch einen engen Felsengang brachten sie uns in einen weiteren unterirdischen Raum von riesigem Ausmaß, ähnlich dem Innenraum einer Kathedrale. Eine große Kuppel mit abfallenden Wänden, an denen vereinzelt vermummte Gestalten saßen und uns anschauten. In der Mitte der Felsenhöhle stand eine Art Marterpfahl auf einem Podest, ungefähr drei Meter hoch, der umringt war von Holzstämmen, die in kreisförmiger Anordnung den Pfahl umschlossen.

Sie zerrten uns auf das Podest bis kurz vor den Pfahl. Nun sah ich auch, dass dort das Kind auf einem weißen Laken und Tannenzweigen eingebettet lag.

Jiri schrie und versuchte, auf sie einzureden, während Pavel und ich in eine schweigende Schockstarre verfielen. Neben dem Pfahl stand ein Tisch, auf dem ich diverse metallische Gegenstände erkennen konnte. Ein scheinbar uralter Greis näherte sich uns in gebückter Haltung und stützte sich auf einem Gehstock ab, der aussah wie ein Oberschenkelknochen. Der Alte trat an uns heran und musterte uns. Ich sah auch bei ihm diese leblosen Steine in seinen Augenhöhlen.

Er zeigte auf Pavel und sagte in einer monotonen und krätzigen Stimme etwas zu Coron. Coron griff nach Pavels Haarschopf und schleifte ihn zu dem Platz in der Mitte. Zwei weitere der Sabantursk kamen herbei und halfen Coron, den schreienden und strampelnden Pavel zu bändigen. Ich werde nie Pavels Blick vergessen, als er nach uns um Hilfe schrie. Was dann folgte, war ein Einblick in die Hölle.

ie beiden Helfer kreuzten Pavels Arme über dem Kopf. Coron kam herbei und schlug einen Eisendorn mit einem Vorschlaghammer durch seine Handflächen und sie fixierten Pavel an den Pfahl. Das gequälte Geschrei von Pavel war nicht zu ertragen. Jiri und ich konnten nichts tun außer zuzusehen, wie unser Freund einem brutalen Martyrium ausgesetzt war.

Coron nahm von der Ablage neben dem Pfahl eine Art Zange, womit er Pavel Fleischfetzen aus seinem Körper riss. Ein glühendes Eisen lag dort in einem Behälter und wurde von Coron aus der brennenden Glut genommen. Immer wieder fügte er mit der rot glühenden Spitze Pavel unvorstellbare Verletzungen zu.

Der alte Greis kniete beim Kind und nuschelte irgendetwas. Was ich dann sah, raubte mir endgültig den Verstand, als mein Freund Pavel am Ende seines Todeskampfes war. Die Holzpfähle, welche kreisrund um den Marterpfahl angeordnet waren, hatten eine Verzierung, die dort hineingeschnitzt worden waren. Diese Symbole waren auch als Gravur an den Felswänden in dieser Gruft. Eine Art unsymmetrisches Pentagramm mit einem Schriftzeichen in der Mitte, einer Art Hieroglyphe.

Pavel war in den letzten Atemzügen, während Coron ihm den Rest mit einem spitzen Gegenstand gab. Und plötzlich sah ich, wie Blut aus den eingeschnitzten Symbolen herauslief, sich unten zu einem Rinnsal sammelte und zu dem Mädchen floss. Eine Lache bildetet sich unter dem Körper des Kindes und verschwand, während ihr Körper grellrot aufleuchtete.

Pavel war tot. Sein blutüberströmter Körper hing an dem Pfahl. Sein Kopf baumelte leblos nach unten. Coron legte das Messer zurück und schaute zu dem Kind, welches aufstand, so als wäre es gerade aus einem Tiefschlaf erwacht. Der alte

Greis, Coron und alle Anwesenden der Sabantursk hoben die Hände in die Luft. Riefen und huldigten seinen Namen, ihrem Dämon, der ihnen Macht und das ewige Leben versprach.

*E*s war eine Frage der Zeit, wann auch Jiri und ich geopfert werden würden. Sie nahmen uns die Fesseln nicht mehr ab und sperrten uns in ein vergittertes dunkles Gewölbe.

Am nächsten Morgen holten sie Jiri aus der Zelle und brachten ihn weg. Nach nur wenigen Minuten hallten seine grausamen Schreie durch die Höhlenschächte, da nun auch er der bestialischen Folter unterzogen wurde, die sein Leben beenden sollte. Ich war am Boden gefesselt und konnte mir nicht einmal die Ohren zuhalten und musste erneut miterleben, wie ein weiterer Freund um sein Leben kämpfte, und seine Todesschreie ertragen.

Noch während ich auf dem Boden kauerte, hörte ich ein Geraschel an der Gittertür und plötzlich stand die verschleierte Frau vor mir, die Mutter des Kindes, welches wir gerettet hatten. Sie zog ein Messer aus ihrem Umhang und ich geriet in Panik, als sie sich zu mir herunterbeugte.

Sie begab sich daran, mich von den Fesseln zu befreien, und sagte in einem gebrochenen Russisch: »Du hast meinem Kind das Leben gerettet, nun rette ich deines.«

Ich folgte ihr und wir schlichen uns aus dem unterirdischen Labyrinth nach draußen auf die Felsplattform, auf der ich das erlösende weite Meer wiedersah.

»Du musst dich beeilen, du hast nicht viel Zeit«, sagte sie und drückte mir meinen Rucksack in die Hand.

»Im Namen meiner Tochter Kandaa wünsche ich dir alles Gute und ich habe noch ein Geschenk für dich, auf Wunsch meiner Tochter.« Sie überreichte mir ein ledergebundenes Buch ihrer kulturellen Rituale, auf dessen Vorderseite ihr Symbol in blutroter Farbe gemalt war. »Ich bin dir zu großem Dank verpflichtet und beschenke dich mit dem Geheimnis des ewigen Lebens. Und nun geh, Fremder.«

Ich ergriff die Flucht, rannte die Stufen hinab und verschwand in den umliegenden Wäldern.

Ich hatte den Albtraum der Sabantursk überlebt und wollte nur noch zurück in meine Heimat, nach Monastrea. Aber alles kam ganz anderes. Ich hatte das Böse bereits mitgenommen und bald würde es auch von mir Besitz ergreifen und meine Gier nach dem neuen Fleisch stillen wollen.

Vielleicht sollte sich der Fluch des Weißen Teufels, durch das Geschenk verbreiten, welches mir durch Kandaas Mutter überreicht worden war. Die Versuchung, das ewige Leben zu erhalten, wenn man einmal den Pakt mit dem Bösen geschlossen und gespürt hat, wie die neue Energie das alte Fleisch belebt, ist unbeschreiblich. Ein unübertroffenes Gefühl von Macht.

Melvin blättert bis zur letzten Seite durch und hält inne.

Bei meiner Forschung rund um das Ritual der Sabantursk habe ich erfahren, dass der Adrenalinspiegel des Opfers eine wesentliche Rolle spielt. Laut diesem uralten Ritual ist es wichtig, dass die Opfer eines brutalen und leidvollen Todes sterben. Die Schriften besagen, dass dies die Grundbedingung ist, um die menschliche Energie des anderen für sich zu beanspruchen. Je länger dieser Leidensprozess andauert, umso intensiver und nachhaltiger ist die Übertragung der Lebensenergie. Der Sohn der Hölle oder auch ›Der weiße Teufel‹ - wie dieses geistige Wesen, welches in dem Ritual gehuldigt wird, genannt wird - fordert diese unermesslichen Qualen des Opfers ein, da auch er genug Blut trinken muss.

Abgesehen von der spirituellen Auffassung der Sabantursk kann ich dies wissenschaftlich herleiten, wenn ich das physikalische Gesetz von Energieträgern berücksichtige. Der Adrenalinspiegel erreicht einen vollkommenen Sättigungspunkt und dient als eine Art Beschleuniger der Energiereserven, wenn sie aus dem menschlichen Leib transferiert werden.

Kannibalismus und die damit einhergehende Entwendung der Lebenskraft des Opfers findet sich bei vielen primitiven Urvölkern wieder, unter anderem auch in Nordamerika, wo der Wendigo beschworen wird, indem Menschenfleisch verspeist wird und man somit die Kraft seines Gegners erhält. Die Sabantursk sind eine Art Energiekannibalen und ritualisieren diesen Brauch auf eine andere Weise, um an die Lebenskraft des Opfers zu gelangen.

In alten Überlieferungen habe ich von den Sabantursk gelesen und weiß, dass sie eine bestimmte Forschungsweise haben, um ewiges Leben zu erlangen. Wie es dort klar und deutlich stand. Durch rituelle Praktiken sollte es möglich sein, Energie von einem Organismus auf einen anderen zu übertragen. Für mich als Wissenschaftler und Forscher mit dem Schwerpunkt der Lebensenergie des Menschen. Worüber ich Arbeiten geschrieben habe und auch den klinischen Beweis erbracht habe, dass jeder Mensch Energiepotenziale besitzt, die physisch erfassbar sind, was mir auch den Nobelpreis eingebracht hat. Unfassbar interessant.

Es war immer Teil meiner Forschung zu erfahren, ob man die menschliche Lebensenergie nicht absorbieren beziehungsweise speichern kann, um damit eventuell kranken oder schwerverunglückten Menschen zu helfen, indem sie mit der externen Energie eines anderen Menschen versorgt werden. Sozusagen schwindende Lebenskraft durch neue Lebenskraft ersetzen.

Meine Forschungsreise von damals ist beendet und ich muss mit einem traurigen und auch ehrfürchtigen Staunen sagen: Die Fähigkeiten der Sabantursk sind kein Mythos, sie sind Realität.

Hätte ich meine Forschungsreise nicht angetreten, wenn ich gewusst hätte, dass sie einen grausamen Opferkult betreiben? Ich weiß es nicht ... Pavel und Jiri, bitte vergebt mir.

Welches persönliche Leid hätte ich vermeiden können, wenn ich dieses Wissen vorher gehabt hätte? Ich hätte meine Eltern von ihren Krankheiten befreien können, ich hätte damals meine Frau wiederbeleben können. Meinen Bruder von seiner tödlichen Tumorerkrankung heilen können.

Ich schreibe diese Zeilen mit den letzten übrig gebliebenen Anteilen von Prof. Amon Kronenberg und spüre, wie ich mich mit jedem Menschenopfer auch geistig verändere und meine Schuldgefühle und Mitleid den Opfern gegenüber immer mehr ablege. Dieser unstillbare Hunger nach dem neuen Fleisch und dem ewigen Leben. Ich möchte die letzten Zeilen nutzen, um alle um Vergebung zu bitten, solange ich noch etwas Menschliches in mir habe. Bitte vergebt mir.

Es lebe das neue Fleisch.

Prof. Dr. A. Kronenberg September 1979

Es ist früh am Morgen und die ersten Lichtstrahlen fallen durch das zerbrochene Flurfenster ins Haus. Melvin steht am Wohnzimmerfenster und schaut in die Morgenröte, die den Birkenwald erglühen lässt. Der Schock über das Gelesene wird noch Tage nachwirken und nun ist das grausame Geheimnis um die Morde in Monastrea gelöst.

›Irgendwo da draußen treibt Professor Kronenberg sich herum und wird weitere Menschen opfern‹, denkt Melvin und schaut zu dem Birkenwald, in dem er ihm vor zwanzig Jahren begegnet ist.

Melvin hat die Bücher und Forschungsberichte des Professors in den Rucksack gepackt und weiß, dass er nun mehr Zeit als notwendig in diesem Haus verbracht hat. Er kann es nicht ausschließen, dass Kronenberg sich hier in seinem alten Zuhause noch rumtreibt.

Der Gedanke lähmt Melvin vor Angst und er macht sich auf den Weg zurück. Die Wohnungstür ist auch von innen verriegelt und somit klettert er wieder durch das Flurfenster zurück nach draußen. Der Nebel des Vortages hat sich vollständig aufgelöst und der liebliche Gesang der Vögel unter den warmen Sonnenstrahlen, steht ganz im Kontrast zu diesem verwunschenen Haus am Rande der Friedhofsmauer, abseits des Dorfes Monastrea.

Melvin geht durch den verwilderten Vorgarten und schaut zurück in die dunklen Fenster, die ihn wie die schwarzen Augenhöhlen eines Totenschädels böse anstarren. Er durchschreitet das schmiedeeiserne Eingangstor und zuckt erschrocken zusammen, als ihn jemand anspricht.

»Melvin, was machst du hier?«

Er atmet erleichtert aus und fasst erschöpft in seine Hüften. Dreht sich um.

»Joan, … was machst du hier?«

»Nico rief mich an. Er sagte, du warst über Nacht weg, da habe ich mir Sorgen gemacht.«

»Woher weißt du, dass ich hier bin?«

Joan zuckt mit den Schultern. »Ich konnte mir denken, dass du dein altes Heim irgendwann besuchen wirst. Du hast die Nacht hier verbracht?«

»Ja, habe ich.«

»Aber Mel, ist alles okay bei dir?« Joan kommt einen Schritt auf ihn zu und fasst nach seiner Hand.

Melvin ringt und kämpft unübersehbar mit etwas und hält die Tränen zurück.

»Kannst du … Kannst du mich bitte einfach in den Arm nehmen? Ich erzähle dir alles später, ich bin einfach nur …«

Tränen füllen seine Augen. Beide fallen sich in die Arme und halten sich fest. Joan streicht ihm über den Kopf, während Melvin krampfartig an ihrer Schulter weint.

»Schon gut, Mel, … schon gut. Ich muss dir etwas sagen.«

»Ja?«

»Ich war bei Petr Manyak, dem Vater des damals verurteilten Mörders. Ich glaube … Nun, es ist denkbar, dass du recht haben könntest, und Tibor, sein Sohn, nicht der Mörder war.«

Melvin drückt Joan fester an seinen Körper und antwortet mit einem Kopfnicken und einem tiefen Schluchzen.

»Du musst nichts mehr sagen.«

Die Eiche an der Friedhofsmauer entledigt sich einer Handvoll Blätter, welche im Licht der Sonnenstrahlen auf die beiden niederfallen. Tröstend halten sie sich in den Armen und lassen sich vom Schmerz und der Liebe zueinander vereinen.

Melvin hebt sein geschwollenes Gesicht über Joans Schulter und schaut die einsame Landstraße entlang. Er weiß, dass er nun seinem Schicksal nicht mehr ausweichen kann: Professor Kronenberg zu finden, den Mörder seiner Eltern.

Melvin legt die Bücher auf den massiven Tisch und schaut Joan fest an. Sie sitzen in der hinteren Ecke eines Wirtshauses im Ortskern von Monastrea. Hinter ihnen an der Wand wirft eine Wandleuchte ein funzeliges Licht auf sie herab. Ein ausgestopfter Dachs, der gequält seine Reißzähne fletscht, ein eingestaubtes Hermelin und eine Ansammlung von Hirschgeweihen geben der Wirtsstube einen morbiden Charakter und lassen sie wie einen lebendigen Friedhof der durch Menschenhand geschundenen Kreaturen erscheinen.

Melvin murmelt etwas zu Joan. Eine Gruppe älterer Männer sitzt in der anderen Ecke des Raumes und spielen Skat, kippt im Qualm ihrer Pfeifen und Zigaretten den Schnaps runter. Am Tresen sitzen weitere Gäste: ein weißbärtiger Senior mit einem Filzhut, der tief in seinem Gesicht hängt. Er kann den diffusen Blick nicht aus seinem Bierkrug nehmen. Neben ihm eine Frau in einer karierten Fleecejacke, die ein Schnapsglas umklammert und deren Alter sich schwer schätzen lässt. Ihr strähniges Haar klebt in ihrem fettig glänzenden Gesicht und legt einen schmalen Spalt frei. Müde Froschaugen, umrandet von ausgeweiteten Tränensäcken, schauen irgendwo ins Nichts, während die Frau vielleicht gerade überlegt, wer sie einmal gewesen ist.

Gegenüber steht der bucklige Wirt hinter dem Tresen und rümpft seinen roten, porösen Saufzinken, während er mit einem Trockentuch über seiner Schulter ein Kreuzworträtsel löst.

Die klebrigen Tische, die von Feuchtigkeitsringen und Brandlöschern gemustert sind, vervollständigen das Bild einer muffigen Dorfkaschemme, in der jeder seine Sinnlosigkeit des abgeschiedenen Landlebens im

Alkohol ertränken kann.

Joan schaut fassungslos hoch zu der von Nikotin vergilbten Decke, während Melvin weiterhin nach Worten sucht.

»Mel, ist dir klar, was du mir da sagst? Der Mörder deiner Eltern könnte der damalige Bewohner eures Hauses sein und er rennt weiterhin da draußen als mordendes Monster durch die Wälder?«

»Joan, ich weiß, wie sich das für dich anhören mag, aber schau hier in die Tagebücher von Professor Kronenberg, dort steht alles drin.«

Melvin schiebt die Bücher über den Tisch zu Joan, die die abgewetzten Wälzer irritiert anschaut.

Der schrullige Wirt kommt mit einem Tablett, stellt lieblos die beiden Kaffees auf den Tisch und geht grummelig zurück zur Theke.

Joan schaut dem alten Wirt hinterher und schüttelt den Kopf.

»Seltsame Menschen hier in dieser Gegend«, flüstert sie und blickt hinüber zu Melvin.

»Ich weiß, was du denkst, Joan.«

»Was denke ich denn?«

»Die Sache ist doch ganz einfach.« Er schiebt den Kaffee beiseite und stützt die Ellbogen auf den Tisch. »Ein psychisch kranker Straftäter mit einer Drogenvergangenheit erzählt schnell mal irgendetwas.«

»Mel, ich bitte dich!«

»Nein, Joan, ich bin noch nicht fertig; dann kommt noch hinzu, dass ich laut Gutachten unter Wahnvorstellungen leide und mir Dinge einbilde, die nicht da sind.«

»Das hat damit nichts zu tun.« Und als Joan den Satz ausgesprochen hat, ahnt Melvin, dass es doch etwas damit zu tun haben könnte und sie an seiner Wahrnehmung Zweifel hat.

»Du warst bei Petr Manyak? Wie kam es dazu?«

»Ja, ich war bei ihm und er erzählte mir alles von damals. Und auch er hat bis heute erhebliche Zweifel, dass sein Sohn damals irgendetwas mit den Morden zu tun hatte.«

Beide schauen sich minutenlang an, schweigen und lassen ihren Kaffee kalt werden.

»Sag mal …« Verlegen knetet Melvin die Hände und lässt sie schließlich unter dem Tisch verschwinden.

»Ja?« Joan hebt die Augenbrauen.

»Das zwischen uns …« Melvin räuspert sich und wirft Joan einen Blick zu, der irgendwo zwischen Entschlossenheit und Verzweiflung liegt. »… was ist das, Joan? Bin ich dir egal?«

Sie hat die Frage wohl erwartet, denn sie greift langsam nach Melvins Hand.

»Nein, bist du nicht. Du bist mir wichtig, … aber …«

»Was aber?«

»Es ist gerade so viel und ich bin irgendwie verwirrt, verstehst du? Wir beide haben schlimme Dinge getan.« Das Ende des Satzes flüstert sie und schaut sich zum Tresen um.

»Das haben wir, aber wir haben auch schöne Dinge gemacht.«

Sie schenkt ihm ein Lächeln und streichelt seine Hand, ehe sie diese zurückzieht.

»Vielleicht hast du ja doch recht …«

»Was meinst du?«

»Was ich bereits gesagt habe: dass der Killer deiner Familie damals nicht geschnappt wurde.«

»Für mich gibt es daran absolut keine Zweifel mehr.«

»Als du mir vor ein paar Tagen mitgeteilt hast, dass du bezweifelst, dass der dafür Verurteilte Tibor Manyak nicht der Mörder gewesen ist, habe ich recherchiert. Und …«

»Ja?«

»… deshalb seinen Vater in Monastrea besucht. Petr Manyak. Das habe ich bereits erwähnt. Er wohnt noch immer dort, wo er vor zwanzig Jahren gewohnt hat. Ich habe mich mit ihm unterhalten und ich habe nun auch ein paar Zweifel an der offiziellen Geschichte, da passt einiges nicht zusammen.«

»Es überrascht mich immer noch, dass du bei ihm warst.«

»Ich halte deine Einwände in der Sache keineswegs für Spinnerei und jetzt warst du in dem Haus und erzählst mir diese Geschichte … Mel, was geschieht hier?«

»Was hier geschieht? Dass dort draußen seit zwanzig Jahren eine mordende Bestie herumläuft, der Menschen zum Opfer fallen.«

Beide schwenken ihren Blick zu dem Fenster hinaus in die Dunkelheit.

W ir sind alle in Gefahr, Joan. Wenn du wüsstest, mit wem wir es hier zu tun haben.« Melvin verschränkt die Arme auf dem Tisch.

»Du sagtest, dieser Professor Kronenberg war nach seiner Sibirien-Expedition als vermisst gemeldet?«

»Ja, offiziell kam er nie von seiner Forschungsreise zurück. Er wurde als vermisst und bald auch als verstorben gemeldet. Sein Haus in Monastrea wurde verkauft und bald darauf zogen meine Eltern dort ein. Aus welchem Grund auch immer hat es ihn nach vielen Jahrzehnten wieder zurück in seine alte Heimat gezogen, in der er meine Eltern ermordete und Jahre zuvor die kleine Lea.«

»Lea … Dieses Mädchen, welches dir heute noch erscheint?«

»Ja, genau dieses Mädchen. Ihr Geist findet einfach keine Ruhe, solange ihr Mörder sich noch rumtreibt.«

»Deshalb musst du ihn finden?«

»Es gibt für mich keine andere Option, als Kronenberg zu finden.«

»Und dann? Wenn du ihn gefunden hast? Mel, das ist gefährlich, das ist …«

»Ich weiß. Aber ich habe dir noch etwas zu sagen …«
Anspannung zeichnet sich in Joans Gesicht ab.

»Ich war nicht nur in dem alten Haus, ich war auch draußen in den Wäldern und habe die Familie gefunden.«

Übelkeit überkommt Joan.

»Alle drei wurden auf identische Art und Weise getötet wie meine Eltern und die kleine Lea. Kronenberg ist hier und stillt seine Gier nach neuen Opfern, um seine Lebenskraft zu erneuern.«

»Hast du das gemeldet?« Joan lehnt sich über den Tisch.

»Nein, das geht nicht.«

»Und warum nicht? Die Polizei sucht nach der vermissten Familie. Und sag mal, wie ist es dir überhaupt gelungen, sie zu finden? Willst du mir erzählen, dass Suchtrupps mit Hunden die Leichen nicht finden, du aber schon?«

»Sagen wir so, ich habe halt gewisse Fähigkeiten, die es mir ermöglichen.«

Joan vergräbt ihr Gesicht in den Händen und senkt den Kopf.

»Vertrau mir, es ist besser so. Ich traue diesem Kommissar nicht, diesem Csaba. Ich bin ihm begegnet. Sie werden die Leichen bald finden, auch ohne meine Hilfe.«

»Und was willst du jetzt tun?« Sie löst die Hände und schaut über den Tisch zu Melvin.

»Ich weiß es noch nicht, ich weiß es noch nicht.« Melvin nippt an dem inzwischen eiskalten Kaffee und verzieht dabei das Gesicht.

»Vielleicht ist ja diesmal die Polizei erfolgreich und findet den Killer?«

»Ich glaube nicht, dass sie bei diesem Wesen irgendetwas ausrichten können, das mal ein Mensch gewesen ist.«

Joan wischt sich schnell eine kullernde Träne von der Wange und schaut zur Seite.

»Hey, was ist los?« Er greift nach ihrer Hand auf dem Tisch.

»Ich habe kein gutes Gefühl. Ich habe Angst, Angst um uns beide. Dass deine Idee, ihn zu finden, in einer Katastrophe enden wird.«

»Ich wünschte, ich könnte dir diese Angst nehmen, aber meine Freiheit führt nur durch die Hölle.«

»Oh Mel …« Erneute Tränen entledigen sich.

»… und ich verstehe, wenn du dich zurückziehen möchtest, denn du bist in Gefahr, wenn du dich mit mir auf den Weg machst.«

»Ich lasse dich nicht allein. Vergiss das nicht.«

Ihre gemeinsamen vergossenen Tränen gehen in einem ironischen Lächeln in ihren verliebten Gesichtern unter.

»Komm, ich fahr dich zum Appartement.«

Beide stehen auf, bezahlen am Tresen und verlassen das Wirtshaus.

Am kommenden Tag besucht Joan Melvin in seiner Bleibe und wundert sich, dass sie ihn erneut nicht antrifft.

»Melvin, bist du da?«, ruft Joan und klopf mehrfach an die Tür seines Appartements.

Joan schaut sich um und öffnet dann die Tür mit ihrem Ersatzschlüssel. Die Räume sind dunkel und Melvin scheint nicht da zu sein. Joan ruft erneut, erhält aber auch diesmal keine Antwort. Sie wollte ihn unverhofft überraschen. Vielleicht würde sie hier auf ihn warten? Eine Kerze anzünden und am Abend wieder zusammen eine Pizza bestellen.

Ein warmes Gefühl breitet sich in Joan aus, wenn sie daran denkt, und sie weiß, wie verrückt das Ganze ist, ihr Herz an eine ihrer zu betreuenden Personen verloren zu haben. Aber das zwischen Melvin und ihr ist etwas ganz Besonderes. Joan ist sich bei ihm mehr als sicher und die flatternden Schmetterlinge im Bauch können nicht lügen. Sie nimmt auf dem Sofa Platz und reibt die Hände aneinander.

Aber so wie die aufkeimenden schönen Gefühle da sind, so sind es auch die beunruhigenden Gefühle, die Joans rosaroten Horizont mit Gewitterwolken einnehmen. Dunkle Schatten in Form von Melvins Absicht, den Killer ausfindig zu machen.

Die Tatsache, dass er dieses Monster da draußen sucht und den Tanz auf der Rasierklinge annimmt. Joan wünscht, Melvin würde sich irren und hätte unrecht mit seiner Überzeugung, dass der Mörder seiner Eltern noch immer auf freiem Fuß ist. Aber sie hat sich selbst davon überzeugt, dass zumindest eine gewisse Möglichkeit besteht, dass er damals nicht gefasst wurde.

Plötzlich bricht draußen ein Tumult aus und Joan schreckt vom Sofa hoch. Das Bersten der Bremsen von abrupt stoppenden Autos, das Schlagen von Türen, das Pochen von Stiefeln auf dem Asphalt und laute Stimmen ertönen. Joan läuft zur Haustür, ohne diese zu öffnen, und schaut durch den Spion. Ein Schock durchjagt sie. Eine Handvoll uniformierter Polizisten mit Maschinenpistolen im Anschlag verteilen sich auf dem Vorhof und sie sieht Inspektor Csaba, der bei Nico steht und so nahe an seinem Gesicht ist, als wolle er ihm die Nasenspitze abbeißen. Entgeistert schaut Nico genau in ihre Richtung und zeigt auf Melvins Appartement.

Csabas Blick schnellt in genau diese Richtung. Joan schaut durch den Spion in seine entschlossenen Augen. Er zieht die Pistole aus dem Halfter, zieht den Schlitten durch, ruft ein Kommando und einer der Polizisten kommt zu ihm geeilt.

Joan dreht sich von der Tür weg und weiß, dass jetzt wohlüberlegtes Handeln gefragt ist. Was auch immer das Ganze zu bedeuten hat, ist sie sich in einem sicher: Melvin steht fortan im Fadenkreuz der Ermittlungen und Csaba wird in wenigen Sekunden die Tür zum Appartement eintreten.

Melvin faltet die Karte zusammen und steckt sie in die Hosentasche. Es ist nicht mehr weit. Irgendwo hinter den grünbraunen Sträuchern und Büschen am Ende der Waldlichtung, die sich schon den eingehenden traurigen Herbst ergeben hat. Mit vorsichtigen Schritten schleicht Melvin durch die kniehohen Gräser, umringt von alten verkrüppelten Eichen und dunklen Tannen, die ein tiefes Schwarz der Hoffnungslosigkeit und Tragödie ausstrahlen, welches diesen Platz zu einem Ort der Verdammnis auf allen Zeiten dieser Erde gemacht hat.

Diese bedrohliche Stille redet nicht, sie flüstert nicht, sie verachtet die Menschen, welche solche Orte mit ihren bösen Werken entweihen und mit dem Blut der Unschuldigen den Boden für immer verfluchen. Angst streicht wie die Klinge eines Henkers über Melvins verkrampften Nacken und lässt ihn mit jedem Schritt spüren, welches Grauen sich da vorne hinter dem Gewirr aus spitzen Ästen, Dornen und rauen Sträuchern damals ereignet hat.

Er betritt einen erneuten Schauplatz, an dem der Mörder seine Blutmesse abgehalten hat. Verzweifelt schaut Melvin in die hohen anmutigen Kronen der Baumgiganten, versucht etwas zu erkennen, was seine Angst lindern könnte. Es erscheint kurios und widersprüchlich, aber dieser Ort symbolisiert in seiner Totenstille ein brüllendes Monster, welches jeden Leib und jede Seele mit in das Reich der endlosen Qualen reißen möchte. Während er sich der Fundstelle nähert, an der damals Leas Leichnam gefunden wurde, lähmt die Angst ihn wie ein betäubendes Gift. Er weiß nicht so recht, warum er auch diese Totenstätte aufsucht. Vielleicht, um Lea eine Ehre zu erweisen. Aber mit jedem Schritt weiß er, dass er ihm auf der Spur ist. Das

Böse, welches fernab von einem irdischen menschlichen Verständnis von Sünde und Boshaftigkeit ist. Tiefer und dunkler als der größte Hass, den ein Mensch sich vorstellen kann.

Wahrscheinlich durchlebt er in diesem Moment eine - wenn auch nur ähnliche - Situation wie Lea damals, als sie dieses Waldstück betrat und auf ihren Mörder traf. Melvin blickt sich um und lässt seinen Blick entlang der zerfurchten und knorrigen Baumrinden gleiten, die sich in dem Dunkel des Waldes abzeichnen, wo jederzeit die dämonische, leblose Fratze des Killers erscheinen könnte, um das Opfer zu holen, welches ihm damals vor zwanzig Jahren entkommen ist.

Ein Gefühl der Ohnmacht und grenzenlosen Angst durchschüttelt Melvin bei dem Gedanken, sein bleiches und fahles Antlitz zwischen den morschen Stämmen zu erblicken, welches auf den ersten Blick nur schemenhaft wie eine Illusion erscheint, aber dann zu einem realen Albtraum wird, wo es vor der Hölle auf Erden kein Entkommen mehr gibt. Die eiskalte Fratze des Monsters, die damals auch Lea an diesem Ort angestarrt und ihren qualvollen Tod angekündigt hat.

Melvin kennt dieses lähmende Gefühl und erinnert sich an jenen Tag damals im August zurück. Er weiß nun, wie es Lea ergangen ist, als sie dem Tod in die rücksichtslosen Augen blickte. Wahrscheinlich genau hier an dieser Stelle.

›Wir Menschen können unsere Lügen, Verfehlungen, Schandtaten und Morde verbergen, verstecken oder bis zu unserem letzten Tag eisern leugnen. Aber Orte wie dieser können es nicht. Sie sprechen mit einem. Wie ein unsichtbarer Knoten, eine böse alte Verstrickung liegt der Schatten von Leas Mord über diesem Wald, der einst ein friedliches Idyll jenseits der Schande durch die mordende Hand des Bösen gewesen ist‹, denkt Melvin.

Verachtend und anklagend stehen die mächtigen Tannen vor Melvin, breiten ihr dunkles stacheliges Nadelwerk aus und lassen den kalten Wind durch ihre Äste rauschen, der das Trauerlied der Sünde und Boshaftigkeit der menschlichen Rasse spielt.

Melvin drückt das Dickicht zur Seite und betritt den Kern des Waldstücks, welches wie eine finstere Höhle erscheint, abgeschirmt durch das undurchdringliche Dunkel der Bäume.

Nach nur wenigen Schritten steht er vor einem kleinen Herz aus Stein, welches an einen Baum angelehnt ist. Bei genauerer Betrachtung sieht Melvin weitere Andenken von Angehörigen, die inzwischen fast vom Waldboden verschluckt worden sind. Kleine Figuren, Spielzeuge, Engelfiguren, auch ein gerahmtes Foto, welches flach auf dem Boden liegt und fast vollständig vom Moos eingenommen ist.

Ihre Mordstelle ist von den Angehörigen damals ausgeschmückt worden zu Leas Gedenken. Melvin sieht vor seinem geistigen Auge die Blumensträuße und bunten Schleifen um den Baum herum, die alle schon längst verrottet sind.

Melvin bückt sich und zieht das gerahmte Foto aus dem Boden, welches eine rechteckige Form im feuchten Humus hinterlässt. Er wischt über das verblichene Glas und sieht das strahlende lebhafte Lachen eines Mädchens. Der Anblick von Lea lässt Melvin erzittern, als stünde er in einem Eisschauer, der zuerst sein Herz erfrieren lässt und langsam alle anderen Organe und Körperteile absterben lassen möchte.

Unerbittliche Kälte steigt durch die Schuhsohlen in seine Beine und durchströmt den Körper wie ein schleichendes Gift. Seine Augen füllen sich mit Tränen und seine entfesselten Gefühle scheinen ihn zu überwältigen. Er kneift die brennenden Augen zusammen und Erinnerungen an seine Kindheit werden lebendig. Seine Eltern durchlebten die gleiche Hölle wie die kleine Lea, als sie dem Mörder an dieser Stelle begegnete.

Melvin öffnet die Augen und hebt den Blick in die schwarzen Baumkronen, die wie riesige Pranken über ihm den grauen Himmel verdecken. Er spürt, dass es nicht mehr lange dauert und er ihm begegnen wird. Seinen Blick lässt er nochmals hoffnungsvoll an den Baumreihen entlangwandern, ob er zwischen den dunklen Schatten der Tannen dieses Mädchen antreffen wird, welches anscheinend keine Ruhe findet. Fast sehnsüchtig hofft Melvin, ihre diffuse Gestalt als Nebelschleier in dem Schwarz des Waldes zu erkennen. Aber sie hält sich scheinbar zurück.

Wird ihre Seele jemals Ruhe finden? Kann der Bann des Bösen jemals gebrochen werden? Um auch Melvins Seele von dem innigen Wunsch zu erlösen, diesem Dämon ein Ende zu bereiten, ihm nochmals zu begegnen und die Welt von diesem blutigen Schandfleck zu befreien. Die Zeit, die Früchte der Vergeltung zu ernten, ist nahe. Genug Blut ist geflossen, genug Schmerzensschreie wurden in den ganzen Jahren aus den Mündern der ahnungslosen Menschen getrieben.

Fest umklammert Melvin das Bild in den Händen und flüstert in die kalte Luft: »Ich bin dir auf der Spur … Ich finde dich …«

Sein Blick richtet sich wieder nach unten auf den torfigen Boden und je genauer Melvin hinschaut, umso besser erkennt er weitere weißverblichene

Porzellanoberflächen, die aus dem Boden herausragen. Artefakte und Andenken von geliebten Menschen, die hier ihrer unendlichen Trauer Raum gaben und niemals verstehen oder sogar vergeben konnten, was genau an dieser Stelle vor vielen Jahren geschehen ist.

Plötzlich ertönt ein Bimmeln und zerreißt die Stille. Erschrocken lässt Melvin das Bild zu Boden fallen. Er greift in die Jackentasche und holt sein summendes Handy heraus.

»Hallo? Joan, bist du das?«

Eine hektische Antwort von Joan folgt, die Melvin erneut erschauern lässt und seine kurze Vorahnung beim Läuten des Handys bestätigt, dass etwas weiteres Beunruhigendes in der Luft liegt.

»Mel, bitte hör mir zu … Hör mir genau zu.« Völlig außer Atem hört Melvin Joans Röcheln, als wäre sie vor etwas auf der Flucht.

»Joan, was ist los?«

»Egal, wo du gerade bist, du darfst nicht zurück zur Wohnung kommen, die Polizei ist hier und sucht dich.«

Für einen Moment glaubt Melvin, sein Herz setze kurz aus und sein Zwerchfell reagiert mit einem schmerzhaften Ziehen.

»Ich verstehe nicht, was sagst du?«

»Ich habe nicht viel Zeit, es dir zu erklären, dieser Kripobeamte Csaba ist im Wohnhaus und fahndet nach dir. Ich glaube, sie würden dich direkt verhaften. Irgendwelche Beweise sind wahrscheinlich aufgetaucht.«

Melvin denkt sofort an Artems Leiche, ob es dabei vielleicht nicht doch Zeugen gegeben hat und dieser Csaba für die anderen Morde genau wie damals einen neuen Sündenbock gefunden hat.

»Okay. Nur, was soll ich jetzt machen?«

»Ich muss auflegen. Entsorge das Handy, denn sie werden versuchen, es zu orten … Ich …« Dann reißt die Verbindung ab.

Im gleichen Moment schaltet Melvin das Handy aus und lässt es zu Boden fallen wie wenige Augenblicke zuvor das Bild. Panisch schaut er sich um und sein Blick wechselt in verschiedene Richtungen. Alles um ihn herum beginnt sich zu drehen und alles verschwimmt zu einem verschmierten Chaos aus den Farben der Bäume. Ein Impuls durchflutet seine Nervenbahnen und setzt wie bei einem getriebenen Tier nur einen Gedanken frei: Flucht! Doch wohin?

Vom Adrenalin beherrscht und nach vorne gepeitscht, rennt er blind in den Wald, in die entgegengesetzte Richtung, aus der er gekommen ist. Die Äste und Zweige schlagen wie Peitschenhiebe gegen seine Stirn. Der lebensrettende kleine Funken des Verstands, der sich kurz in den Fluchtimpuls einmischt, sagt ihm, dass die Polizei sehr wahrscheinlich die letzte Spur orten wird, an der sie sein Handy ausfindig machen können. Aber alles nur reine Spekulation und Theorie, die ihm aber einen Vorteil verschaffen kann, bevor Csaba hinter einem der Bäume erscheint und ihn mit einer bellenden Schrotflinte begrüßt.

Joan steht in Melvins Appartement und hat noch ihr Handy am Ohr, als ein lautes Getöse vor der Wohnungstür zu hören ist. Sie ist gefasst und weiß, was gleich passieren wird. Rasch steckt sie das Handy weg und hört auch schon die heraneilenden Stiefel.

Plötzlich ist es still, dann vernimmt sie jemanden lautstark reden, der gerade den Hausmeister oder Nico anschreit. Dann marschieren wieder die Stiefel und mit einem heftigen Stoß wird die Tür aufgestoßen und ein halbes Dutzend Polizisten mit gezogenen Waffen stürmen den Raum und umkreisen Joan, die ihre Hände in die Luft hebt und zu Boden schaut.

Ein langer Schatten fällt in den Raum und Inspektor Csaba kommt herein. Er betritt das Innere des Personenkreises und stellt sich vor Joan.

Eine Handbewegung genügt und die ausgerüsteten Polizisten nehmen die Waffen runter.

»Wo ist Melvin Aronovski?«, herrscht er Joan an.

»Ich weiß es nicht, ich warte selbst auf ihn«, lügt sie Csaba in sein narbiges Gesicht.

Er gibt ein weiteres Handzeichen Richtung der geschlossenen Badezimmertür. »Diesen Raum sichern.«

Der Trupp löst sich auf und ein paar Uniformierte betreten das Bad.

»So, Sie wissen es nicht?«

Joan hält seinem aggressiven Blick stand und schüttelt den Kopf. Csaba steckt seine Pistole in den Halfter zurück und zurrt seine Lederjacke zurecht.

»Alles sauber, Inspektor«, ruft einer. Kurz danach positionieren sich die bewaffneten Polizisten wieder um die beiden.

»Okay, gut.« Er zeigt auf drei seiner Kollegen. »Ihr bleibt hier, die anderen mitkommen. Und Sie nehme ich mit ins Präsidium.« Er tippt hart mit dem Zeigefinger gegen Joans Schulter.

»Nein …«, zischt Joan.

»Wie, nein? Ich habe mich wohl gerade verhört?« Er tritt schnaufend an sie heran.

»Ich muss gar nichts, Sie können mich nicht einfach mitnehmen, wenn ich mich weigere.«

»Aha, kann ich das nicht? Wahrscheinlich erzählen Sie mir gleich, Sie möchten mit Ihrem Anwalt reden, he? Ihr Patient, Frau Parker, steht unter dringendem Mordverdacht und Sie können dazu beitragen, diesen Geistesgestörten dingfest zu machen. Wenn Sie die Kooperation verweigern, sorge ich für eine Anzeige wegen Mittäterschaft in einem Mordfall und werfe Sie ins Loch oder lasse Sie so tief begraben, dass man keine Knochen mehr von Ihnen findet. Wir sind hier nicht in Ihrem beschissenen England, hier regele ich die Dinge. Haben Sie noch Fragen, Frau Parker?« Seine Pupillen vibrieren vor Wut und Joan nickt einmal leicht.

»Sehr gut, dann brauchen wir ja keine Handschellen, Frau Parker. Also lassen Sie uns keine Zeit verlieren. Wir müssen einen Mörder finden.«

Er packt sie unter dem Arm und beide werden von den drei Polizisten zum Streifenwagen begleitet.

Orientierungslos, keuchend und mit den Kräften, die im Augenblick der Todesangst freigesetzt werden, flüchtet er in die umliegenden Wälder. Er rennt und kämpft sich durch das Dickicht, welches er nicht deutlich sehen kann. Die spitzen Äste, Brennnesseln und Schlingpflanzen, die sein Gesicht und seine Hände blutig peitschen, spürt er erst jetzt, als er stehen bleibt. Seine Füße schmerzen, als wäre er Kilometer über Glasscherben gerannt. Seine Lunge brennt, er schmeckt Blut und Speichel. Er fasst in seine Hüften, hustet und keucht im Takt seiner wummernden Lunge, die vor Anstrengung scheinbar innerlich verblutet.

Wie eine Meute schreiender Wölfe, die auf der Jagd sind, hört er aus der Ferne die Sirenen heulen. Melvin steht auf der Anhöhe, schaut blind in die tiefe Schwärze der Nacht und versucht, irgendetwas zu erkennen. Es ist eiskalt, er zittert am ganzen Leib.

Das Geheule in der Ferne wird lauter. Melvin bekommt eine Baumrinde zu fassen, lehnt sich mit dem Rücken dagegen und sieht das bedrohliche Licht in der Ferne. Der Schein der blauroten Lichter flammt durch die Nacht. Grelle Scheinwerfer brennen Lichtbögen in die Dunkelheit. Eine Kette aus aufblinkenden Einsatzwagen der Polizei eilt durch die Schwärze weit hinten im Tal, so bedrohlich wie grelle abstürzende Kometen im Weltall.

Sein Handy musste er zurücklassen und nun hat er keine Möglichkeit mehr, zu Joan Kontakt aufzunehmen oder sich mit ihr zu treffen. Er hofft, dass es ihr jetzt gerade gut geht. Melvin hat eine ganz grobe Orientierung, wo er ist, und er weiß, dass er weiter muss, da er noch nicht weit genug entfernt ist und Csaba ihn finden könnte. Er muss Joan treffen, er muss sie wiedersehen, nur scheint das unter den Umständen unmöglich. Wenn Csaba ihn findet, ist alles vorbei.

Dann hat sich genau das wiederholt, was vor zwanzig Jahren schon einmal geschehen ist. Für die Morde wird ein Unschuldiger verurteilt und das eigentliche Grauen findet weiter statt.

›Diesem korrupten Inspektor Csaba ist alles zuzutrauen‹, denkt Melvin. Er würde sich, wie damals, erneut als Held feiern lassen und der Öffentlichkeit ein unschuldiges Opfer präsentieren. Der Killer würde erneut davonkommen.

Melvin streckt stöhnend seinen schmerzenden Rücken durch und schaut in die Dunkelheit. Die blinkenden Lichter verschwinden in der Ferne.

Er macht sich auf und geht weiter orientierungslos am Waldrand entlang. Er weiß, ihm bleibt nicht viel Zeit, denn er hat noch einen Funken Hoffnung, Joan doch zu treffen, und er hofft, dass sie genauso denkt. Er möchte in ihre wunderschönen Augen schauen, sie ein letztes Mal sehen, bevor er sie zurücklassen muss, um den Killer zu finden, und sie sich nie wiedersehen werden. Diesen letzten Anblick mit ihr möchte er mit aus diesem Leben nehmen, denn er spürt auch, dass er dem Mörder in dieser bitterkalten Nacht auf der Spur ist.

Melvin zweifelt daran, dass er die Nacht überleben wird. Er zittert jetzt schon so heftig, dass sein Körper vor Kälte regelrecht verkrampft und seine Fingerspitzen schon taub sind. Wie ein Tier hat er sich ganz nah in eine Mulde hinein gekauert, die am Fuße einer Pappel liegt. Umgeben vom Wurzelgeflecht der Bäume, welches wie verkrüppelte Hände aus dem Erdreich ragt. Er weiß, dass diese Nacht nicht zum Schlafen, sondern nur zum Überleben bestimmt ist.

Er hört Geräusche von irgendwelchen wilden Tieren, die sich durchs Dickicht schleichen und darauf warten, im baldigen Morgengrauen eine kalte Leiche vorzufinden, an der sie sich laben können. Angst durchzieht seinen Körper, wenn er an die Wesen denkt, die im Schatten der Dunkelheit auf ihn lauern und sein frisches Fleisch fressen und zerreißen wollen. Schlangen, Ratten, Marder oder sogar Wölfe. Oder der quälende Gedanke, von Inspektor Csaba gefunden zu werden, sodass seine Mission in dieser Nacht in Handschellen endet oder mit einem Schuss in den Hinterkopf an Ort und Stelle. Er weiß nicht, ob es die Angst oder die Kälte ist, die ihn am ganzen Leib zittern lässt.

Er klemmt die Hände zwischen die Oberschenkel und kann dieses krampfige Zittern nicht unterdrücken, welches seinen Körper wärmen und durch die Nacht retten soll. Langsam wird er müde, die Lider fallen zu. Er ist bereit, den Kampf aufzugeben und sich dem Schlaf oder dem Tod hinzugeben. Aber was ist, wenn sie die Nacht nutzen und nach ihm suchen? Was ist, wenn er gleich die Hunde hört und den Schein der Taschenlampe dort vorne an der Baumreihe sieht? Oder wird die Suche bei Dunkelheit eingestellt? Er weiß es nicht. Wie viel Kraft hat er noch, um diese Nacht zu überstehen? Und was wird er tun, sobald die Sonne aufgeht?

Melvin ist in einem Zustand, in dem er nicht mehr wahrnimmt, ob er wach ist oder bereits schläft, ob seine Augen geschlossen oder offen sind.

Aber dann geschieht plötzlich etwas: Ein diffuses Blitzlichtgewitter erscheint vor ihm, welches immer greller und intensiver wird - wie funkelnde Eiskristalle.

Die umliegenden Bäume und Sträucher werden von einem weißen Licht angestrahlt, aus dem sich eine Nebelsäule formt. Melvin reibt die Handballen über die Augen und nimmt die Erscheinung schemenhaft wahr wie in einem Fiebertraum.

Dann hört er eine Stimme.

»Melvin … Melvin.« Wie ein harmonischer Gesang, der ihn sanft aus dem Schlaf wecken möchte.

Langsam nimmt er die Hände herunter. Die weißstrahlende Aura des Geistwesens hat die Dunkelheit vor ihm verdrängt und flüstert ihm den Weckruf zu, der ihn aus dem Kältetod zurückholen soll.

»Lea … Lea …«, stöhnt Melvin und schaut zu ihr hinüber.

Lea lächelt ihm aus ihren unschuldigen sanften Augen zu, die einen Abschied und auch eine Botschaft mitteilen möchten.

»Ich habe es versucht, Lea. Der Killer … Ihn zu finden …« Jedes einzelne Wort presst Melvin mit Anstrengung aus seinen unterkühlten Lungen.

»Wir werden uns nicht mehr wiedersehen, Melvin. Es tut mir alles so leid.«

»Ja, … ich habe es nicht geschafft, ihn zu finden. Bitte verzeih mir.«

»Du bist der Einzige, der ihn stoppen kann, Melvin, der Einzige.«

»Ich bin so schwach, Lea … Ich glaube nicht, dass ich das kann.«

»Doch, du kannst, du bist der Auserwählte.« Ihre Gestalt wird immer diffuser und das grelle Licht verschwimmt langsam in der Dunkelheit.

»Auserwählte?«, stöhnt Melvin und erkennt nur noch ganz schwach die Umrisse ihres Kleidchens.

»Es ist nun so weit. Geh zu den toten Wassern … Finde den Killer«, sind Leas letzte Worte, ehe sie sich aus der materiellen Welt für immer verabschiedet und sich in der Tiefe der Nacht auflöst.

»Die toten Wasser … Die toten … Wasser … Die toten … Wasser«, wiederholt Melvin Leas letzte Worte und sinkt erschöpft mit dem Gesicht in das feuchte Laub.

Csaba streift sich die Lederjacke ab, hängt sie über die Lehne und setzt sich an den Tisch. Ihm gegenüber Joan, die ihre ganze Kraft zusammennimmt, um ruhig zu bleiben und ahnungslos zu erscheinen.

»Dann erzählen Sie mir mal, wie es sein kann, dass Sie nicht wissen, wo sich Ihr Schützling, Herr Aronovski, aufhält?«

»Herr Aronovski kann sich frei bewegen und muss sich nicht bei mir abmelden, Herr Inspektor.«

»Soso, was Sie nicht sagen. Hat er ein Handy?« Csaba neigt den Kopf zur Seite und lässt den bohrenden Blick nicht von Joan.

»Ja.«

Sein Blick bleibt dennoch skeptisch und er mahlt wütend mit dem Kiefer. »Wir werden das prüfen. Okay, nun, um Sie mal aufzuklären, ohne zu viel zu verraten: Wir haben die drei Leichen der vermissten Familie gefunden, wie Sie sicher schon in den Nachrichten gehört haben.«

Joans Antwort bleibt aus.

»Vor einigen Tagen bin ich Herrn Aronovski in der Nähe des Fundorts begegnet. Er machte auf mich einen verwirrten und verstörten Eindruck. «

»Aha, und deshalb ist er auch gleich verdächtigt, ja?«

»Ich war noch nicht fertig, Frau Parker.« Er richtet wie eine Waffe den Zeigefinger auf Joan.

»Da der junge Mann erst kürzlich aus der Psychiatrie entlassen worden und vorbestraft ist, steht er natürlich ganz oben auf meiner Hitliste.«

»Melvin Aronovski war in der Klinik und wurde erst kürzlich entlassen, Inspektor. Wie soll er für die Morde verantwortlich sein?«

»Jetzt wollen Sie mir meine Ermittlungsarbeit erklären, verstehe ich Sie richtig, junge Frau?«

»Möchte ich nicht. Ich nenne Ihnen nur einen wichtigen Fakt, den Sie berücksichtigen sollten.«

»Den genauen Todeszeitpunkt der Familie werden wir noch erfahren und alles Weitere hinsichtlich Entlassung und möglicher Freigänge von Ihrem Schützling auch. Die Beweislage wird der Richter bewerten. Für mich ist er jedenfalls ein Hauptverdächtiger, somit belasse ich es bei der Diskussion.«

Joan will etwas sagen, doch Csaba hebt die Hand in die Luft.

»Seit gestern ist eine weitere Person vermisst gemeldet, die eine deutliche Vergangenheit mit Herrn Aronovski hat. Ein gewisser Herr Artem Emmanuescu. Er lebt in einem Obdachlosenheim und seine plötzliche Abwesenheit machte die Verantwortlichen in dem Heim stutzig. Des Weiteren hat ein Augenzeuge bestätigt, dass wahrscheinlich dieser gewisse Herr Emmanuescu in der Nähe des Wohnheims gesichtet wurde. Jedenfalls konnten wir durch die Angaben des Augenzeugen eine Phantomzeichnung erstellen, auf der zu erkennen ist, dass die vermisste Person eine zusammengetackerte Hackfresse hat, ähnlich wie der vermisste Herr Emmanuescu.«

»Warum erzählen Sie mir das alles? Ich kann dazu nichts sagen.« Joan versucht weiterhin, ruhig zu bleiben.

»Ach, tatsächlich nicht? Ist Ihnen der Name Emmanuescu bekannt?«

»Ich kenne die Akte und weiß, wer das ist, dieser Herr Emmanuescu.«

»Dann ist ja gut.« Csaba nickt vor sich hin und knackt mit den Fingerknöcheln.

»Das Apartment von Herrn Aronovski ist erst mal für niemanden zugänglich und wird der Forensik überlassen. Wir haben in der Nähe der Leichen im Wald Spuren gefunden und müssen diese abgleichen.«

Joans Magen dreht sich und sie weiß, was Csaba damit meint. Wahrscheinlich sind dies Informationen, die dem Datenschutz unterliegen, aber Csaba ist ein abgebrühter Hund, der versucht, in Joans Gesicht Reaktionen abzulesen. Es fällt ihr immer schwerer, ruhig zu bleiben. Ihre Gedanken fahren Achterbahn.

›Sie werden seine Schuhabdrücke dort im Wald gefunden haben und wahrscheinlich auch die Leiche von Artem Emmanuescu. Und in seinem Apartment Rückstände des Kampfes, sofern Melvin nicht alles klinisch rein beseitigt hat.‹

»War es das? Ich möchte gehen?«

Csaba fährt mit der flachen Hand, auf deren Rücken ein verblichener Adler tätowiert ist, durch sein unrasiertes vernarbtes Gesicht.

»Schade, dass Sie so unaufmerksam und anscheinend nicht wach genug waren, Frau Parker.«

»Was soll das heißen?«

»Nun, Sie spielen seit geraumer Zeit den Babysitter für einen sadistischen Mörder, tragen ihm den Arsch hinterher und bemerken nicht, dass er nebenher ein paar Menschen abgemetzelt hat.«

»Aber Sie wissen doch gar nicht, ob …«

Csaba haut mit der Faust auf den Tisch und lässt Joan verstummen.

»Halten Sie den Mund. Sie decken ihn und dass er der Täter ist, ist fast schon bewiesen, ich komme gleich darauf zurück. Sollten Sie davon gewusst haben oder

Wichtiges verschwiegen haben, lernen Sie mich kennen.«

Csaba schaut ihr aus wutentbrannten Augen entgegen, die Joan in einem schalldichten Verhörraum mit einem Stuhl in der Mitte versprechen, dass Csaba ihr zeigen wird, wer der Größte aller Sadisten in dieser verdammten Gegend ist.

»Nun, aber vielleicht tue ich Ihnen unrecht und Sie sind einfach nur unfähig in Ihrem Fach und haben eine Schwäche für mitleidbedürftige Subjekte.«

Wie gerne würde Joan ihm seine verlogenen und ironischen Bemerkungen zurück in seinen Hals schieben, damit er daran erstickt. »Ich will gehen, Inspektor.«

»Ich spendiere Ihnen noch einen Kaffee und danach können Sie gehen, okay?«

Er steht auf und lässt Joan dreißig Minuten in dem Raum schmoren. Dann kommt er mit zwei dampfenden Bechern zurück.

»Wurde aufgehalten.« Gleichgültig zuckt er mit den Schultern und schiebt den Becher über den Tisch.

»Melvin Aronovski hat diesen Leuten ganz bestimmt nichts angetan. Er saß doch in der Anstalt.«

Csaba winkt ab. »Hören Sie auf! Was meinen Sie, was ich mir an diesem Tisch schon alles anhören musste. Wenn den Menschen das Wasser bis zum Hals steht, lügen sie das Blaue vom Himmel. Aber ich kriege sie alle.«

»Herr Aronovski hat damit nichts zu tun, ich habe ihn eng begleitet.«

»Das sagten Sie bereits. Sie würden mich verstehen, wenn Sie oben in den Wäldern diese Familie aufgefunden und gesehen hätten, was diesen Menschen angetan wurde. Jemand, der einem Kind so etwas antut, muss bezahlen. So ein krankes, perverses Monster.« Er starrt in den Kaffee, während er den Zucker verrührt und vor sich hinflüstert. »Ich kriege sie alle.«

Csaba ballt die Fäuste, ein finsterer Schatten legt sich über sein vernarbtes Gesicht und lässt seine Augen funkeln wie ein Fegefeuer der kompromisslosen Vergeltung.

›Was geht gerade in ihm vor?‹, fragt sich Joan und vermutet, in welche abtrünnigen Gedankenwelten der Inspektor wohl gerade abfällt. Vielleicht beschäftigt er sich mit der Frage, was er gerne mit dem Täter machen würde, und wägt vielleicht ab zwischen lebendig häuten und einem Schuss mitten ins Gesicht.

»Und noch mal: Wenn Sie ihn decken oder etwas verschweigen, Frau Parker, lernen Sie mich kennen. War das deutlich genug? «

»Quatschen Sie mich nicht von der Seite an, Herr Csaba.« In diesem Moment weicht die Furcht vor seiner Autorität und Verschlagenheit Joans Mut und Kampfgeist.

»Aha, und dann?« Er bleckt die Zähne und lehnt sich über den Tisch.

Joan ist sich nicht sicher, ob er ihr gerade das Wort »Fotze« entgegengezischt hat, aber in einem ist sie sich sicher: Wenn sie nicht in seiner Polizeistation wären, würde sie ihm spätestens jetzt seine widerwärtige Art aus seiner abstoßenden Visage prügeln. Sie hält seinem Blick stand, als plötzlich ein Handy läutet. Csaba lehnt sich zurück und greift in seine Lederjacke, die über dem Stuhl hängt. Er nimmt das Gespräch entgegen, hält sich das Handy ans Ohr und nickt stumm.

»Aha … Sehr gut … Sehr gute Arbeit. Das ging ja schnell. Okay, ich mache mich auf den Weg, ich bin in einer Stunde da.« Er legt auf und steckt mit einem breiten Siegerlächeln das Handy zurück in die Jackentasche. Dann steht er auf, schiebt den Stuhl an den Tisch und schaut hinunter auf Joan.

»Erste Beweise hat die Spurensicherung. Die Wanderschuhe, welche wir in Herrn Aronovskis Appartement konfisziert haben, zeigen das gleiche Profil wie die Abdrücke, die wir im Wald bei den Leichen gefunden haben. Wir haben unter anderem eine Thermoskanne mit fremden Fingerabdrücken drauf, würde wetten, die sind auch identisch mit denen von Ihrem Schützling. Und zu guter Letzt: Auf dem Boden in seiner Küche hat die Spurensicherung Blutspuren gefunden, im Badezimmer übrigens auch. Haben Sie mir noch immer nichts zu sagen, Frau Parker?«, spottet Csaba. Sein überhebliches, hämisches Grinsen entgeht Joan nicht.

ie Polizei bittet alle Bewohner rund um Monastrea um ihre Mithilfe. In dem Mordfall der Familie aus Österreich als auch in einem weiteren Vermisstenfall gibt es einen Hauptverdächtigen, der sich auf der Flucht befindet. Der erst kürzlich aus der Psychiatrie entlassene siebenundzwanzigjährige psychisch Kranke und vorbestrafte Melvin Aronovski steht unter dringendem Tatverdacht in beiden Fällen und wird polizeilich gesucht. Fotos des Verdächtigen können bei der Polizei sowie auf unserer Internetseite angefordert und eingesehen werden. Laut Inspektor Csaba, dem leitendem Polizeiermittler, ist äußerste Vorsicht geboten, da Aronovski als schwer gewalttätig und rücksichtslos eingestuft wird und vor brutaler und roher Gewalt nicht zurückschreckt. Wir möchten Sie bitten, das Haus nicht mehr allein zu verlassen oder gar die umliegenden Wälder aufzusuchen, bis wir den Tatverdächtigen in Gewahrsam haben.«

Die Nachrichten sind zu Ende. Joan stellt das Radio aus und fährt weiter auf dem schmalen Feldweg, an der alten Bahnlinie entlang. Die Hoffnung ist gering, Melvin dort oben bei der alten Pappel anzutreffen, aber es ist die einzige Chance, die ihr bleibt. Sie weiß, auf welchem dünnen Eis sie sich bewegt, allein schon durch den warnenden Anruf auf Melvins Handy. Sollte das herauskommen - oder auch die anderen Lügen gegenüber Inspektor Csaba - würde niemand ihr helfen können und sie die nächsten fünf bis zehn Jahre in einem vergitterten Raum verbringen, der nach Exkrementen stinkt. Joans Augen brennen und sie schmeckt Salz auf den spröden Lippen. Das Herz jagt und gibt ihr die Antwort.

Sie parkt den Wagen im Schatten einer Böschung und hofft, dass er im dichten Grün nicht direkt ersichtlich ist. Joan steigt aus und schaut hoch zu dem Hügel, wo sich die Morgensonne über die Baumkronen der alten Pappel schiebt. Sie schaut sich noch mal um und vergewissert sich. Niemand scheint ihr gefolgt zu sein. Das ungute Gefühl beschleicht sie, dass Csaba auch bald nach ihr suchen wird oder wahrscheinlich schon versucht hat, sie anzurufen, und längst bereut hat, Joan aus seinem Machtbereich entkommen gelassen zu haben, als sie im Präsidium war.

Von irgendwo vernimmt sie das scheppernde Wummern von Rotorblättern. Es gilt, keine Zeit mehr zu verlieren. Sie rennt den grünen Hügel hinauf, auf die großen Pappeln zu, die majestätisch wie die Türme eines Tempels vor der Sonne stehen.

›Wie wird alles weitergehen? Werden sie uns finden? Alles spielt keine Rolle, Hauptsache, ich habe dich gleich in meinen Armen. Bitte, Mel, lass mich dich gleich dort oben antreffen‹, denkt Joan und läuft mit brennendem Atem in der Lunge und flammendem Herz über das weite Grün auf die stummen Riesen zu.

Joan steht oben auf der Lichtung und sucht die Baumreihen ab. Die hohen Gräser wehen sanft in der angenehmen Brise, die zwischen den Pappeln weht. Rebhühner und ein Fasan fliegen aus dem hohen Gras, als sie über die Ebene läuft und nach Melvin ruft.

Joan läuft die Baumreihen ab, den Tränen der Verzweiflung nahe, da sie sich so sehr wünscht, ihn hier zu treffen. Die Hoffnung soll nicht sterben.

»Meeeelviiiin«, brüllt sie aus voller Kehle und lässt weitere Vögel aus den hohen Gräsern und Farnen aufscheuchen. Sie bricht in Tränen aus, aber dann, an der letzten Pappel der Baumreihe, dort zwischen Baumstamm und der tiefen Böschung, liegt etwas Helles auf dem Boden. Sie rennt hinüber und ruft erneut unter Tränen seinen Namen.

Zusammengekauert wie ein Embryo liegt Melvin dort im Windschatten der mächtigen Pappel. Joan sieht, wie die ersten Sonnenstrahlen auf ihn herabfallen, seinen Körper wärmen und langsam die erbarmungslose Kälte der Nacht aus seinen Gliedern vertreiben werden. Sie beugt sich hinunter zu ihm und nimmt seinen Kopf in ihre Hände.

»Melvin, wach auf, bitte wach auf.«

Er öffnet seine Augen, die verwirrt umherrollen und ungläubig Joan anstrahlen.

»Das muss ein Traum sein … Joan …«, stammelt er noch etwas benommen.

»Nein, das ist kein Traum, ich bin bei dir.« Ihre Tränen fallen hinunter auf sein schmutziges und von Ästen verkratztes Gesicht.

Er lächelt sie an und berührt ihre Wangen. Sie nickt und küsst seine Stirn.

»Die Nacht war furchtbar.«

»Meine auch, Mel … Meine auch …«

Melvin zieht ihren Kopf zu sich und Joan berührt seine Lippen.

›Falls dies ein Traum sein sollte, ist es ein wunderschöner‹, denkt Joan.

Nach dem Kuss richtet sich Melvin langsam auf und lehnt sich mit dem Rücken an den Baumstamm.

»Wir müssen uns beeilen, sie suchen dich. Sie werden bald überall sein.«

»Ich weiß, aber wohin?«

»Komm, steh auf.« Joan hilft ihm auf die Beine, fasst seine Hand und will los.

Melvin bleibt aber stehen und schaut sie gefasst an.

»Mel, was ist los? Sie suchen dich. Wir müssen hier weg, mein Wagen steht unten am alten Bahndamm. Wir müssen fliehen. Lass uns versuchen, das Land zu verlassen. Wir könnten …«

»Nein, Joan, ich kann nicht.«

»Wie, du kannst nicht? Ich verstehe nicht?« Langsam lösen sich ihre Hände.

»Joan, ich liebe dich. Ich glaube, ich habe noch nie einen Menschen so geliebt wie dich, aber ich muss den Mörder finden. Kronenberg. Ich glaube, ich weiß nun, wo ich ihn finde.«

»Oh! Nein.« Energisch schüttelt sie den Kopf. »Lass es, wir müssen fliehen, lass uns zusammen eine Zukunft haben, ja? Wir könnten auch versuchen, mit dem Flugzeug nach England oder in die Staaten zu fliehen, Mel.« Sie greift erneut nach seiner Hand.

»Das werden wir, aber ich muss ihn vorher finden und das zu Ende bringen. Es ist mir wichtig, Liebes.« Melvin wischt sanft weitere Tränen aus ihrem verweinten Gesicht.

»Aber wo willst du ihn finden? Wo? Und was willst du dann machen?«

»Wo …« Melvin schaut zu seiner Rechten in das weite Tal, welches durch Bergketten am Horizont abgegrenzt wird.

»Ja, wo willst du den Killer finden?«

Schweigend lauschen beide dem Wind, der ihre Gesichter streift und die Gräser um sie herum tanzen lässt.

»Bei den toten Wassern«, antwortet Melvin und bricht die kurze Stille zwischen ihnen.

»Was?«

»Bei den toten Wassern werde ich ihn finden.«

»Und wo soll das sein und wie kommst du darauf?«, fragt Joan kopfschüttelnd.

»Lea sagte es mir letzte Nacht in einer Art Traum.«

»Ich verstehe nicht.«

»Ich habe es zuerst auch nicht verstanden, aber nun bin ich mir sicher zu wissen, was Lea damit meinte.« Erwartungsvoll sieht Joan ihn an.

»Kronenberg wird sich ein eigenes Reich erschaffen haben, ähnlich wie damals die Sabantrusk wird er in einer Art Höhlengewölbe leben.«

»Die toten Wasser, wo soll das sein?«

»Es kommt nur das alte Wasserwerk infrage. Stillgelegt irgendwann in den Vierzigerjahren nach Kriegsende. Seitdem von keinem Menschen mehr betreten, da der unterirdische Bau im Krieg radioaktiv verseucht war, wie die Leute erzählten. Seitdem hat kein Mensch mehr einen Fuß dorthin gesetzt, obwohl viele es für ein Gerücht oder eine vage Annahme hielten. Beste Bedingungen, um sich eine eigene Welt und sein Labor aufzubauen. Die toten Wasser, das alte Wasserwerk.« Melvin blinzelt in Richtung Sonne.

»Es ist dahinten?«

Er nickt mit dem Kopf. »Ungefähr zwei bis drei Stunden zu Fuß in diese Richtung. Versteckt hinter den schwarzen Wäldern, im Tal vor dem Neagra Gebirge.«

»Melvin, bitte geh nicht. Und wenn, dann komm ich mit dir.«

»Du musst mich verstehen, Joan. Bitte. Und ich kann dich nicht mitnehmen, ich darf dich nicht zu ihm mitnehmen.« Er streicht sanft über ihre Wange und Joan spürt, wie dieser Abschied sie innerlich zerreißt.

»Nun gut«, antwortet Joan schwerfällig und schaut ihren Tränen hinterher, die von ihrer Kinnspitze zu Boden fallen. »Aber …« Sie schaut ihn von oben bis unten an. »… was willst du tun, wenn er tatsächlich da ist? Bist du ihm gewachsen? Ich meine, du hast nicht mal eine Waffe.«

»Das würde keinen Unterschied machen.«

»Was meinst du damit?«

»Das Böse, welches mich vor zwanzig Jahren in dem Birkenwald angestarrt und meine Eltern getötet hat, lässt sich nicht mit den Mitteln aufhalten, die wir kennen. Er ist ein Dämon, er ist kein Mensch mehr … Kein Mensch mehr.«

Joan bricht in ein krampfartiges Weinen aus und Melvin fällt ihr um den Hals.

»Hab Vertrauen, ich bringe das zu Ende und dann möchte ich mit dir ein neues Leben beginnen.«

»Bitte komm zurück, Mel. Ich warte auf dich, unten an der alten Eisenbahnbrücke. Ich warte dort auf dich, egal wie lange.«

Die Sonne steigt empor und wärmt angenehm die beiden Körper, die sich unter dem Grün der raschelnden Blätter, unter Tränen und wilden Küssen verabschieden. Langsam lösen sich ihre Hände und ihre Blicke voneinander und Melvin geht davon.

Joan steht oben auf der Anhöhe und schaut ihm hinterher, wie er davonzieht. Über die weite Flur, die gelborange im Morgenlicht schimmert.

Immer weiter in Richtung der schwarzen Wälder, wo am Horizont schon die bedrohlichen Bergmassive des Neagra-Gebirges sein Ziel markieren. Der Ort der toten Wasser.

Joan wischt die Augen trocken und geht die alte Bahnlinie entlang zum Wagen. Ihre Gedanken sind ein quälendes Tauziehen, da sie Melvin gerne begleitet hätte und unfassbare Angst hat, ihn nicht mehr wiederzusehen.

Aber gibt es überhaupt eine Hoffnung auf eine gemeinsame Zukunft? Selbst wenn er zurückkäme, würde die Polizei ihn verhaften, sofern sie ihn nicht schon auf dem Weg zum alten Wasserwerk abpassen würde.

Doch sie nimmt seinen Ratschlag und seine Bitte ernst, ihn allein diesen Weg gehen zulassen. Sie schleicht sich an den Büschen des Bahndammes vorbei und sieht schon den Lack ihres Wagens durch das Blattwerk der Büsche schimmern. Sie schaut sich um und lauscht. Es ist still und scheint weiterhin sicher zu sein. Kein Hundegebell oder Motorgeräusche in der Ferne.

Joan steigt ein und schlägt die Tür zu. Sie schaut auf die Armaturenbrettuhr. Es ist kurz vor Mittag. Sie schaut in den Rückspiegel und betrachtet ihre geröteten Augen, die in den letzten Stunden viele Tränen der überwältigenden Gefühle entledigen mussten.

›Er wird wiederkommen, ich weiß es‹, denkt Joan, lenkt ihren Blick zur Beifahrerseite und bemerkt, dass die Tür einen kleinen Spalt offensteht. Ehe sie reagieren kann, spürt sie den kalten Kuss eines Pistolenlaufs hinter ihrem Ohr.

»Eine falsche Bewegung und dein Hirn spritzt an die Scheibe, verlogenes Miststück«, zischt das zornige narbige Gesicht ihr im Rückspiegel entgegen.

Die schwarzen Wälder des Neagratals werden ihrem Namen gerecht und lassen kaum einen Lichtstrahl auf den feuchten Hummus unter Melvins Füße fallen.

Er hofft weiterhin, auf dem richtigen Weg zu sein, und schaut durch die endlosen Baumreihen hindurch, wo sich ein dünner Lichtstrahl zeigt. Und tatsächlich, je näher er kommt, umso mehr erkennt er das erlösende Tageslicht nach einem stundenlangen Marsch durch die finsteren Wälder. Riesige moosbewachsene Steine liegen wie ein gigantischer Trümmerhaufen in der Talmündung. Es ist nicht mehr weit bis zum alten Wasserwerk und Melvin muss auch diese Hürde nehmen, da er bis zu seinem Ziel Wege und Straßen meiden will, um unentdeckt zu bleiben.

Ein beschwerlicher Aufstieg über die großen massiven Felsquader, deren Oberflächen sich wie kahle Totenschädel zwischen den Moosteppichen abzeichnen. Seine Lungen brennen und der Dunst seines Atems hängt ihm schwer im Gesicht beim gefährlichen Überqueren des Felshaufens, der ihn aus den schwarzen Wäldern führen wird. Auf Händen und Füßen steigt er bis an die Spitze, richtet sich auf einem riesigen Steinkoloss auf und schaut hinunter ins Tal. Tiefe Schatten werfen die umliegenden Bäume auf den Rand der weiten Ebene, die durch die grauen Bergwände des Neagra-Gebirges abgegrenzt ist.

Unheilvolle dunkle Wolken schieben sich vor den blauen Himmel. Das warnende Wimmern des auftretenden Windes sendet eine letzte Warnung an Melvin, er solle umkehren. Gewaltige Berge, die wie schlafende Riesen die Ebene einkesseln wie das Ende der Welt. Die verschneiten Gipfel verlieren sich zum Fuße hin in eine nebelige graue Masse, ein Schleier, der sich langsam auflöst und die Umrisse eines Steinbunkers emporhebt.

Melvin klettert hinab ins Tal und überquert das Flachland, welches durch vereinzelte Sträucher und weitere tonnenschwere vermooste Steinquadern gezeichnet ist. Wolken ziehen rasant über ihn hinweg und werfen wandernde Schatten auf die wehenden Gräser der weiten Flur.

Er nähert sich der zerfurchten Ruine am Fuße des Berges und spürt nur noch seinen wilden Herzschlag, der im Takt der Todesangst und der uralten Rache auf und ab hämmert. Vorsichtig umschleicht er jeden einzelnen Busch oder manngroßen Felsen, hinter dem der Killer schon auf sein nächstes Opfer lauern könnte.

Mit bedächtigen Schritten nähert sich Melvin seinem Ziel und steht nun am Fuße der Berge vor einem verwitterten pyramidenförmigen Betonbau, der aus dem Erdreich ragt. Der Eingang zum alten Wasserwerk. Nur noch wenige Meter bis zu den Betontrümmern, die den Eingang in die Unterwelt markieren. Die zum Teil eingestürzten Wände machen den ehemaligen Eingang zum Wasserwerk unmöglich. Melvin umkreist den alten Bau und vermutet, es muss so etwas wie eine versteckte Tür geben. Als er an der flachen Rückseite des Betonbunkers ist, sieht er eine Art Trampelpfad auf der zugewucherten Fläche, die hinauf auf die Spitze des Pyramidenbaus führt. Er geht hinauf und erkennt Fußabdrücke. Sein Blut dröhnt wie ein Nebelhorn in seinen Ohren. Oben an der Spitze angelangt, verschließt ein massiver Deckel aus Gusseisen mit einem Griff in der Mitte den Zugang zum Inneren des Baus.

Beidhändig umfasst er den Deckel, zieht ihn nach oben und schiebt ihn unter großer Anstrengung zur Seite. Eine Stahlleiter, die wandseitig befestigt ist, führt in ein röhrenförmiges stockdunkles Loch. Ein Kanal, der senkrecht in die Dunkelheit führt. Schritt für Schritt, Stufe für Stufe steigt Melvin hinab und betritt die tiefe Schwärze des alten Wasserwerkes.

Melvin klettert immer tiefer, schaut nach unten und sieht plötzlich Licht am Ende der Röhre aufflackern. Die Stahlleiter endet und Melvin setzt den Fuß in eine betonierte Unterwelt, die aus einem riesigen Tunnel besteht, dessen Wände beidseitig von flackernden Fackeln angeleuchtet werden. Der Trakt führt nur in eine Richtung. Langsam geht Melvin auf das Ende des Tunnels zu und erkennt die angeleuchteten Felswände einer scheinbar riesigen Höhle. Er schleicht die Tunnelwand entlang. Dann steht er am Eingang der Grotte und schaut sich um.

Die Höhle hat das mächtige Volumen einer Kathedrale und überall flackern Kerzen an den schroffen Felswänden. Dann schaut er hinab und was seine Augen dort erkennen, nimmt ihm den letzten Zweifel und er weiß nun, dass er richtig ist. Kalter Schweiß bildet sich überall auf seinem Körper, der nun unter Starkstrom zu stehen scheint. Er geht die Felstreppe hinunter auf die große Plattform zu, deren Mitte ein großer hölzerner Stamm markiert, umringt von Pfosten, die auch wie die Felswände das Symbol, die Gravur des Bösen, erkennen lassen. Das ungleichschenkelige Pentagramm mit dem Schriftzeichen in der Mitte.

»Melvin, schön dass du gekommen bist«, hallt ein Echo zu ihm hinunter und lässt ihn kurz erstarren.

Panisch dreht sich Melvin um und mustert die Felskonturen.

»Hier hinten«, ertönt die Stimme erneut.

Melvin sieht nun den Schatten einer Gestalt, die in einer Felsnische steht. Langsam löst sie sich aus der Wandvertiefung, tritt im Schein der Kerzen empor und wirft Melvin ein dämonisches Grinsen zu.

»Ich habe gehört, du wirst von der Polizei gesucht? Was hast du wieder angestellt?«

Melvin entgleiten alle Gesichtszüge und er traut seinen Augen nicht. »Professor Reczak … Sie?«

Professor Reczak schlendert die Stufe hinunter auf die Plattform und nähert sich Melvin.

»Ich bin überrascht, dich hier anzutreffen, Melvin. Sogar sehr überrascht.«

»Was soll das, Reczak?«, fragt Melvin und ist nicht mehr Herr seiner Sinne.

»Für dich immer noch Professor Reczak.« Er rückt die Brille zurecht und streicht über den Schlips. »Nun, da du es bis hierhin geschafft hast, gehe ich mal davon aus, dass du schon eine Menge in Erfahrung bringen konntest.«

»Ich habe recht gehabt, Professor, die ganzen Jahre habe ich recht gehabt. Dass der Mörder meiner Eltern und auch von weiteren Menschen nie gefasst wurde und auch weiterhin mordet.«

»Korrekt.« Anerkennend nickt der Alte ihm zu.

»Ich rede hier von Professor Amon Kronenberg. Ein Monster, das Menschen in rituellen Zeremonien opfert, um ewiges Leben zu erhalten. Ich habe seine alten Forschungsberichte gelesen, die er in unserem Haus, welches er damals bewohnt hat, hinterlassen hat.«

»So ist es. Gratuliere, gut recherchiert.« Nun schwingt nicht nur Anerkennung, sondern auch eine gewisse Tragik bei Reczak mit und er schaut betroffen zu Boden. »Aber anscheinend hast du nicht alles erfahren«, ergänzt Reczak und schaut Melvin mit einem dunklen Blick an.

»Was meinen Sie damit?«

»Nun.« Er rückt die Brille erneut zurecht. »Dann wüsstest du unter anderem, dass Professor Kronenberg und ich alte Studienkollegen waren. Lange ist es her. Kronenberg war ein brillanter Wissenschaftler und ständig strebsam nach dem Geheimnis des ewigen

Lebens. Was auch Anlass seiner schicksalhaften Forschungsreise damals nach Sibirien war.«

»Ich weiß.«

»Nun, jedenfalls kam er von der damaligen Reise nicht zurück und galt als vermisst und verstorben, da er offiziell nie mehr aufgetaucht ist. Irgendwann stand er eines Abends bei mir im Kaminzimmer und erzählte mir alles. Er hatte diesen Opferkult dieser sibirischen Sekte studiert und sich ausgiebig damit befasst. Eines Tages erlitt Kronenberg eine schlimme Krankheitsdiagnose und wendete sein erlangtes Wissen an. Er opferte einen Menschen, um seine Gesundheit wiederherzustellen. Von da an war er nicht mehr aufzuhalten und wurde regelrecht besessen vom Verlangen nach neuer menschlicher Energie, die ihn unsterblich machen sollte. Ja, Melvin, viele Menschen fielen ihm zum Opfer, so leid es mir auch tut, unter anderem auch deine Eltern damals.«

»Und was ist mit Ihnen?« Melvin hält inne.

»Tja, was spiele ich dabei für eine Rolle? Diese Erkenntnis ist natürlich eine bahnbrechende Entdeckung im Bereich der Medizin. Ich habe auch die Arbeiten und Forschungsergebnisse von Kronenberg studiert. Als du bei mir in der Bibliothek rumgeschnüffelt hast, hast du übrigens den entsprechenden Forschungsband in der Hand gehalten. Zum Glück konnte ich ihn dir rechtzeitig entreißen.«

»Ich habe eine gewisse Vorahnung gehabt.«

»Jedenfalls erlitt mein Enkelkind Tabea einen schlimmen Bootsunfall und lag auf der Intensivstation im Sterben. Mein Sohn Arthur rief mich an und sagte, die Ärzte könnten nicht mehr viel für sie tun. Somit war die Stunde gekommen, um meinem Enkelkind ein weiteres Leben zu ermöglichen. Ich entführte, zusammen mit Kronenberg, die kleine Lea, und wir opferten sie und verhalfen meinem Enkelkind zu einem neuen Leben.«

»Sie sind einfach nur abstoßend, Professor. Ihr ganzes Geplapper, Sie seien ein Freund des Menschen und so weiter«, antwortet Melvin verachtend.

»Glaube mir, Melvin, du würdest ähnlich handeln und könntest der Verführung nicht widerstehen.«

»Der Versuchung, dem Teufel die Hand zu reichen?«

»Nenn es, wie du willst, Melvin.«

»Sie sind genauso ein Monster wie er«, zischt Melvin ihn an.

Gleichgültig zuckt Reczak mit den Schultern. »Und wenn schon. Und nun erklär mir mal, warum du heute hier zu uns gekommen bist?«

»Ich bin hier, um Kronenberg zu finden, ihn zu töten und den Fluch des Weißen Teufels für immer zu brechen.«

Ein schallendes Lachen bricht aus dem Professor heraus und er schaut in die Luft. Schlagartig beruhigt er sich und durchbohrt Melvin mit seinem Blick.

»Was willst du schon ausrichten gegen ihn? Tz … Ich sag dir was, Melvin, auch du wirst gleich an dem Pfahl hängen und in deinem eigenen Blut und deinen Gedärmen stehen und dein Leben lassen. Aber mach dir nichts daraus, Junge. Das Leben ist in Gänze ein tragischer Irrtum, nicht mehr als ein Traum, der Traum eines Verrückten, wo es am Ende sowieso nur ums Sterben geht.«

Melvin weicht einen Schritt zurück. Reczak dreht sich um und schaut hoch zu den Stufen.

»Es wird Zeit, dir unseren Gastgeber vorzustellen. Aber ihr kennt euch ja bereits, auch wenn es zwanzig

Jahre her ist. Darf ich vorstellen: Professor Dr. Kronenberg.«

Die Konturen eines fahlen Antlitzes zeichnen sich in einer Felsspalte ab und der Augenaufschlag der grauen Totenaugen in der Dunkelheit prophezeit Melvins grausames Ende und den Beginn seiner längsten Nacht.

Die Gestalt löst sich vollständig aus dem Schatten der Felswand und das leichenblasse Wesen von damals mit den leblosen Augen tritt hervor, umhüllt von einem weißen lumpigen Gewand. Diese leblosen grauen Augen, die wie damals Melvin den sicheren Tod bringen wollen.

Melvin geht einen Schritt zurück. Langsam und bedrohlich setzt die hagere große Kreatur sich in Bewegung und kommt die Steinstufen herunter. Im Rückwärtsgang entfernt sich Melvin von Kronenberg und Reczak, die nun nebeneinanderstehen und zu ihm starren.

Reczak meldet sich erneut zu Wort, während die bedrohliche Gestalt von Kronenberg stumm neben ihm steht und Melvin anstarrt.

»Weißt du, Melvin, ich bin auch nicht mehr der Jüngste und sehe meinem Lebensende entgegen. Ich bin dir sehr für dein heutiges Opfer verbunden. Das neue Fleisch, welches ich brauche, wirst du mir heute geben.«

»Hände hoch und auf den Boden«, hallt es plötzlich laut hinter Melvins Rücken. Er dreht sich um.

Inspektor Csaba steht oben mit einer Waffe in der Hand. Vor ihm Joan, deren Hände in Handschellen sind.

Der Polizist richtet die Pistole auf Melvin und ruft erneut: »Auf den Boden, sagte ich.«

Melvin schaut zu Joan, die furchtbar zugerichtet aussieht. Ein zugeschwollenes Auge und Blut rinnt ihr aus Mund und Nase.

»Es tut mir so leid, Mel, ich dachte, er schlägt mich tot, ich musste ihm sagen, dass du hier bist.«

»Ist okay, Liebes … Ist okay«, ruft Melvin ihr zu.

»Halts Maul«, schreit Csaba und gibt Joan einen Fußtritt in den Rücken.

Sie kippt nach vorne, mit dem Gesicht auf den harten Boden. Csaba spannt den Hahn der Pistole. Zitternd schaut Melvin in die Mündung.

»Auf die Knie, du Hurensohn, und lass die Hände oben, ich sag das nicht ein drittes Mal.«

Melvin folgt dem Befehl. »Hören Sie, es ist ganz anderes. Der da hinten ist Ihr Mann, das ist Kronenberg, er hat die Menschen umgebracht. Bitte glauben Sie mir.«

Csaba schaut flüchtig zu Kronenberg, der noch immer unverändert mit Reczak dort steht und die Szene regungslos beobachtet. Csaba kommt herüber zu Melvin und hält ihm die Waffe ins Genick.

»Und jetzt Hände auf den Rücken«, faucht er ihn an.

»Joan … Joan«, ruft Melvin immer wieder, während Csaba ihm die Handschellen anlegt.

»Csaba, bitte hören Sie, wir werden hier alle sterben. Tun Sie das nicht«, fleht Melvin ihn verzweifelt an.

Zögerlich lässt Melvin die Hände herunter und legt sie auf den Rücken. Kurz danach rasten die Stahlbänder der Handschelle ein.

›Es ist vorbei‹, denkt Melvin und weiß, nun gibt es kein Entkommen und keine Hoffnung mehr. Er schaut hinüber zu Joan, die noch immer benommen mit dem Gesicht auf dem Boden liegt, und ruft erneut nach ihr.

»Schnauze«, herrscht Csaba ihn an und versetzt ihm mit dem Pistolengriff einen harten Schlag seitlich ins Gesicht.

Melvin fällt auf die Seite und spürt einen brutalen stechenden Schmerz, der durch seinen Schädel rast.

Schemenhaft und verschwommen sieht Melvin, wie sich auf einmal Kronenberg von der Plattform in Richtung der Stufen begibt und zu ihnen kommt.

Csaba schaut zu der Gestalt, die sich ihm nähert, und positioniert sich auf der obersten Stufe.

»Stopp, stehen bleiben!«, ruft er, mit der Waffe auf Kronenberg gerichtet, der sich ihm langsam und behäbig mit baumelnden Armen immer mehr nähert.

»Stehen bleiben, verdammt«, schreit Csaba erneut aus voller Kehle, als Kronenberg die Stufen betritt und zu ihm hinaufgeht. Melvin beobachtet benommen den Vorgang.

Ein Schuss löst sich aus Csabas Pistole und trifft Kronenberg in die Brust, der daraufhin kurz stehen bleibt.

Csaba brüllt erneut: »Stehen bleiben, sagte ich!«

Kronenberg schaut zu ihm hinauf und geht unbeeindruckt weiter. Ein weiterer Schuss folgt, der Kronenberg nur kurz aufzucken lässt und sein Gewand dunkelrot einfärbt. Weitere Schüsse folgen unmittelbar und Kronenbergs Oberkörper wird regelrecht von Projektilen durchschlagen und hin und her geworfen. Eine Wolke aus dunklem Blut umgibt ihn wie eine rote Gischt.

Auf der obersten Stufe angekommen, geht er unbeeindruckt immer weiter auf Csaba zu, der sein komplettes Magazin auf ihn abfeuert. Der Kommissar lässt sich mit dem Rücken an die Wand drängen und wechselt in Windeseile das Magazin, aber ehe er einen erneuten Schuss auf ihn abfeuern kann, schnellt Kronenbergs Arm nach vorne und schlägt ihm die Waffe aus der Hand.

Fast zeitgleich greift er mit seiner linken Hand unter Csabas Kinn und hebt ihn an der Felswand nach oben.

Der Polizist strampelt verzweifelt in der Luft umher und plötzlich führt er seinen Fuß nach oben. Csaba schafft es, aus seinem Stiefel ein Messer zu ziehen, und sticht auf Kronenbergs Oberkörper ein, der mittlerweile vollständig in dunkles Blut getaucht ist. Auch von diesen Attacken zeigt sich Kronenberg unbeeindruckt und greift nun auch mit der rechten Hand an Csabas Hals und umfasst seinen Kehlkopf.

Ein matschiges und gurgelndes Geräusch ertönt und Kronenberg reißt Csabas Kehlkopf an einem Strang aus Sehnen und Gewebe aus seinem Hals. Eine meterweite Blutfontäne schießt aus den zerrissenen Arterien und dem zerfetzten Loch heraus. Csabas Todesschrei erstickt in einem quälenden Würgen. Kronenberg zerquetscht vor seinen Augen, die Richtung Schädeldecke rollen, den Kehlkopf in seiner Hand. Das Messer fällt aus Csabas Hand zu Boden und sein Kopf sinkt ab in einen reißenden Fluss aus seinem Blut.

Kronenberg lässt den leblosen Körper auf den felsigen Boden klatschen und dreht sich zu Joan und Melvin um.

Melvin ist noch immer ein wenig benommen von dem harten Schlag an seinen Kopf. Und selbst wenn er das nicht wäre, könnte er nicht verhindern, was vor seinen Augen geschieht.

Wie ein Gepäckstück klemmt Kronenberg Joan brutal unter seinen Arm und geht mit ihr die Stufen hinab zu der Plattform in Richtung der Opferstelle. Joan versucht, sich zu wehren, und schreit aus voller Kehle um Hilfe und immer wieder nach Melvin, was ihn in seiner Hilflosigkeit wahnsinnig macht.

»Hallo, Frau Parker, schön, dass Sie auch gekommen sind. Soll mir nur recht sein«, sagt Professor Reczak, und seine gewohnte höfliche Art gleicht in dem Moment einer förmlichen Grabrede.

Melvin sieht tausend blitzende Lichter, alles dreht sich.

Joans Angstschreie hallen durch das Gewölbe und Melvin weiß, dass er trotz seiner Abgeschlagenheit unbedingt versuchen muss, etwas zu unternehmen, da sie ansonsten beide heute hier einen grausamen Tod finden werden. Er dreht sich auf den Rücken und steigt mit den Beinen über seine Arme, um die zusammengeketteten Hände vor seiner Brust zu haben. Auf allen vieren kriecht er zu der blutüberströmten Leiche von Csaba und sieht unmittelbar neben ihm seine Pistole, die er nachgeladen hatte.

Melvin nimmt die Waffe, zieht den Schlitten und taumelt zu der Felstreppe. Langsam werden die Bilder um ihn herum klarer, aber der Schwindel beherrscht ihn und er hat wenig Kontrolle über seine Beine. Die Nervosität und Panik nehmen ihm jegliche Konzentration.

Er eilt hinunter, aber auf den letzten Stufen gerät er ins Stolpern und fällt nach vorne, überschlägt sich mehrmals, ehe er unten auf der glatten Plattform landet, wo die Pistole über den Boden rutscht. Er sieht die Waffe, robbt zu ihr hin und bemerkt gleichzeitig, welches Grauen vor ihm geschieht.

Reczak steht am Rande und beobachtet alles mit einer perversen Bewunderung, aber kommt nun Richtung Melvin, um vor ihm die Waffe vom Boden zu fischen. Melvin sieht, wie Kronenberg Joan mit dem Rücken an den Pfahl drückt und einen der eisernen Dornen nimmt, die auf der steinernen Ablage daneben liegen. Mit einer Hand fixiert er ihren Arm über dem Kopf und holt mit der anderen Hand weit aus, die den spitzen Dorn hält.

»Neeeeeiiiinnn«, schreit Melvin und erreicht in diesem Moment vor dem heraneilenden Reczak die Pistole. Aber Melvin kann es nicht mehr verhindern, was seine Augen sehen. Unter einem unvorstellbaren Schmerzensschrei rammt Kronenberg Joan den Dorn durch ihre Hand und befestigt sie an dem Pfahl. Er nimmt einen weiteren Eisendorn und spießt auch ihre andere Hand über ihrem Kopf an das Holz.

Zwei donnernde Schüsse werfen ihr Echo von schroffen Felswänden zurück. Reczak fällt vor Melvin auf die Knie und hält seinen Brustkorb. Ein weiterer Knall ertönt und eine Wolke aus Blut und Hirn fliegt aus seinem weißen Schopf nach hinten. Er sackt leblos zusammen, unter ihm ein roter Blutteppich, der sich bildet. Melvin steht vom Boden auf und richtet die Waffe auf Kronenberg, der sich längst in seine Richtung gedreht hat.

Beide schauen sich an.

Beide halten dem Blick des anderen stand.

Kronenberg, vollständig in sein eigenes Blut getaucht, gezeichnet von klaffenden Wunden unter seinem zerfetzten Gewand. Er schaut zur Seite und nimmt ein langes Schlachtermesser mit einem schabenden Kratzen von der steinernen Ablage und dreht seinen Kopf wieder zu Melvin. Ein röchelnder tiefer Atem kündigt die Vorfreude des eiskalten Monsters an, wohl in dem Gedanken, Joan und Melvin gleich in ihre Einzelteile zu zerlegen. Denn auch ihre Opfer sollen dem Weißen Teufel dienen und Kronenberg neues Fleisch schenken.

Ein letztes Mal wird Melvin hoffentlich seine kalten Augen sehen und diese Albträume ihn nie wieder plagen. Melvin und Joan tauschen einen mutigen Blick aus.

Mit dem blitzenden Schlachtermesser in seiner Faust stampft Kronenberg direkt auf Melvin zu, der sofort das Feuer aus der Waffe eröffnet. Weitere Kugeln durchschlagen den Körper Kronenbergs, der kurz stehen bleibt und in das mündende Feuer des Pistolenlaufs schaut. Abwartend steht er dort, bis Melvin das komplette Magazin auf ihn abgefeuert hat. Das leere Klicken der Waffe ist zu hören und Melvin nimmt die Pistole herunter. Kronenberg steht unverändert vor ihm, während unentwegt Blut aus seinen Wunden pumpt, und zum ersten Mal sieht Melvin so etwas wie eine Regung in seinem Gesicht.

Ein abartiges und scheußliches Lächeln, welches alle Menschen verhöhnt und verspottet, die bisher Kronenbergs Mordlust zum Opfer gefallen sind.

»Bringen wir es zu Ende«, haucht Kronenberg ihm wie einen Todeswunsch entgegen, hebt das große Messer und schreitet die letzten Meter auf ihn zu.

Melvin wirft die Waffe weg und fällt andächtig auf die Knie. Der Moment ist gekommen, in dem er seiner Bestimmung gerecht werden soll. Wo das Blut der anderen und auch der Tod seiner Eltern vergolten werden soll. Er schließt die Augen und hebt die Arme in die Luft, um diesem Moment und der Huldigung gerecht zu werden. Eine Sekunde wie eine Ewigkeit, in der Bilder aus seinen Kindertagen vor seinem inneren Auge aufflackern. Die schönen Kindheitstage bei seinen Eltern, die freudigen Sommertage, an denen er mit seinem Vater Marshmallows grillte, im Wald Hütten baute und seiner Mutter beim Geschichtenerzählen lauschte. Als er als Kind an einem Bachlauf saß und Schwärme von Fliegen wie ein Chorleiter mit seinen Händen in der Luft dirigierte, sein Vater ihn dabei beobachtete und Melvins Gabe erkannte, jedoch nie jemandem davon erzählte.

Er öffnet die Augen und Kronenberg bleibt vor ihm stehen. Melvins Augenhöhlen, die ein pechschwarzes Nichts ausfüllen. Er streckt die Arme weiter in die Luft, die Kerzen in der Höhle fangen an zu flackern und etwas Gigantisches zeichnet sich hinter seinem Rücken an der Felswand ab. Sein Schatten verändert sich, wächst und streckt sich aus. Er wird größer und gewaltiger. Im Schattenbild werden seine Arme zu spitzen Insektenbeinen, weitere Borsten und mit Widerhaken bestückte Beine strecken sich empor. Riesige Flügel bilden sich an dem gepanzerten Leib, an dem sich nun auch der gewaltige Kopf der riesigen Schmeißfliege im Schattenbild abbildet.

Melvin streckt seine Arme in die Höhe und die Schatten an den Wänden tun es ihm gleich. Schwarze teerähnliche Flüssigkeit rinnt aus Melvins Augen und

Mund, während seine Silhouette ein ohrenbetäubendes Gebrumme, einem Helikopter gleich, durch ihr Flügelschlagen erzeugt.

Plötzlich wird das Getöse in der Höhle immer lauter und etwas scheint sich durch den Eingangskanal seinen Weg in die Höhle zu bannen. Ein unvorstellbarer Lärm nimmt die Grotte ein. Die Kerzen flackern immer stärker und gehen zum Teil aus. Die Helligkeit in der Höhle nimmt mit dem Lärm ab.

Riesige Schwärme von Fliegen treten aus dem Tunnel und scheinbar allen möglichen Eingängen ins Innere der Grotte hinein und verdunkeln das Licht. Gigantische Wolken der Fliegenschwärme formieren sich zu einer meterhohen Wand zwischen Deckengewölbe und Boden. Lauernd schweben die Schwärme der kleinen Fleischfresser über ihnen und klingen wie Tausende kleine Donnerschläge nacheinander.

Melvin hebt langsam seine Arme auf Höhe seiner Schulter und fast zeitgleich formieren sich die Fliegenmassen neu und kreisen in einer Spiralform über Kronenberg. Wie eine gewaltige schwarze Windrose rotieren sie über ihm.

Kronenberg schaut ehrfürchtig zu ihnen hoch und wirft anschließend Melvin einen Blick der Gnade zu. Die großen Worte waren noch nie Melvins Stärke oder die dichterische Muse, einen Moment richtig anzukündigen. Der Moment der Abrechnung ist gekommen, der zwanzig Jahre hat auf sich warten lassen.

»Fresst ihn auf«, befiehlt Melvin und lässt die Arme sinken.

Die schwarze Wolke schiebt sich wie eine riesige Faust nach unten über Kronenberg und nimmt seinen Körper vollständig ein. Er schlägt wild um sich, aber er kann nicht verhindern, dass die Schwärme seine offenen Wunden befallen und in seinen Körper kriechen.

Ein tosender Orkan aus gefräßigen Fleischfliegen nimmt ihn ein und drückt ihn auf den Boden, auf dem er in einer schwarzen Wand der Insekten verschwindet. Die klagendenden Schreie des Monsters ersticken unter dem ohrenbetäubenden Lärm der Insektenmassen. Melvins pechschwarze Augen schauen regungslos zu, wie seine Diener Kronenbergs Körper von innen und außen zersetzen.

Einige Zeit später lichtet sich langsam der Dunst der Fliegenplage und die skelettierten Überreste Kronenbergs liegen abgenagt auf dem Boden.

Die Schwärme formieren sich wieder zu einem riesigen Kessel und ziehen Richtung der Decke des Gewölbes, während Melvin seinen Blick nach oben richtet und seine Hände als Zeichen in die Luft begibt.

Der Lärm der unzähligen schwirrenden Flügel verstummt und die Schwärme ziehen sich durch den Kanal wieder aus der Höhle zurück.

Melvins Hände sinken nach unten, der Schatten des riesigen Insekts verschwindet von der Felswand hinter ihm und seine Augen färben sich wieder normal ein. Er schaut zu dem abgenagten Knochenhaufen, der vor ihm liegt. Steht auf und rennt zu Joan.

»Joooooan«, schreit Melvin und die an den Pfahl angeschlagene Joan schaut ihn aus schmerzverzerrten Augen an. Melvin umfasst die Eisendorne, die ihre Hände über ihrem Kopf fixieren, und zieht unter Joans leidvollem Geschreie einen nach dem anderen heraus. Sie fällt in seine Arme und Melvin sackt mir ihr auf dem Boden zusammen. Ihre blutigen Hände zittern und verkrampfen, während ständig neues Blut aus den Wunden sprudelt.

Melvin steht auf und geht zu dem steinernen Tisch, wo er eine Zange und eine Bügelsäge findet, womit er beide aus den Handschellen befreien kann.

Melvin hält ihr blasses Gesicht in den Händen und schaut verzweifelt in ihre Augen, die orientierungslos hin und her rollen.

»Halt durch, mein Schatz, halte durch, ich bring dich hier raus.«

»Mel«, stöhnt Joan und hinterlässt sicher einen blutigen Abdruck ihrer Hand in seinem Gesicht.

»Ich bringe dich weg von hier, du wirst wieder gesund«, verspricht er ihr unter Tränen.

Melvin zieht sein Shirt aus und wickelt es um Joans Hände, um irgendwie die Blutung aus den klaffenden Wunden zu stoppen.

Sie schauen sich tief in die Augen.

Und auch wenn sie erneut beide in Blut getränkt sind und dem Tod erneut zusammen begegneten, weiß Melvin, dass dies Liebe ist.

So wie alles anfing, könnte auch alles enden zwischen ihnen. Melvin steht auf und trägt Joan auf den Armen die Treppe hoch, die zwischen wach und bewusstlos in einem Schwebezustand hin und her pendelt. Er geht in die Richtung, aus der der Professor gekommen ist, und hofft, einen Ausgang zu finden. Melvin betritt einen dunklen Tunnel, in dem er nach einer Windung am Ende das helle Tageslicht erblickt, welches wie ein leuchtender Stern erlösend funkelt. Er läuft die lange Röhre entlang und schaut immer wieder zu Joan, die kraftlos und mit geschlossenen Augen in seinen Armen liegt.

Melvin folgt dem schwachen Lichtstrahl bis ans Ende des Tunnels, der ihn nach draußen führt. Er kneift die Augen zusammen, als er nach draußen tritt. Er hält Joan sicher auf seinen Armen und schaut in den blauen Rachen der Abenddämmerung.

Eine Handvoll Sterne zeichnet sich am Firmament ab und das hoffnungsvolle Flackern einer Laterne von einem Haus weit hinten im Tal.

Langsam legt er Joan vor seinen Füßen in das weiche Gras und spricht sie flehend an.

»Joan, wir sind draußen. Ich hole jetzt Hilfe, hörst du?«

Sie rollt mit den Augen unter ihren geschlossenen Lidern und Melvin weiß, dass sie zu schwach ist, um zu antworten. Verzweifelt richtet sich Melvin auf und schaut hinunter ins Tal, wo er das flackernde Licht in der Ferne anvisiert.

Ein Dorf liegt dort unten, wo er sie hinbringen und Hilfe anfordern wird. Aber im gleichen Moment wird ihm auch klar, wie schwierig und fast schon ausweglos dies erscheint. Sie suchen ihn und Csabas Kollegen werden bald das alte Wasserwerk stürmen und ihn finden. Er schaut hinüber zu Joan und weiß, er muss etwas unternehmen und darf keine Zeit mehr verlieren, um das Leben seiner Geliebten zu retten. Koste es, was es wolle.

Im selben Moment zuckt sie kurz auf und fängt an zu krampfen. Melvin eilt herüber und kniet sich zu ihr hinunter.

»Meeeel, … mir ist so kalt … Bittttee hilf mir.«
Er nimmt ihr Gesicht in seine Hände und küsst die Stirn.

»Da unten ist ein Haus, ich bring dich dorthin. Halte durch, bitte halte durch.«

»Ich kann … nicht meeehr, … Mel …«, stöhnt sie unter starken Zuckungen, die ihren ganzen Körper durchschütteln.

»Ich verspreche es dir, ich verspreche es dir, Joan.« Er küsst sie erneut, während Tränen sein blutiges und schmutziges Gesicht verschmieren.

»Versprichst du es mir?«, flüstert Joan.

Melvin neigt den Kopf an ihr Ohr und flüstert ihr etwas zu.

»Ich verspreche uns ewige Liebe und ewiges Leben, mein Schatz.«

Sie schläft sanft ein.

Danach nimmt er sie wieder auf seine Arme, steht auf und läuft den schmalen Pfad hinunter ins Tal.

Die umliegenden Laubbäume verschwinden in tiefen Schatten. Ein frischer Wind zieht über die Gräser und verspricht eine regnerische Nacht. Die letzten Sonnenstrahlen sind längst hinter den Bergen abgetaucht und der Tag möchte schlafen.

Melvins Körper ist ein einziger Schmerz und er läuft weiter auf das Haus in der Ferne zu.

Leichter Regen setzt ein. Melvin geht in die Knie und streicht das wässrige Blut aus ihrem erschöpften Gesicht. Verschwommen erkennt er das schwache Licht einer Laterne und weiß, es ist nur noch ein Steinwurf bis zu dem Haus. Er richtet sich mit letzten Kräften auf.

Mit einem anstrengenden Stöhnen kämpft sich Melvin weiter den Feldweg entlang und hält Joan noch immer sicher auf seinen Armen. Noch bevor er das in der Ferne liegenden Haus erreicht, streicht er Joan mit letzten Kräften über ihr Gesicht und sagt drei Wörter zu ihr , die ihm beim Aussprechen das Herz zerreißen.

Und so steht es geschrieben in den alten Schriften der Mystiker und Gelehrten:

Diabolo, der Herr der Schattenwelt, und der Allmächtige Herr des Lichts stritten sich über die Sündhaftigkeit der Menschen. Diabolo unterstellte der Menschheit Egoismus, Gier, Völlerei, Neid, Zorn, Hass und die Versuchung, stets nach dem Bösen zu trachten.

Der Herr des Lichts widersprach dem Anschuldigen des Diabolos, worauf der Herr der Schattenwelt einen Vorschlag unterbreitete, der seine Urteile gegenüber den Menschen bestätigen sollte. Diabolo verbannte einen seiner Söhne, der von den Menschen den Namen ›Weißer Teufel‹ erhielt, auf die Erde. Er führte die Menschen immer wieder in Versuchung, Morde unter Ihresgleichen zu begehen als Bedingung für Macht und das ewige Leben.

Und sie waren bereit, ihre Seelen dem Weißen Teufel zu überlassen für ihre Gier nach der Ewigkeit.

Diabolo sollte recht behalten und bald musste der Herr des Lichts die Sündhaftigkeit des Menschen anerkennen.

Der Herr des Lichts befahl nun Diabolo, dem Herren der Schattenwelt, seinen Sohn zurück in die Hölle zu holen, was Diabolo aber unterließ und seinen Sohn weiterhin unter den Menschen ließ, um seinen unstillbaren Sadismus und Terror zu befriedigen.

Der Herr des Lichts machte von seiner Allmächtigkeit Gebrauch und sandte daraufhin ein mächtigeres Wesen auf die Erde, um den Weißen Teufel zu zerstören und sein Treiben zu beenden.

Ebenfalls aus dem Reich der Schatten befahl er dem Herrn der Fliegen, die Erde aufzusuchen und für ein Gleichgewicht zu sorgen.

Der Allmächtige ließ den Herrn der Fliegen in die Menschenwelt inkarnieren und gab ihm einen Grund, den Weißen Teufel zu finden und zu vernichten.

So geschah es auch eines Tages und Diabolo und der Allmächtige trafen sich erneut.

Der gehörnte Herr der Schattenwelt brach in ein schallendes Gelächter aus, denn eines hatte der Herr des Lichts unterschätzt:

Die Versuchung nach dem Bösen und dem Wunsch des ewigen Lebens. Dieser Fluch wird erst dann genommen werden können, wenn auch der letzte Mensch der Versuchung widerstehen kann. Der Herr der Fliegen war leider menschlicher, als dem Allmächtigen lieb war.

So steht es geschrieben …

»Hey Papa«, ruft Tabea, als der Vater ihr das Buch aus der Hand nimmt.

Arthur Reczak schaut kritisch auf das Buchcover, auf dem einige Fabelwesen zu erkennen sind, und liest den Titel vor: »Sagen, Mythen und Legendengeschichten zwischen Himmel und Hölle.« Er klappt das Buch zu und wirft es mit einem Augenrollen zu seinen beiden Töchtern auf die Decke. »Kinder, lest doch nicht so Blödsinn. Ein nettes Märchenbuch würde ich eher gutheißen.«

»Das ist kein Blödsinn. Das Buch hat uns Opa einmal geschenkt«, antwortet Tabea trotzig und erhält von ihrer Schwester ein zustimmendes Raunen.

Arthur Reczak stemmt seine Hände in die Hüfte und schaut auf die glasklare Oberfläche des Sees, auf dem sich die dahinterliegenden Berge spiegeln.

»Ja, Opa …«, antwortet er in Gedanken an seinen verstorbenen Vater.

Ehe eines seiner Kinder etwas sagen kann, wechselt Arthur rasch das Thema und klatscht in die Hände.

»So, meine Mäuse, wie siehts aus? Mama und ich wollen runter ans Ufer zum Steg und die Angel auswerfen. Seid ihr dabei?«

Tabea und ihre Schwester schauen sich mürrisch an.

»Na, was ist? Es ist noch herrlich warm und bevor die Sonne untergeht, können wir vielleicht in die See steigen, was sagt ihr?«, versucht er seine Töchter zu motivieren.

»Hm … Wir wollten eigentlich im Camper noch ein paar Cartoons schauen«, antwortet Tabea.

Theatralisch lässt Arthur Reczak den Kopf hängen. »Na gut, na gut, aber wehe ihr drückt euch, wenn wir morgen das Boot losmachen, da gibts keine Ausrede.«

In dem Moment geht die Wohnwagentür auf und Arthurs Frau kommt in kurzen Shorts, Top und Leinenschuhe nach draußen.

»Unsere beiden Prinzessinnen haben mal wieder keine Lust«, flachst Arthur.

»Aha … Okay, dann werden Papa und ich heute den Fisch allein essen«, zwinkert die Mutter ihren Töchtern zu.

»Echt?«, fragt Tabea mit einem langen Gesicht.

»War nur ein Spaß, mein Schatz. Ich weiß doch, dass ihr abends immer Zeichentrick schauen wollt«, antwortet die Mutter und streicht den Kindern über die Köpfe.

»Also, wie siehts aus?« Arthur hält die Angeln und einen Eimer in die Höhe.

Seine Frau schmiegt sich an seine Hüfte und schaut zu ihren Töchtern, die noch auf der Decke sitzen.

»Dann bleibt aber auch bitte im Wagen, ja? Wir sind direkt vorne am Ufer und bleiben nicht lange.« Das unwohle Gefühl, die beiden allein zulassen, hat sich in den ersten Tagen gelegt, da das Ufer nur einen Steinwurf entfernt ist und was soll schon passieren an solch einem herrlichen Platz draußen in der Natur, an einem traumhaften Sommertag.

***

Die beiden Schwester gehen in den Wohnwagen, während ihre Eltern zwischen dem Dickicht und den verkrüppelten Bäumen verschwinden und auf das meterhohe Schilf zugehen.

Die beiden Mädchen sitzen auf dem gemütlichen Bett in der hinteren Ecke des Wohnwagens und amüsieren sich lauthals, während sie schauen, wie Tom mit einer Axt Jerry durch die Küche jagt. Es bleibt nicht bei einer Folge und die schmalen Lautsprecher des kleinen Fernsehapparates dröhnen ihnen die kreischenden Laute der Comicfiguren um die Ohren.

Einige Zeit vergeht. Tabea schiebt die Gardine des Heckfensters zur Seite und schaut zu dem See, auf dem sich in einem rotorangenen Farbspektrum die Abenddämmerung reflektiert.

Es dauert nicht mehr lange und dann ist es schlagartig dunkel hier draußen am Fuße des Berges. Tabea schaut auf die Uhr und schreckt zusammen, ihre Eltern sind nun schon fast zwei Stunden weg. Sie nimmt die Fernbedienung und knipst den Apparat aus.

»Hey ...«, meckert die kleine Schwester und wirf ihr einen trotzigen Blick zu.

»Mama und Papa müssten längst zurück sein.« Tabea steht auf.

Ihre kleine Schwester nimmt den Teddybären vom Bett und drückt ihn schützend an sich.

»Jetzt bekomme ich Angst.«

»Brauchst du nicht, aber ich werde einmal nachschauen, du kannst ja hier warten.«

»Nein, ich komme mit, möchte nicht allein sein«, fleht ihre kleine Schwester.

»Okay, dann komm.«

Beide gehen aus dem Wohnwagen nach draußen. Es herrscht eine absolute Stille und nur das leise Zirpen von Insekten aus den Büschen ist zu hören. Tabea hält die Schwester an der Hand und geht mit ihr langsam auf die alten Bäume zu.

»Ich möchte dennoch, dass du hier auf mich wartest, ist das okay?«

Die Schwester nickt ängstlich und drückt den Teddy fester an sich. Tabea lässt ihre kleine Schwester zurück, streift zwischen den Baumreihen hindurch zum Ufer und übersieht das geschnitzte Symbol an einem der Baumstämme. Ein markerschütternder Schrei ertönt und lässt ein Dutzend Wasservögel schnatternd in den Abendhimmel steigen.

Zaghaft ruft sie nach ihrer großen Schwester und spürt, wie eine Angst sie lähmt und am Davonlaufen hindert. Sie schaut regungslos auf die Baumreihen, aus deren Dickicht Tabea ihr mit einem schockerstarrten schneeweißen Gesicht entgegenkommt und nicht in der Lage ist zu reden.

»Was ist? Was ist Tabea?«, fragt die kleine Schwester sie immer wieder, während Tabeas entsetzter, von Todesangst durchzogener Blick auf etwas gerichtet ist, das sich hinter ihrer Schwester abzeichnet.

Tabea steht vor ihr und hört nicht die anflehenden Worte ihrer Schwester, sie nimmt überhaupt nichts mehr wahr, sondern sieht wie durch einen dunklen

Tunnel nur die beiden Gestalten, die unmittelbare hinter ihrer Schwester stehen.

Langsam dreht sich die kleine Schwester um, lässt ihren Teddy zu Boden fallen und stößt einen quälenden Laut aus.

Ein junger Mann und eine junge Frau mit rasierten Schädeln und in zerfetzten Kleidern stehen dort und schauen ihnen aus blutverschmierten Gesichtern entgegen.

Die Frau mit den tiefen Wundmalen an den Händen hält einen Zimmermannshammer in ihrer Faust, von dessen Spitze Blut auf den Boden tropft und das Gras rot einfärbt.

Der Mann geht einen Schritt auf die beiden Mädchen zu, die erstarrt sind wie gefrorene Leichen. Seine ausdruckslosen Augen lassen nicht mal die Idee von Mitgefühl oder Erbarmen erahnen. Langsam hebt er seinen rechten Arm nach vorne und hält Tabea die blitzende Schneide eines Rasiermessers vors Gesicht.

Nun kommt auch die Frau mit dem rasierten Schädel zu ihnen herüber und zieht das blutige Jagdmesser aus ihrem Gürtel.

»Hey Kinder, wir haben einen neuen Weißen Teufel.«

ENDE

Autorenworte zum Thriller

Als ich die letzten Zeilen von »Nekrophagus« schrieb, kamen Gedanken und Zweifel in mir auf, ob ich dieses Buch überhaupt veröffentlichen möchte.

Es war immer mein Wunsch, Thriller, Kriminalgeschichten oder gar härtere Sachen wie Horrorliteratur zu schreiben. Aber im Laufe der Zeit und auch kurz, nachdem ich »Nekrophagus« zu Ende geschrieben hatte, konnte ich mich nicht mehr so recht mit dem Genre Thriller identifizieren und habe mich sowohl als Autor und als Mensch verändert.

An dieser Stelle ist es mir wichtig, dem Leser mitzuteilen, dass es nicht meine Absicht ist, etwas Gewaltverherrlichendes zu verbreiten oder gar zu befürworten, sondern in diesen Zeilen den Vorgang dahinter zu schildern, der letztendlich ein Endprodukt erschaffen hat, welches hoffentlich für eine gute und spannenden Unterhaltung sorgen wird.

Als selbstkonfrontativer Autor musste ich diesen für mich wichtigen therapeutischen Vorgang abschließen, meine Innen- und Außenwelt verlagern, in einem Umwälzungsprozess sichtbar machen und ein (erneutes) Buch auf den Markt bringen, welches eine Geschichte mit einer massiven Gewaltdarstellung erzählt.

»Nekrophagus« ist für mich als Autor das bisher wichtigste Aussagemedium und auch bedeutend für meine persönliche innere Arbeit. Über meinen inneren

Prozess der Individuation waren mir auch die Reflexion von gesellschaftlichen Themen erneut wichtig.

Die Korrumpierbarkeit staatlicher Organe, Rechtsirrtümer in einer bürokratisch juristischen Welt, die uns immer mehr entfremdet, und auch der heuchlerische Umgang mit psychisch beeinträchtigten Menschen sind Themen, die ich hier erzählerisch spiegeln und nackt zur Schau stellen möchte.

Blinde Flecken unserer aufgeklärten Kultur wie die unbekannten Auswirkungen transgenerationaler Gewalt und der fahrlässige Umgang mit Praktiken und Lehren der New-Age-Bewegung sowie jegliche okkulten und esoterischen Handlungen inklusive der Exzesses aller Drogen- und Suchtkulte gehören für mich ebenfalls auf den Seziertisch einer moralisch ausgehöhlten Gesellschaft.

Thematisch habe ich mich mit zwei Büchern am Genre Thriller abgearbeitet und möchte mich - wie oben erwähnt - schriftstellerisch verändern.

Aber keine Sorge, meine lieben und treuen Leser und Leserinnen: Meine Rumänien-Thriller-Trilogie werde ich nach »Alles schläft« und »Nekrophagus« dennoch mit einem finalen Buch abschließen und euch ein drittes und letztes Mal in die düsteren Karpaten entführen.

Ich wünsche euch viel Spannung beim Lesen!

Danksagung

Ich bin vielen Menschen zu Dank verpflichtet, deren beständige Unterstützung mir zu diesem Buch verholfen hat.

Ich bedanke mich bei meinen Liebsten und bei allen die Interesse an meinen Büchern haben.

Ein ganz besonderes Dankeschön und Kompliment geht an meine beiden Lektorinnen, Petra Liermann und die großartige Sigrid Wohlgemuth. Danke für eure Geduld und eure hervorragende Unterstützung.

Über den Autor

Norman Nufer, Jahrgang 1980.

Er arbeitet als Betriebswirt und Projektleiter in einem mittelständischen Unternehmen.

Als großer Naturfreund ist er gerne in fremden Ländern unterwegs und ist fasziniert von dem schönen Planeten, auf dem wir zu Gast sind. Er ist sportbegeistert, liebt die Musik, die Malkunst, das geschriebene Wort und seine Gemeinde.

 Sein Erstlingswerk »Alles schläft« ist ebenso wie »Farben der Vergänglichkeit« in allen Buchhandlungen und im Online-Buchhandel erhältlich.